GW01605813

ARM

Armel Job est né en Belgique, à Heyd, en 1948. Durant vingt ans, il a enseigné le latin et le grec, se consacrant à la pédagogie et à la traduction. Son premier ouvrage de littérature, *La Femme manquée* (Robert Laffont, 2000), a été récompensé par le prix Emmanuel Roblès. Quatorze autres romans ont paru chez le même éditeur parmi lesquels *Les Fausses Innocences* (2005 – prix du jury Giono), *Tu ne jugeras point* (2011 – prix des lycéens de Belgique) et, plus récemment, *De regrettables incidents* (2015) et *Et je serai toujours avec toi* (2016). *Loin des mosquées* (2012) et *En son absence* (2017) ont tous les deux été repris chez Pocket. Son dernier ouvrage, *Une femme que j'aimais*, paraîtra en 2018 chez Robert Laffont.

EN SON ABSENCE

DU MÊME AUTEUR
CHEZ POCKET

LOIN DES MOSQUÉES
EN SON ABSENCE

ARMEL JOB

EN SON ABSENCE

Pocket, une marque d'Univers Poche,
est un éditeur qui s'engage pour la préservation
de son environnement et qui utilise du papier fabriqué
à partir de bois provenant de forêts gérées
de manière responsable.

Le Code de la propriété intellectuelle n'autorisant, aux termes de l'article L. 122-5, 2° et 3° a, d'une part, que les « copies ou reproductions strictement réservées à l'usage privé du copiste et non destinées à une utilisation collective » et, d'autre part, que les analyses et les courtes citations dans un but d'exemple et d'illustration, « toute représentation ou reproduction intégrale ou partielle faite sans le consentement de l'auteur ou de ses ayants droit ou ayants cause est illicite » (art. L. 122-4).
Cette représentation ou reproduction, par quelque procédé que ce soit, constituerait donc une contrefaçon, sanctionnée par les articles L. 335-2 et suivants du Code de la propriété intellectuelle.

© Éditions Robert Laffont, S.A., Paris, 2017

ISBN 978-2-266-28129-4

Dépôt légal : février 2018

« Mon enfant, pourquoi nous as-tu fait cela ? Vois-tu dans quelle angoisse nous étions, ton père et moi, quand nous te cherchions ? »

Évangile de Luc, 2, 48
(épisode de la découverte
de Jésus au Temple)

Jeudi 17 mars 2005

1

Bien des drames pourraient s'expliquer par un simple changement de saison. Quelque chose se déclenche dans le ciel, et c'est comme si certains êtres n'attendaient que ce signal pour franchir le pas qui les sépare de leur destin. La nature, le plus souvent, semble immobile. Mais dès qu'elle s'ébroue, de la voûte céleste jusqu'au plus frêle brin d'herbe, tout est pris dans la même effervescence. Et si, ce jour-là, par mégarde, une pauvre créature sort des retranchements où les hommes prétendent ignorer les éléments, grand est le péril qu'elle ne se trouve, elle aussi, emportée dans le basculement du monde, dont elle n'est, après tout, qu'un élément.

Sans doute est-ce ainsi que les choses s'engrenèrent le 17 mars 2005, à six heures quarante-trois, quand Bénédicte ouvrit la porte de sa maison. Une douceur, à laquelle elle ne s'attendait pas, l'enveloppa aussitôt. Un vent tiède glissait des collines où il avait entrepris nuitamment de déblayer l'épaisse couche de neige qui y campait depuis trois semaines. À droite, sur le versant exposé au sud où s'étendaient les terres agricoles, il avait déjà mis à nu les plaques brunes des labours d'automne. Dans les pâtures, des poches de résistance d'un blanc grisâtre s'accrochaient encore aux abords des haies d'aubépine, cependant qu'ailleurs une herbe décolorée, presque jaune, était réapparue. À gauche, sur le versant nord occupé par la forêt, la neige ne s'accrochait plus qu'aux branches basses des épicéas, les autres arbres dégouttaient, comme s'il pleuvait.

Bénédicte était vêtue d'un jean et d'une parka matelassée dans laquelle s'enfonçaient les bretelles de son sac de lycéenne. Un bonnet de laine, qu'elle avait tricoté elle-même, emprisonnait son front, ses cheveux et ses oreilles. Pour chaussures, elle portait les boots en cuir brun que son père lui avait offertes à Noël.

Elle huma l'air en avançant le menton, à la manière dont les renards et les belettes l'avaient fait avant elle, au cœur de la nuit, lorsque cette brise printanière venue d'on ne sait où, de contrées sans hiver sans doute, s'était répandue sur la surface de la terre. Elle hésita un instant, puis fit demi-tour et rentra dans le vestibule.

Là, elle détela son cartable, rabattit le zip de sa parka et la fit glisser de ses épaules. Elle ouvrit la penderie à deux battants. Elle suspendit la parka à un cintre et, au bout de la rangée de manteaux, elle retira le blouson de velours vert orné d'un écusson représentant un palmier, celui-là même qu'on lui vit bientôt sur les avis de recherche.

Elle l'endossa. Comme il sentait un peu le renfermé, elle prit le flacon de parfum qu'elle emportait dans son sac depuis son anniversaire et l'en aspergea copieusement. Puis elle se retourna vers la psyché en face de la penderie, retira un foulard du tiroir et le passa autour de son cou. Alors seulement, elle leva les yeux vers le miroir. Après quelques battements de cils perplexes, comme si elle ne se reconnaissait pas elle-même, elle retira son bonnet. Elle secoua la tête. Ses cheveux châtains glissèrent comme un rideau autour de sa nuque, jusqu'au ras des épaules. Enfin, elle s'adressa le demi-sourire de sa photo signalétique, d'un seul côté de la bouche, entraînant le haussement interrogatif du sourcil correspondant.

Elle ressortit en tirant la porte avec précaution, de peur que sa mère, retournée se coucher après l'avoir fait lever et déjeuner, qui l'avait sans doute entendue quitter la maison une première fois, ne s'inquiète de cette double sortie.

Dehors, de nouveau, le vent vint à sa rencontre et, cette fois, il passa ses doigts avides autour de son cou, à travers sa chevelure. Elle dut se sentir heureuse, d'un vrai bonheur, qui fait que la vie vaut d'être vécue tout de même, fût-ce pour ce moment seulement.

Elle commença à descendre la rue du Prévôt, la rue principale du village, pour se rendre à l'arrêt du bus vicinal. Montange était désert. Les lumières orange des lampadaires se rétractaient dans leur globe sous la pression de la clarté inattendue qui coulait du ciel. Au passage, en effet, les bourrasques les plus résolues avaient bazardé les nuages, comme si la terre pouvait se passer désormais de sa couette.

Pas de bruit non plus. Sauf le mugissement intermittent de la machine qui soufflait le foin dans la crèche des vaches, à la ferme Larondelle, trois cents mètres plus haut, à côté de l'église.

Les fenêtres des maisons s'allumaient une à une,

d'abord derrière les tentures à l'étage, puis, en bas, dans les cuisines, dont les stores se retroussaient et laissaient voir le plus souvent le carré scintillant d'un téléviseur. Une voiture garée dans le caniveau démarra.

Ainsi, Bénédicte parvint au bas du village, devant la masse opaque du pont sur la Sûre.

Ce pont est un ouvrage impressionnant. Il franchit la rivière d'une seule et puissante enjambée à une dizaine de mètres au-dessus de son lit. Les parapets de schiste, recouverts de larges dalles noires, ont été élevés à hauteur des épaules d'un homme de bonne taille. Pas assez haut encore pour décourager quelques casse-cou d'y jouer les équilibristes le jour de la kermesse, histoire d'épater les filles. L'un d'eux, d'ailleurs, est tombé en 1996. Vertige sans doute, mais quel vertige ? Des rumeurs divergentes coururent à Montange à propos de ce drame.

Une plaque commémorative signée « Sa tante dévouée » porte son nom, juste au-dessus de la flèche rouge qui signale la cavité où poser la charge, s'il fallait une nouvelle fois dynamiter l'édifice, comme les résistants l'avaient fait en 1944. Opération aussi fanfaronne qu'inutile, car jamais les Allemands n'auraient eu l'idée saugrenue de passer par un village comme Montange, éloigné des grands axes de l'offensive qui ravagea l'Ardenne cet hiver-là.

De cette façon, néanmoins, la Sûre et son pont avaient encore renforcé leur figure mythique de frontière.

Parmi les rivières d'Ardenne, la Sûre, en effet, est une des seules qui tourne le dos au bassin de la Meuse. Elle lui a préféré la douceur mosellane et la majesté du Rhin. Sur sa rive commence la guirlande des toponymes en *-ange* – Martelange, Freylange, Aubange – qui pose sa frange au-delà des frontières – Dudelange, Hayange, Florange... On n'arrive pas devant le pont sur la Sûre comme devant le premier saut-de-mouton venu.

Cela, Bénédicte l'avait toujours ressenti, tout ignorante qu'elle fût de la géographie et de l'histoire.

Jusqu'à ses onze ans, elle avait fréquenté l'école du village. Quand elle quittait sa maison, le matin, c'était bien plus tard, et dans l'autre sens. Elle montait, dépassait l'église, après quoi la rue du Prévôt obliquait vers le plateau où se dresse l'école de Montange, à l'abri d'une ceinture de marronniers. C'est seulement à partir du collège qu'elle se mit à passer le pont pour rejoindre l'abribus, un jet de pierre au-delà.

Le pont n'enjambait pas que la Sûre. Il enjambait la tranchée abrupte entre son enfance et l'adolescence. Elle ne le franchissait jamais sans un rappel de cette déchirure dans sa poitrine. Comme si son cœur, chaque fois, tirait sur la suture.

Mais, ce jour-là, le 17 mars 2005, au moment de poser le pied sur le trottoir en saillie au bord du parapet, quelque chose sans doute s'ajouta à l'émoi secret de la traversée des autres jours. Le vent, en effet, qui l'avait escortée gentiment entre la double rangée protectrice des maisons, se trouvant devant l'espace libre de la rivière, soudain, ne se contint plus. Il lui faussa compagnie, prit les devants et s'empara du tablier du pont, comme s'il voulait la mettre au défi de le traverser. Qu'elle s'approche et elle allait voir ce qu'il ferait des belles mèches de ses cheveux lisses, comment il allait fourrager dans son blouson orné d'un palmier, avec quelle ardeur il allait se plaquer sur sa bouche et lui couper le souffle !

Les habituelles réticences de Bénédicte, ce n'était que de la petite bière à côté de la griserie qu'il agitait devant elle comme une menace en même temps qu'une tentation. Et, pour compléter le tableau, il faisait monter jusqu'à elle le fracas des eaux que la fonte subite des neiges avait tuméfiées pendant la nuit, qui pénétraient dans l'arche avec de puissants coups de boutoir.

Bénédicte avait-elle traversé le pont ?

Elle aurait pu prendre le chemin forestier juste devant, qui longeait la rivière et qui, à travers bois et taillis, conduisait en aval vers le village de Brédange et, en amont, vers celui de Sberville, chemin sur lequel sa brève histoire devait bientôt prendre une tournure si tragique.

Personne, cependant, n'envisagea jamais cette hypothèse, tant il est vrai que quiconque s'est levé à l'aurore un premier jour de printemps aurait évidemment gagé que Bénédicte avait traversé le pont. Un franchissement si excitant, sans doute, aux prises avec un tourbillon complètement fou, ne pouvait être que décisif. Il y avait de quoi perdre la tête, oublier l'école. Nul, en tout cas, ne vit jamais Bénédicte à l'arrêt de bus.

Il arriva à sept heures douze, exactement à l'heure. Le chauffeur s'arrêta, bien qu'il eût remarqué qu'il n'y avait personne devant l'abri. Il actionna l'ouverture de la porte avant, afin de jeter tout de même un œil à l'intérieur du cabanon en bois. Puis il attendit encore un moment, la tête penchée, le regard dans le rétroviseur extérieur droit. Bénédicte était peut-être en retard, elle allait apparaître d'un moment à l'autre à l'extrémité du pont, elle courrait pour le rattraper. C'est ce qu'il devait penser.

Mais Bénédicte ne vint pas. Il est un fait que, si elle avait été raisonnablement en retard, le bus aurait dû la doubler dans la descente du village.

« Ben quoi, Julien ? Tu vois bien qu'il n'y a personne ! »

La voix maugréante, derrière le chauffeur, était celle de Mme Maca, qu'il avait prise en charge à la rue de l'École. Elle occupait son siège de tous les jeudis, troisième rangée à partir de l'avant, côté fossé, contre la vitre. Cette situation, selon elle, était la moins exposée aux courants d'air occasionnés par l'ouverture des portes. Elle l'avait déterminée après de multiples essais, deux ans auparavant, quand avaient commencé ses visites à son mari qu'elle venait enfin de caser à la maison de retraite Soir tranquille. Comme la rue de l'École était la première station du bus, et qu'elle était la seule à y embarquer, personne ne lui disputait cette place, qu'elle aurait d'ailleurs chèrement défendue le cas échéant, en vertu de son âge et de son caractère calamiteux.

Julien préféra donc redémarrer en marmonnant une excuse. Bénédicte était malade sans doute. Dans les villages suivants, il allait charger d'autres jeunes qui se rendaient en ville, au même établissement qu'elle, le collège Saint-Jean-Baptiste-de-La-Salle d'Arelborn. Si l'un d'entre eux se portait pâle, il ne manquait pas d'expédier un SMS à tous les autres avec un smiley radieux. Mais, en l'occurrence, Julien savait qu'il serait inutile de les interroger. Bénédicte n'envoyait pas ce genre de message ni aucun autre sans doute. Il ne lui avait jamais vu de téléphone.

C'était une jeune fille solitaire. À Montange, déjà, elle était la seule lycéenne à prendre le bus. Il y avait trois ou quatre autres garçons et filles en âge scolaire, mais les parents les conduisaient en voiture. Ils s'étaient arrangés pour les emmener à tour de rôle dans un seul véhicule. Pourquoi Bénédicte ne faisait pas partie de l'organisation, Julien avait son idée là-dessus, mais il préférait la garder pour lui.

Pour la plus grande partie, Montange est peuplé de gens qui ont racheté les anciennes maisons couvertes du crépi blanc caractéristique de la vallée. Ils ont décapé les façades jusqu'au schiste et créé un style régional soi-disant plus authentique, humide et noir, inconnu des autochtones, des cartes postales d'avant la Grande Guerre et même des archives autrichiennes. Ils travaillent en ville, de préférence dans les banques au Luxembourg, en raison des salaires fiscalement paradisiaques. Ils possèdent deux voitures, une BMW ou une Audi de société à plaque jaune, puis une petite plaque rouge à usage domestique. Les transports en commun, ils n'ont rien contre, mais ce n'est pas leur truc.

Aussi Julien se considérait-il, en quelque sorte, comme le chauffeur particulier de Bénédicte. Il habitait, lui aussi, à Montange, une bergerie retapée, un peu plus haut que la demeure de sa passagère. Sa femme faisait la plonge, de quinze heures à vingt-trois, à la brasserie Le Trévire d'Arelborn. Ils avaient un fils, cadet à l'École royale militaire, à Bruxelles. Du coup, lui-même était une sorte de solitaire.

Quand il avait fini son service, dès que le temps le permettait, il s'activait dans son potager, derrière la bergerie. Ce matin-là, il avait, comme Bénédicte, respiré le vent printanier à pleins poumons. Il s'était promis de commencer à bêcher l'après-midi.

Quelquefois, mais plus avant dans la saison, aux

premières chaleurs d'avril, il apercevait Marie-Louise, la mère de la jeune fille. À l'arrière de sa maison, elle avait quelques mètres carrés de pelouse, autour d'un pommier rabougri qui avait poussé en biais. Elle coupait l'herbe à l'aide d'une tondeuse manuelle, puis s'allongeait sur un transatlantique, sous le couvert du pommier, le haut du corps à l'ombre, les jambes du côté que l'obliquité de l'arbre laissait au soleil.

Il arrivait que Bénédicte, rentrée de l'école, sorte à son tour. Il ne percevait pas leur conversation, seulement sa tonalité, qui lui semblait toujours dépourvue de relief, comme si elles étaient perpétuellement lasses, toutes les deux. Jamais une exclamation, un rire, par exemple. Bénédicte restait debout, – il n'y avait apparemment qu'une seule chaise longue –, elle tournait autour de sa mère en parlant. Parfois, un gros matou surgissait. Il venait se frotter à ses jambes, elle l'appelait : « Silvio ! Silvio ! » Elle le prenait dans ses bras et rentrait.

Julien avait décidé que Bénédicte était triste. Il aurait voulu que, dans son mastodonte chaloupant sur les chemins de campagne, elle se sente mieux que les autres, encaqués dans la bagnole de service qui les déversait par la nationale sur le seuil du collège. Était-ce le cas ? Il aurait voulu le croire. Quand elle montait, il se fendait d'un sourire de toutes ses dents un peu en pagaille, il lui faisait signe de rempocher sa carte d'abonnement, qu'il n'avait pas besoin de regarder, il lançait quelques amorces du genre : « Ça va, ce matin ? » – « Pas trop froid ? » – « Bientôt les examens ? ». Mais elle répondait à peine, comme si ces sollicitations étaient hors de propos, et allait s'asseoir devant les portières centrales, où se trouvaient quelques strapontins pour personnes seules.

Julien l'observait dans le rétroviseur interne destiné à la surveillance des passagers. Il avait bien conscience que ce qu'il éprouvait aurait pu paraître suspect pour un homme de quarante-deux ans, si jamais un voyageur s'en était avisé. Du coup, quand il la lorgnait de cette façon, il ne pouvait empêcher qu'une sorte de sécheresse monte de sa gorge à sa bouche. Il attrapait la bouteille de Spa dans le bac de rangement latéral de son siège et avalait une rasade.

Quelques haltes plus loin, une jeune femme montait tous les vendredis. Elle descendait à mi-parcours entre Montange et Arelborn, à la gare de Neufbourg, où elle prenait un train pour Liège afin d'assister au débriefing de la société d'assurances pour laquelle elle travaillait à domicile. Elle avait pris l'habitude de rester debout, face au pare-brise, à côté de Julien, avec qui elle s'entêtait à causer, bien qu'il ne lui répondît que par quelques vagues approbations.

Tout ce qu'elle désirait, c'était tailler une bavette, rien de plus, une intention peu crédible sans doute chez une femme dont la bouche pulpeuse et bien d'autres attraits évoquaient des échanges d'une tout autre nature. De ce fait, elle ne pouvait se livrer à son plaisir qu'avec des hommes inoffensifs comme Julien. Il lui aurait enjoint de s'asseoir avec les autres voyageurs conformément au règlement – un avis collé sur la portière indiquait : « Défense de parler au chauffeur » –, s'il n'avait craint de se montrer mufle et, plus encore, de devoir s'avouer qu'il craignait que Bénédicte n'aille s'imaginer qu'il s'intéressait à cette créature.

Dans le rétroviseur, tandis que sa confidente se livrait à ses épanchements hebdomadaires, il ne quittait pas Bénédicte des yeux. Comme, apparemment, elle ne s'intéressait pas à lui, il en concluait qu'elle détournait volontairement le regard de cette scène insupportable, avant, bien sûr, de reprendre ses esprits et de se traiter d'imbécile.

Une fois seul, après la gare de Neufbourg, il essayait de raisonner à froid. Il savait parfaitement ce qui l'émouvait tant chez cette adolescente, même si, à ce moment-là, il n'aurait pu le confier à personne. Il s'agissait de bien autre chose que de son physique. Il n'osait même pas penser « son corps », ce corps si particulier des filles, quand il se dégage de l'enfance, qu'il prend peu à peu tournure, souple et voluptueux comme une orchidée qui se gonfle de sève et s'élance dans une première esquisse parfaite. Bien sûr, il l'avait sous les yeux, mais il aurait juré sur tout ce qu'il avait de plus cher qu'il n'éveillait en lui qu'une vénération d'enfant de chœur au pied de la Madone.

Il aurait pu – cela lui aurait suffi, affirmait-il pour lui-même, la main sur le cœur –, il aurait même dû se contenter de se réjouir de la présence de Bénédicte à distance, mais il ne pouvait s'empêcher de solliciter son attention. La faute, évidemment, à la prétendue tristesse qu'il croyait lui trouver, qu'il alléguait à part soi pour essayer de l'approcher, sous le prétexte irréprochable de la consoler, de la mettre à l'abri de la cruauté du monde.

Ces contradictions lui brouillaient le cerveau au point de compromettre la conduite de son véhicule. Il finissait par secouer la tête, il se fichait les yeux dans le pare-brise et les rivait à la route. Pour bâillonner définitivement ses scrupules, après une ultime réflexion, il se félicitait, somme toute, que cette attirance lui soit réservée à lui, un brave type, qui n'habitait pas par hasard une bergerie, vu qu'il était doux comme un mouton, plutôt qu'à un de ces prédateurs qui guettent les adolescentes, repèrent celles qui battent de l'aile, et fondent dessus pour les déchirer.

Parvenu à une pareille conclusion, rien d'étonnant, ce jeudi 17 mars 2005, que la vision qui s'offrit à ses yeux quelques kilomètres plus loin lui envoyât un fameux coup dans l'estomac. Il venait de s'arrêter au rond-point de la Barrière, le premier sur son trajet, il attendait que la voie soit libre, quand son regard fut mystérieusement attiré par une voiture qui prenait la sortie la plus éloignée : à travers la vitre du hayon, il lui sembla brusquement qu'il apercevait Bénédicte assise sur le siège arrière, ses longs cheveux châtains lâchés dans son cou !

Franchement, c'en était trop. Son esprit battait la campagne. Il se retint à grand-peine de s'administrer une gifle.

2

« Excusez-moi de vous déranger, Julien. Il y a eu un problème avec les bus, ce soir ?

— Un problème ? Non, je ne suis pas au courant.

— Vous avez déposé ma fille à cinq heures et demie ? Bénédicte ?

— Je n'étais de service que le matin. J'ai arrêté à trois heures.

— Ah... Et ce matin, vous avez pris Bénédicte ?

— Bénédicte ? Attendez que je me souvienne... Je ne sais pas... Ah ben, non, maintenant que vous me le demandez, votre fille, je ne l'ai pas vue aujourd'hui. Elle n'était pas là. Elle est malade ? »

Marie-Louise se tenait sur le pas de la porte de la bergerie, sanglée dans un imperméable beige, abritée sous un parapluie. Elle avait donné quelques coups précipités avec le heurtoir en fer. Julien était apparu en bras de chemise et, sans bonjour, elle lui était tombée sur le paletot, comme ça, tout de suite. Il aurait dû l'inviter à entrer – de fines hachures de pluie tombaient, plutôt tièdes, une ondée printanière déjà –, mais elle ne lui avait pas laissé le temps d'ouvrir la bouche.

Elle avait brandi ses questions sur-le-champ. Pour se donner bonne contenance, elle s'efforçait de poser sa voix, mais ses yeux, pour ainsi dire écarquillés, trahissaient une vive inquiétude.

Maintenant, elle baissait la tête, elle semblait fixer quelque chose par terre, à côté d'elle, les paupières battantes.

Julien répéta : « Elle était malade ?

— Non, pas du tout. Elle n'est pas rentrée. D'habitude, elle revient par le bus de cinq heures trente. Elle revient toujours par ce bus-là. Toujours. »

Il était sept heures. La nuit tombait. Tout à coup, les lampadaires s'allumèrent.

« Entrez une minute.

— Ce n'est pas la peine.

— Une minute. »

Il se mit de côté pour lui céder le passage. Elle replia son parapluie, entra.

C'était immédiatement le séjour. Au fond, dans un coin, un escalier en vrille donnait accès à l'étage. Ameublement : un buffet en chêne – les portes légèrement de guingois –, dessus, une petite télé, une table ancienne, chaises paillées, fauteuils élimés jusqu'à la trame, à côté d'un canapé effrontément neuf devant le poêle à bois Jøtul. Elle s'assit au bord du canapé.

« Une tasse de café ? »

Elle continuait à considérer le sol à côté d'elle. Est-ce qu'elle avait entendu ? Peut-être, vu ce qui l'amenait, ne prenait-elle pas la peine de répondre à ce genre de proposition.

Il remplit une tasse à la cafetière sur le poêle et la lui mit entre les mains, ce qui la tira de ses pensées.

« Elle s'est levée, ce matin ?

— Oui.
— Elle a quitté la maison ?
— Oui, oui. Je lui ai préparé son petit-déjeuner, puis je suis remontée me coucher. J'ai entendu la porte d'entrée se refermer.
— Quelqu'un l'a peut-être prise en auto. Les Vanhool ? »
Les Vanhool faisaient partie des familles qui voituraient les enfants à l'école.
« Ça m'étonnerait... Franchement, ça m'étonnerait. Ils n'ont pas de place pour elle de toute façon. Puis, qu'est-ce que ça changerait ? Elle n'est pas rentrée. Où est-ce qu'elle a pu passer, je me le demande, Seigneur Dieu...
— Vous avez appelé l'école ?
— Non. Je suis venue tout de suite ici. À cette heure-ci, de toute façon, il n'y a plus personne.
— Ils ne prennent pas des nouvelles pendant la journée quand un élève est absent ?
— Je ne sais pas. Je suppose. Mais, le matin, je dors. Le téléphone est au salon, c'est un nouveau modèle, on ne l'entend pas. Et l'après-midi, je suis sortie. »
Elle redressa la tête, comme si cela demandait une justification.
« Faire des courses. Je ne travaille pas aujourd'hui. Je faisais les nuits à l'hôpital jusqu'à ce matin.
— Elle est peut-être chez une copine.
— Bénédicte n'a pas beaucoup d'amies.
— Ou ailleurs ? »
Il pensait au père de Bénédicte, sans le nommer – il ne voulait pas se mêler des affaires d'autrui. D'ailleurs, Marie-Louise ne releva pas. Elle avala une gorgée de café, qui lui tira une grimace involontaire.

C'était du café que Julien avait préparé en rentrant à quatre heures. Sa femme était partie à son travail, au Trévire, elle lui apprêtait une cafetière italienne qu'il n'avait qu'à poser sur le gaz. Après, il la laissait sur le Jøtul, où le contenu recuisait.

« Vous pensez que je devrais avertir la police ?

— Eh bien... je suis sûr qu'il n'est rien arrivé à votre fille. Il n'y a pas de raison de s'affoler. Les ados sont toujours un peu imprévisibles, vous savez. Mais deux précautions valent mieux qu'une, peut-être.

— Je vais le faire.

— Vous pouvez téléphoner d'ici, si vous voulez.

— Non, non. Je redescends chez moi. Merci, merci, Julien. Vous êtes vraiment... Bénédicte vous aime bien, vous savez.

— Ah ? Oh, c'est une brave gosse. »

Elle était déjà debout, ne sachant que faire de la tasse de café aux trois quarts pleine. Julien la lui prit des mains, avec un petit mouvement de la tête compréhensif. Elle se dirigea vers la porte et sortit sans son parapluie. Julien la rattrapa.

« Tenez-moi au courant. Si vous avez besoin... »

Il resta sur le seuil, tandis qu'elle s'éloignait rapidement, le parapluie fermé, malgré la pluie. Il la suivait des yeux, le cœur encore tremblant. Pourquoi avait-il feint de devoir se rappeler si Bénédicte avait pris le bus ? Il n'avait pas envie que Marie-Louise s'aperçoive qu'il portait un intérêt particulier à sa fille, évidemment. Où était passée Bénédicte ? Si, jamais, par malheur, les choses devaient mal tourner, tous les types qui se laissent affoler par des jeunettes allaient se trouver illico dans le collimateur des flics. Pas question de se mettre sur les rangs, même si personne a priori n'allait lui chercher des crosses.

Était-ce elle, finalement, qu'il avait cru voir dans la voiture au rond-point de la Barrière ? Peut-être bien... Mieux valait garder ces supputations pour lui. Comment aurait-il expliqué, en effet, qu'une nuque balayée par quelques mèches de cheveux châtains lui avait aussitôt évoqué Bénédicte ? Il y avait des dizaines de filles avec ce type de cheveux coiffés à l'identique. Une hypothèse de vieux vicieux, obsédé par un tendron...

Il avait su se tenir devant Marie-Louise, il avait choisi la bonne posture – le témoin légèrement abruti –, à laquelle il faudrait s'accrocher si cette affaire s'envenimait.

Cela, c'était la priorité. Charité bien ordonnée...

Mais, tout de même, en second lieu, il prenait conscience peu à peu qu'il était peut-être arrivé quelque chose à cette petite. Un mélange de frayeur et de haine pour celui qui aurait osé s'attaquer à elle montait en lui.

Il quitta le seuil de la bergerie, s'avança jusqu'au milieu de la rue et leva la main, comme s'il allait rappeler Marie-Louise. Tout à coup, il sentait l'angoisse qu'elle avait montrée malgré elle, son regard perdu, ses mains qui se tordaient, sa voix nouée. Des signes de détresse qu'il avait observés froidement, dans la seule mesure où ils pouvaient comporter un danger pour lui-même. À présent, il aurait voulu se rattraper, lui dire qu'il la comprenait, qu'il était lui-même mortellement inquiet, tout compte fait, pour Bénédicte.

Mais c'était impossible. Il baissa le bras, fourra les mains dans ses poches. Il sentit la pluie qui transperçait ses épaules, et il rentra chez lui.

C'est seulement quand elle ôta son imperméable dans le vestibule et le rangea dans la penderie que Marie-Louise resta en suspens devant la parka matelassée de Bénédicte. Elle avança la main, pressa une manche, vide, et tenta de réfléchir.

Tout à l'heure, lorsqu'elle était rentrée, il était cinq heures et demie un peu passées, elle avait été retardée. Elle avait remarqué la parka dans la penderie quand elle l'avait ouverte pour y accrocher son imper et, tout naturellement, elle avait pensé que Bénédicte était déjà revenue à la maison. À la cuisine, sans doute.

« Béné ? »

Pas de réponse. Elle avait froncé les sourcils, refermé la penderie sans déposer son imper et était allée tout de suite jusqu'à la cuisine.

À la cuisine, Bénédicte n'y était pas. Dans sa chambre, alors.

Marie-Louise était revenue au pied de l'escalier.

« Béné ! Je suis là ! »

Rien.

« Béné, hou ! hou ! Je suis rentrée. »

Elle était prête à monter la voir, mais elle n'y était pas allée. À son retour de l'école, il arrivait souvent que Bénédicte pique un petit somme. Marie-Louise avait laissé son sachet de commissions sur la table de la cuisine. Elle allait les ranger d'abord. Après, il serait encore temps de la réveiller.

Entre autres, elle avait acheté une laitue. Pas la peine de la mettre au frigo. Elle avait déposé son imperméable sur le dossier d'une chaise et s'était mise à préparer une salade, puis, vu l'heure, de fil en aiguille, elle s'était occupée du reste du repas, elle avait mis le couvert et s'était accordé quelques gorgées de vin blanc, avant d'appeler de nouveau Bénédicte. Il était sept heures moins vingt.

« Béné ? Tu descends ? »

Silence.

« Béné ! On mange ! Descends, s'il te plaît ! »

Cette fois, elle avait vraiment crié. Et, tout de suite après, la peur s'était emparée d'elle pour la première fois, comme si elle s'était effrayée elle-même en élevant la voix.

Il n'y avait pas le moindre signe de vie à l'étage. Brusquement, une image horrible lui était passée par la tête : sa fille étendue sur le parquet de sa chambre, inerte, morte peut-être déjà, victime d'un jeu stupide. Le jeu du foulard. Elle avait vu une émission à la télé à ce sujet, la semaine précédente, elle n'avait même pas osé aborder le sujet avec Bénédicte, pour ne pas lui donner des idées. Maintenant, c'était trop tard, elle s'était étranglée, elle avait fait une syncope, avait heurté le coin de son lit.

En posant le pied sur la première marche de l'escalier, Marie-Louise sentit que sa jambe entière tremblait jusqu'à la hanche. Elle était montée, avait entrouvert la porte de la chambre, le souffle court, en murmurant : « Béné ? »

Ah, mon Dieu, quel soulagement ! La chambre était vide.

Elle se laissa tomber sur le siège pivotant devant le bureau. Le lit n'était pas fait, l'oreiller était chiffonné, le dessus de l'édredon replié en accordéon. Par terre, en tapon, la chemise de nuit. Et, avec ça, un vrai sauna : la vanne thermostatique était bloquée presque au maximum.

Alors, Bénédicte n'était pas rentrée ! L'angoisse la plus terrible s'était retirée d'un seul coup, mais ce n'était que pour faire place nette et laisser s'approcher une tout autre, qui ne tablait pas sur le coup de massue. Celle-là arrivait tranquillement, elle restait à distance encore, elle prospectait pour une guerre de siège. Marie-Louise la percevait autour d'elle, comme si elle était embusquée dans le désordre de la chambre.

Elle s'était levée, avait fermé le chauffage, retapé le lit, replié la chemise de nuit. Le temps que des idées simples et claires arrivent à se dégager de la mélasse où s'était empêtré son esprit. Elle était redescendue à la cuisine, toujours incapable de raisonner.

Devant la table mise, elle était restée les yeux rivés à l'assiette de Bénédicte. Dès qu'elle serait là, elle l'obligerait à manger correctement. Elle mangeait comme un oiseau, au point que, pour la taquiner, la veille encore, Marie-Louise lui avait demandé si elle faisait la grève de la faim.

À propos de grève, elle pensa soudain que le bus n'était pas passé, tout simplement, et que, forcément, Bénédicte était restée en plan à la sortie du collège. Évidemment, ça ne tenait guère la route, Bénédicte aurait certainement téléphoné, il y avait une cabine juste en face de l'école, mais Marie-Louise ne voulait prêter l'oreille à aucune des objections qui se pressaient en elle pour contrecarrer cette explication inespérée.

Elle avait repris son imperméable au dossier de la chaise, attrapé le parapluie dans la douille d'obus qui servait de porte-parapluie près de l'entrée et elle s'était rendue chez Julien. Il conduisait les bus. Lui, ou sa femme, s'il n'était pas encore à la maison, étaient au courant du problème.

Maintenant, elle était là, de retour, devant la parka de Bénédicte. Elle la décrocha, la conscience plus embrouillée que jamais. Elle la pressa contre elle, comme si elle pouvait étreindre quelque chose de sa fille dans cette étoffe creuse. Le manteau sentait le parfum qu'elle lui avait offert la semaine précédente pour son anniversaire. Un premier parfum bien à elle, dont elle avait usé tout de suite à profusion. Son bonnet, auquel elle n'avait pas pris attention la première fois qu'elle avait ouvert la penderie, gisait là, lui aussi, sous les manteaux.

Alors, l'angoisse qui la cernait, brusquement, se lança à l'assaut : Bénédicte n'avait pas quitté du tout la maison le matin ! Elle n'était pas dans sa chambre, mais elle était quelque part ailleurs, dans une autre pièce. Et, si elle ne répondait pas, c'est que, dans cette pièce, il s'était passé quelque chose de terrible pendant la matinée, tandis qu'elle, sa mère, dormait dans sa chambre comme une idiote.

Marie-Louise s'avança dans le vestibule, la parka toujours plaquée comme un bouclier contre sa poitrine, elle poussa la porte sur sa gauche, qui donnait dans la salle à manger. Personne... Elle ouvrit à droite la porte du salon. Désert...

La maison n'était pas grande. Elle et Mehdi l'avaient achetée pour une bouchée de pain au début de leur mariage. Une masure d'ouvrier agricole, décrépite, exiguë et pourtant partagée en deux, une moitié pour le ménage et l'autre pour la vache, que la femme paissait dans l'herbe des fossés. Mehdi avait réuni les deux morceaux, les avait retapés, jour après nuit, quand il rentrait de son travail de camionneur. Au Maroc, il était maçon. Il savait tout faire. La bicoque s'était muée en maison de poupée.

À l'étage, il y avait deux chambres parquetées et une salle de bains carrelée avec du marbre récupéré chez Grosjean et Fils, l'entreprise de construction où il était ouvrier alors, avant de créer sa propre affaire. Là non plus, Bénédicte n'était pas.

Marie-Louise redescendit. L'angoisse se replia à quelque distance. Il fallait absolument qu'elle reprenne son sang-froid. Quand elle s'était levée vers midi – elle avait terminé sa période de garde de nuit à l'hôpital –, elle avait été surprise par la douceur subite qui régnait dans sa chambre. Le vent printanier s'engouffrait par la fenêtre entrouverte. Elle s'était penchée à la fenêtre et l'avait respiré avec délices. Aussi, lorsqu'elle était partie au début de l'après-midi, au lieu de prendre son manteau dans la penderie du vestibule, elle était allée chercher son imperméable, qu'elle remisait dans la garde-robe de sa chambre pour l'hiver. Du coup, elle n'avait pas vu la parka dans la penderie, à ce moment. Alors... Alors, peut-être que Bénédicte aussi avait renoncé le matin à cette doudoune trop chaude.

Marie-Louise ouvrit l'autre battant de la penderie. Tout de suite, elle remarqua que le blouson vert à feuille de palmier n'était pas à sa place, tout au bout. Alors, Bénédicte était bien partie le matin, mais avec le blouson léger que Mehdi lui avait rapporté de son dernier voyage au Maroc ! D'ailleurs, Marie-Louise avait entendu la porte d'entrée se refermer. D'ailleurs, le cartable de Bénédicte n'était pas dans sa chambre. D'ailleurs...

Bénédicte avait quitté la maison, comme d'habitude, pas de doute, sauf qu'après elle n'avait pas pris le bus. Évanouie dans la nature, d'un coup de baguette magique... La formule se présenta à Marie-Louise, dérisoire, comme si Bénédicte n'était déjà plus qu'une image absorbée sur la route dans une sorte de fondu enchaîné cinématographique.

La police. Elle devait appeler la police, Julien avait raison. Elle passa au salon. Le téléphone se trouvait sur un guéridon dans un coin de la pièce, entre la photo de Bénédicte et celle de Ferdi. Autrefois, il y avait aussi sa photo à elle en robe de mariée au bras de Mehdi. Les enfants étaient chacun dans leur cadre, séparés, comme dans la réalité. Depuis le divorce, Bénédicte avait choisi de vivre avec elle ; Ferdi, qui avait alors seize ans, maintenant dix-huit, avait préféré Mehdi, une façon de sortir du désert de Montange pour habiter en ville, à Arelborn.

Marie-Louise décrocha, mais reposa aussitôt le combiné. Et si Bénédicte était chez Mehdi ? Elle n'était pas en mauvais termes avec son père. De son côté, il faisait tout pour l'attirer chez lui. Il se plaignait souvent de ne pas la voir assez. Puis, il y avait Ferdi. Elle aimait beaucoup son frère, surtout depuis qu'ils étaient séparés. Quittes de se chamailler, ils se considéraient, bien sûr, comme les victimes collatérales de la rupture entre les parents, les plus à plaindre, en définitive.

De toute façon, avant d'appeler la police, elle devait prévenir le père. Ils allaient le contacter, il fallait qu'il soit au courant.

Elle mordit sur ses lèvres et composa le numéro.

« Nord-Construction.

— Mehdi, c'est moi.

— Marie-Lou ? Ça va ?... Qu'est-ce qui t'arrive ?

— Est-ce que Béné... Est-ce que Béné est chez toi ?

— Chez moi ? Que veux-tu qu'elle fasse chez moi ?

— Avec Ferdi ?

— Ferdi est à côté, devant la télé. Qu'est-ce qui se passe ?

— Elle n'est pas rentrée, Mehdi.

— Comment ça ?

— Elle est partie ce matin, mais elle n'a pas pris le bus, je suis allée voir Julien Stoquès, il ne l'a pas vue.

— Et à l'école ? Tu as téléphoné à l'école ?

— Non. De toute façon, maintenant qu'elle n'est pas rentrée... Je vais appeler la police.

— La police ?

— Oui, je crois que ça vaut mieux. Julien m'a dit que je devrais le faire.

— De quoi il se mêle, Julien ? Il a fallu que tu ameutes déjà tout le quartier ? Pas besoin de mêler les flics à une bêtise pareille. Elle est chez une copine, c'est tout. Vous vous êtes disputées ?

— Non. Tout allait bien.

— Ah oui, tout allait bien ! Ça me rappelle quelque chose.

— Qu'est-ce que tu veux dire ?

— Tu m'as compris, Marie-Louise. Entre nous aussi tout allait bien. Jusqu'au jour où tu as décidé que ça n'allait plus. Tu es tellement parfaite, toi ! Eh bien, voilà le résultat !

— Mais je t'assure...

— Arrête, s'il te plaît ! Écoute, je m'en occupe. Attends-moi. Je serai là dans une demi-heure. »

3

Quand elle se mit à ranger les assiettes dans le placard de la cuisine, Julie repensa soudain au verre à pied qu'elle avait cherché l'après-midi. Elle se tourna vers son mari, qui mettait le drap de vaisselle à sécher sur le radiateur.

« Dis, on avait bien acheté six verres à pied dimanche à la brocante ?

— Oui.

— C'est curieux, je voulais les caser de l'autre côté tout à l'heure et j'ai vu qu'il en manquait un.

— Tu les avais comptés ?

— Sûr. Le type me les a placés dans une boîte à chaussures, un à un.

— Y avait autre chose dans cette boîte ?

— Après, j'y ai ajouté les pièces du milieu de table, celles que t'avais trouvées au bout de la Batte, tu sais bien.

— Tu as dû garer ton verre avec ces pièces-là.

— Walter ! Je ne suis pas aveugle. J'allais pas fourrer un verre entre une salière et un pot à moutarde, tout de même !

— Bon ! Je dis ça, je dis rien. »

Walter passa « de l'autre côté », comme ils disaient entre eux, c'est-à-dire dans la salle de séjour, avec l'intention, quotidienne, de jeter un coup d'œil à son journal à côté du poêle, tant que Julie continuait à vaquer à ses casseroles. Ensuite, quand elle arriverait, elle allumerait la télé et il serait forcé de se farcir les inepties qui la ventousaient chaque soir à l'écran. Toutefois, avant de s'asseoir, il s'arrêta devant l'un des trois buffets vitrés de la pièce, dont un vantail était resté ouvert.

Sur les tablettes s'alignaient des bibelots de toutes sortes, figurines, faïences, porcelaines, jouets, boîtes à musique, poupées, pour les plus communs, à côté de raretés moins identifiables. Les cinq verres déballés par Julie avaient repoussé à l'arrière un nécessaire à pipe dans sa pochette de cuir, qui comprenait la pipe en racine de bruyère, un cure-pipe et une blague à tabac en vessie de porc. Elle avait laissé un espace pour le manquant. C'était embêtant, Walter ne pouvait pas lui donner tort... Un service, c'est six pièces ; cinq, ce n'est plus qu'un rebut.

Ils étaient tous les deux mordus de brocanterie. Ça leur était venu subitement après le départ de leur fille. Laura travaillait en France, chez PSA, à Charleville, depuis quelques années déjà. Sauf s'ils trouvaient un emploi pas trop loin et qu'ils rachetaient une maison à deux, les jeunes, depuis longtemps, ne restaient plus à Montange. Laura n'était pas près de se passer la corde au cou, elle louait un appartement, là-bas, rue du Moulin. Un dimanche, après son installation, Walter et Julie étaient allés l'aider à rafraîchir les peintures. Place Ducale, des brocanteurs avaient installé leur bric-à-brac sous les arcades. Et là, tandis qu'ils passaient, le regard de Walter avait été happé par un moule à cartouches. Il était resté en arrêt, comme un chien devant la gueule d'un terrier. Il avait pincé le bras de Julie.

« Regarde-moi ça ! Mon père avait le même quand il fabriquait ses munitions. J'aurais jamais cru en revoir un. »

Puis à l'adresse du vendeur : « Combien ?

— Dix mille.

— Hein ? »

L'homme comptait encore en anciens francs. Après avoir sorti une calculette de sa poche de poitrine, il avait précisé : « Quinze euros.

— Trop cher ! »

Ils avaient continué vers l'appartement de Laura, mais Walter avait fait demi-tour et avait acquis le moule pour douze euros.

C'est ainsi que leur manie avait pris racine. Walter s'était mis en tête de dénicher le mandrin et le sertisseur qui allaient avec le moule. Il ne les avait jamais découverts mais, à chaque marché aux puces où ils se rendirent ensuite tous les deux, ils ne purent réprimer l'envie d'acheter l'une ou l'autre babiole qui leur frappait l'œil.

Ça devint leur passion, leur dada, leur religion même : ils y consacraient les dimanches et les jours de fête, excepté si Laura leur rendait visite, ce qui était bien rare, au point que Julie lui en voulait un peu, après tout ce qu'elle avait fait pour elle, comme elle disait. D'un autre côté, la brocante, en quelque sorte, avait reprisé leur union à eux deux, qui s'effilochait de partout, usée par les années, les tiraillements communs à tous les couples, dans lesquels, il faut bien le dire, Julie avait mis beaucoup du sien. Ils étaient bien capables certains soirs de refaire l'amour même, à cause d'un petit saxe ou d'un biscuit qu'ils avaient décroché dans la journée, alors qu'ils dormaient depuis des lustres à l'auberge du cul tourné.

Leur marché préféré, c'était celui du quai de la Batte à Liège. Ils s'y rendaient au moins une fois par mois. Bientôt, ils avaient dû installer des vitrines « de l'autre côté ». Ils y exposaient les pièces les plus intéressantes pour leur seul plaisir, car ils ne recevaient jamais de visite. Le reste était entreposé à l'étage sur des planches de sapin que Walter avait fixées aux murs des couloirs. L'ancienne chambre de Laura s'était transformée en entrepôt pour les plus grosses pièces. On ne pouvait plus s'y déplacer que de profil entre les étagères sur pieds. Du même coup, quand elle venait, Laura n'aurait pas pu loger, même si elle l'avait voulu.

Walter referma la vitrine, s'assit près du poêle et déplia son journal. Il avait moins l'intention de le lire que de se donner une contenance si Julie arrivait. Ce qu'il voulait, c'était rentrer dans sa coquille et penser tranquillement à ce qui lui passerait par la tête. À ce moment, cependant, il l'entendit sortir par la porte de la cuisine qui donnait sur l'extérieur. Qu'est-ce qu'elle fabriquait dehors ? Elle pouvait bien faire ce qui lui chantait, naturellement, mais il fallait qu'il sache quoi. Sinon, ça l'indisposait, il n'arrivait pas à se livrer à ses cogitations. Comme si ce blanc dans sa présence, vu le caractère en dents de scie de Julie, menaçait obscurément sa tranquillité. Lorsqu'elle réapparaissait d'une de ces éclipses, il ne pouvait s'empêcher de l'interroger.

« Où étais-tu passée ? »

Il ne retrouvait sa quiétude qu'au moment où elle lui avait expliqué qu'elle était allée rechercher son panier de pinces à linge, par exemple, ou après qu'elle lui eut fourni n'importe quelle raison aussi péremptoire, qui la replaçait sous son contrôle tacite et lui permettait de reprendre en paix le fil de ses idées.

Quand elle revint et qu'elle s'assit dans son fauteuil, il sentit avec une certaine appréhension que la question habituelle n'allait pas lui donner les apaisements espérés. Julie mijotait quelque chose. Elle n'avait pas démarré la télé séance tenante, comme elle l'aurait fait autrement, à l'aide de la zappette posée sur son coussin.

« Où étais-tu ?

— Dans le break. »

Walter se racla la gorge.

« Pour quoi faire ?

— Je cherchais le verre, des fois qu'il serait tombé dimanche, quand on est revenus de Liège.

— Et alors ?

— N'y est pas.

— Ça m'aurait étonné. Écoute, on va le retrouver, ce verre, il ne s'est pas volatilisé. Tu as dû le poser quelque part sans faire attention. »

Elle n'avait même pas l'air de l'écouter. Elle regardait droit devant elle, la tête légèrement oblique, dans l'attitude de quelqu'un qui rassemble ses forces. Walter redressa son journal qu'il avait penché sur ses genoux. Il tenta de retourner à ses propres pensées, mais l'immobilité de Julie le perturbait.

« Tu n'allumes pas la télé ?

— Je sais pas.

— Quelque chose ne va pas ? »

Sa tête pivota lentement vers lui, comme si elle l'ajustait dans sa ligne de mire.

« Tu as été avec une femme dans le break. »

Le journal retomba sur les genoux de Walter avec un froissement émietté, qui aurait pu tout aussi bien sortir de son cœur.

« Une femme dans le break ? Mais qu'est-ce que tu vas chercher ?

— Ne mens pas, je l'ai bien senti.

— Senti ? Comment ça, "senti" ?

— Ça pue le parfum dans ta voiture, figure-toi ! Un parfum de cocotte ! À qui il est, ce parfum ? Tu sais bien que j'en mets pas. J'le sens d'un coup, quand y en a. D'où elle vient, cette puanteur, tu peux me le dire ? »

Walter referma le journal. Ses gros doigts de bûcheron le rabattirent à son rectangle postal puis, machinalement, ils continuèrent à le replier sur lui-même jusqu'à le transformer en une sorte de gourdin, avec lequel tout à coup il se donna un coup violent sur la cuisse.

« Eh ben oui, bon Dieu, j'ai pris quelqu'un en stop ! En stop, voilà tout ! Tu ne vas pas nous ressortir la grande scène de la jalousie ! »

Il avait haussé le ton, ce qui souleva un sourire de mépris au coin des lèvres de Julie.

« Tu vois bien que tu mens. »

Sa voix forçait sur la douceur.

« Si tu m'avais dit immédiatement que t'avais pris une personne en stop, il n'y avait pas de problème. Mais non, tu commences tout de suite par nier l'évidence. Et ça, ça prouve bien qu'il s'est passé quelque chose de pas reluisant dans ta voiture, quelque chose que tu aimes mieux me cacher.

— Arrête les frais, Julie ! Il ne s'est rien passé du tout.

— Pendant des années, tu n'as pas pu te retenir de te payer du bon temps dès que l'occasion se présentait. Je ne disais rien à cause de la gamine. J'ai été assez bête pour croire que c'était fini, quand elle est partie, justement. Je pensais que ça t'avait fait un choc, que ça t'avait ramené à moi, fallait-il que je sois idiote !

— Je te dis qu'il n'y a rien eu. Je l'ai chargée, puis je l'ai déposée où elle devait se rendre, point à la ligne.

— Après un petit écart sur un chemin forestier, histoire de lui montrer la nature. Le plan habituel de l'homme des bois. Et là, ni une ni deux, tu lui as sauté dessus pour lui faire voir la feuille à l'envers.

— N'importe quoi...

— Le verre à pied, tu sais où je le cherchais ?

— Quoi, le verre ? Tu me l'as dit : dans l'auto !

— Et où, dans l'auto ? Hein ? Sur la banquette arrière, où on avait posé la boîte à chaussures quand on est revenus de la Batte. C'est là que ça schlinguait le parfum, Walter ! Pas sur le siège passager. Sur la banquette où vous vous êtes enfourchés comme des bêtes en rut ! À moins que tu ne fasses monter les autostoppeuses à l'arrière, à présent ?

— Julie, attends ! Je vais tout t'expliquer.

— Non, non, Walter ! Ne m'explique rien. Je peux me passer des détails. Tu vas devoir sortir une nouvelle menterie. Tais-toi, surtout ! Tais-toi, je t'en prie ! »

Elle s'arracha du fauteuil. Ses yeux brillaient, non plus de colère, sous l'afflux des larmes qui les envahissaient. Pour tenter de les contenir, elle glissa le bout des doigts sur les poches sombres qui s'étaient creusées au-dessus de ses joues depuis quelque temps. Inutile, elles s'écoulaient malgré elle, le long de son nez, et elle renifla comme une enfant.

Walter voulut se lever à son tour, mais elle s'éloigna vers la porte du corridor.

« Julie, enfin !

— Laisse-moi ! Bonsoir ! »

Elle disparut. Il entendit les degrés de l'escalier qui craquaient sous ses pas.

Il tenait toujours le journal en main. Il s'aperçut qu'à force de le triturer, ses doigts avaient froncé et déchiré le papier. Ça lui provoqua un soubresaut au-dessus des épaules, il relâcha aussitôt les phalanges, horrifié comme s'il s'était livré à une espèce de strangulation sans y avoir pris garde. Il saisit le tisonnier, souleva le tampon du poêle et jeta le rouleau sur les braises, où il s'enflamma en se tortillant. Puis il reprit place dans son fauteuil, ferma les yeux et, de son occiput, se mit à cogner le dossier.

« Bon sang de bonsoir, fallait vraiment qu'elle fourre son nez dans la bagnole ! » murmura-t-il entre ses dents et, de nouveau, il s'assena un coup de poing sur la cuisse. C'était parti pour des jours et des jours de soupe à la grimace. Julie lui ferait sa tête de martyre du matin au soir. La nuit, elle se tapirait à l'extrême bord du lit, comme s'il allait lui refiler la vérole, en prenant soin d'émettre quelques sanglots habilement réprimés, quand elle sentirait qu'il se réveillait.

Il en avait connu des crises de ce genre en vingt-neuf ans de mariage, en tout cas jusqu'au déménagement de Laura. Il suffisait qu'une femme lui glisse un sourire au Carrefour des Trois-Frontières, à Arelborn, lorsqu'ils faisaient leurs courses le vendredi, par exemple. D'où la connaissait-il ? Elle ne souriait pas à un inconnu, tout de même ! Qu'il arrête de la prendre pour une cruche ! Elle connaissait parfaitement cette sorte de saintes nitouches qui racolent dans les files aux caisses, en poussant leur caddie contre les fesses des hommes.

Cette femme, elle se persuadait qu'il la retrouvait le lundi dans la forêt, sur une des coupes où il travaillait en solitaire. Il pilotait une abatteuse Timberjack, une machine qui pouvait cueillir en une minute un épicéa à la racine, le soulever entre ses mâchoires pour le mettre à nu, avant de le débiter en rondins d'un mètre. Il venait d'acquérir le dernier modèle. Pour l'avoir vu à la besogne quelquefois, elle s'était fourré dans la tête que cet engin, qui lui donnait la chair de poule, conférait à son conducteur une aura sexuelle monstrueuse. À ses commandes, Walter assouvissait les pulsions inavouables qui l'avaient inexplicablement éloigné d'une vie convenable. Car il était ingénieur, il travaillait dans un bureau d'études quand il avait plaqué tout du jour au lendemain, soi-disant qu'il étouffait, qu'il préférait gagner moins et vivre plus.

Vivre plus, qu'est-ce que ça pouvait bien camoufler ? Elle s'était trituré les méninges longtemps avant de se jeter sur une explication qui était devenue une idée fixe : son mari voulait *baiser* plus, tout simplement, elle ne lui suffisait pas, il était saturé d'elle, comme ses pannes à répétition l'indiquaient.

Comment aurait-il pu la convaincre qu'en fait il ne l'avait jamais trompée une seule fois ? Comment lui faire comprendre que c'était cette suspicion continuelle, justement, qui avait fini par le dégoûter d'elle et de toutes les autres femmes par-dessus le marché ? Enfin, des femmes mûres, des femmes adultes...

Sinon, il restait ému par la féminité, à condition qu'elle soit intacte, virginale. Le blé en herbe, voilà ce qui le troublait jusqu'au fond de l'âme, la jeune pousse dans son élan, sa fraîcheur, qu'il vaudrait mieux faucher peut-être avant qu'elle ne se courbe sous les épis, qu'elle ne se dessèche et finisse en paille.

Pendant quelques années, dans sa maison, il avait eu une telle plante sous les yeux. Laura, enfant, avait été sa princesse. Il aimait sa fille au point que le verbe « aimer » lui paraissait presque impropre à sa relation avec son épouse. Mais le règne de Laura avait été de courte durée. Il s'était achevé à l'adolescence, quand Julie, la voyant devenir femme comme elle, en avait fait sa confidente.

C'étaient les années noires de l'affaire Dutroux. Un terrible choc pour tout le monde, mais quelque chose de pire pour Julie, un coup d'assommoir, le début d'une sorte de paranoïa. Pourquoi ? Parce qu'une des petites victimes de Dutroux s'appelait Julie, comme elle ? Peut-être. Elle s'était mise à soupçonner le mal partout. Tous les hommes étaient des Dutroux en puissance.

Insensiblement, elle avait inoculé son mal à Laura. Des tendres étreintes dans les bras paternels avant de monter se coucher, elle l'avait fait passer au baiser, bouche pincée, sur la joue. Le matin, elle lui interdisait de descendre à la cuisine en pyjama, avec, pour unique explication, son menton levé et le regard entendu en direction de celui qu'elle n'appelait plus que « ton père ». Sans davantage de commentaires, elle avait enjoint audit père de placer un barillet de sécurité à la porte de la salle de bains.

Dans ces conditions, comment s'étonner que ce qui était arrivé soit arrivé ? Un soir, il était rentré d'une vente publique de chablis qui se tenait au Trévire, au bout de laquelle il avait bu quelques verres de genièvre en trop avec les propriétaires. Avant de se mettre au lit, il était passé dans la chambre de Laura, pour poser ses lèvres sur son front dans son sommeil, comme il le faisait souvent, sans qu'elle s'en rende compte. Mais, alors qu'il se penchait, il s'était pris les pieds dans la carpette, était tombé sur elle. Elle s'était réveillée, avait allumé. Il reculait, hagard, en caleçon. Elle s'était mise à hurler. Julie était accourue et, au lieu de ramener Laura à la raison, elle l'avait giflé, lui, en le traitant de cochon.

Le lendemain matin, il avait protesté devant elles, le nez dans leur bol de café. Certainement, elles avaient compris qu'il n'avait jamais eu la moindre intention malsaine à l'égard de sa fille. Mais c'était trop tard. Le simple fait qu'elles avaient pu penser qu'il ait pu en avoir avait corrompu à jamais leurs âmes. Ils n'en avaient plus jamais parlé.

Tout cela n'avait pas empêché Laura de jeter ensuite son bonnet par-dessus les moulins. Il s'était tu, désolé, jusqu'au jour où... Ah ! à quoi bon retourner le fer dans la plaie ? Elle était partie, cela valait mieux. Elle venait d'obtenir son diplôme en comptabilité. Elle avait pris soin de mettre une frontière, même, entre eux.

Finalement, Walter s'était senti soulagé. Une partie du malaise s'était dissipée, une sorte d'amour conjugal se rétablit entre Julie et lui. Pas un amour authentique, bien sûr, un amour de brocante, une chose ancienne raccommodée, qui peut encore fonctionner, mais dont on sait bien qu'elle a fait son temps.

Au fond du cœur de Walter demeurait toujours la blessure de l'amour arraché de sa fille. Il l'avait crue cautérisée jusqu'à ce que, ce matin, elle se réveille brusquement.

Il partait avec le break pour la coupe de mélèzes où il était occupé quand, en franchissant le pont sur la Sûre, soudain, de l'autre côté, il avait aperçu Laura. Du moins, c'est l'illusion qu'il avait eue, car, bien entendu, il ne pouvait s'agir de Laura : qu'est-ce qu'elle aurait fait à cet endroit ? Par quel miracle, en plus, aurait-elle retrouvé la silhouette qu'elle avait dix ou quinze ans auparavant, lorsqu'elle était une adolescente, avec ses beaux cheveux châtains qui lui tombaient sur les épaules ? La confusion n'avait duré que quelques secondes, suffisantes cependant pour cabrer son cœur qui, ensuite, avait continué à s'agiter parce qu'il se demandait ce qu'elle pouvait bien fabriquer, cette fille qui n'était pas la sienne. Elle était passée dans le talus qui descendait jusqu'à la rivière, au-delà du pont. Elle n'allait pas se jeter à l'eau, tout de même ?

Il s'était arrêté, avait bondi hors du break et s'était précipité.

« Holà ! Holà ! Qu'est-ce que tu fais ? »

La fille s'était retournée, il avait découvert son visage. Il la connaissait. C'était la gamine de Mehdi et Marie-Louise. Heureusement, elle n'avait pas du tout une figure à se suicider. Elle lui souriait.

« C'est Silvio ! Mon chat ! Regardez, il est là ! »

Quelques mètres plus bas, à deux doigts des eaux en crue, un gros matou tigré la reluquait, comme s'il la défiait de le rejoindre.

« Laisse-le ! Tu risques de tomber à l'eau. Allez, remonte ! »

Il lui avait tendu la main. Elle l'avait saisie de sa propre main qui était si menue qu'il aurait pu en prendre deux comme ça d'un seul coup, si frêle, si veloutée, si chaude que son cœur rassuré était reparti de plus belle.

« Comment tu t'appelles déjà ?

— Bénédicte.

— Ah oui... Ton chat part en vadrouille, Bénédicte. C'est le printemps ! Silvio ? Comme Berlusconi ? »

En quittant la maison, il avait bien senti la tiédeur subite de l'air matinal, mais il n'avait pensé, avec mauvaise humeur, qu'à la boue qui risquait de rendre impraticable la portion de chemin de forêt que le break devait emprunter avant de rejoindre le Timberjack. C'est le chat qui lui fit percevoir la portée plus générale du changement de météo. Le printemps, la saison des amours, était là.

« Ça fera une nichée de chatons supplémentaire dans la grange de Larondelle ! »

Bénédicte hocha la tête d'un air un peu gêné, mais certainement complice. Du coup, l'idée de l'emmener s'empara de lui. Elle ne semblait nullement sur ses gardes. Plus d'une fois, du moins à l'époque où Mehdi était encore avec Marie-Louise, il était venu chez eux leur livrer du bois de chauffage. Après, il causait avec Mehdi à la cuisine, autour d'une tasse de café, en sa présence. Bénédicte lui faisait confiance, il le voyait bien, autant qu'il aurait aimé que Laura lui eût fait confiance au même âge.

« Je t'emmène à l'école, si tu veux.

— Oh oui. Pourquoi pas ? »

Avec une petite expression espiègle. Elle s'était dirigée directement vers la portière avant, mais était-ce bien la place d'une si jeune fille ?

« Non, non ! Derrière ! »

Il s'était empressé de lui ouvrir et avait prononcé : « Si madame veut bien se donner la peine... »

Elle avait laissé échapper un rire argentin qui avait pénétré à travers sa poitrine, de part en part, jusqu'à son cœur toujours caracolant.

4

À huit heures et demie, Mehdi était là. Marie-Louise entendit le grondement autrefois familier du moteur quand son pick-up pila devant le garage en appentis qu'il avait construit lui-même. Elle était assise à la table de la cuisine. Elle n'avait pas pu toucher au repas qu'elle avait préparé. Finalement, elle avait débarrassé et s'était reversé juste un peu de vin blanc. Elle leva la tête et, le temps qu'elle se demande si elle n'aurait pas dû aller à sa rencontre dans le vestibule, il se trouvait devant elle.

« Elle est rentrée ?

— Non. »

Tandis qu'il faisait la route, il avait espéré, sans doute, que Bénédicte serait revenue lorsqu'il arriverait. Il y avait même cru, car, immédiatement, son visage se décomposa. Une grimace douloureuse contracta ses lèvres et ses sourcils, comme s'ils avaient voulu se rejoindre. Il serra les poings et murmura : « Ce n'est pas possible », en détournant les yeux.

Si l'angoisse avait pu lâcher Marie-Louise un instant, elle se serait peut-être trouvé de la pitié pour lui.

Mais depuis qu'il l'avait trompée avec sa secrétaire, comme un minable petit parvenu, tout ce qu'elle éprouvait à son égard, c'était de la honte. Ah ! il était moins fier maintenant ! La vie vous rattrape au tournant quelquefois.

Machinalement, elle prit son ton d'infirmière.

« Assieds-toi. »

Il tira une chaise et s'assit devant elle, sans ôter sa canadienne, à la place qu'il occupait naguère. Forcément, cela aurait été différent de faire face ensemble, unis tous les deux, ainsi qu'ils l'avaient été des années durant, autour de cette table ! L'inquiétude aurait été la même mais partagée, plus supportable. Au lieu de quoi, Marie-Louise le sentait, chacun s'apprêtait à piétiner le désarroi de l'autre et se retrouverait bientôt plus seul que jamais avec sa moitié de souffrance humiliée. Elle attendait que Medhi tire la première salve.

Il resta d'abord muet, à contempler la nappe brodée bleue qu'il reconnaissait, les bras croisés, puis il leva les yeux sur elle, le menton bas, le regard douloureux mais féroce à la fois, comme celui d'une bête blessée, prête à mordre aveuglément.

« Et toi, pendant ce temps-là, tu bois...

— Je bois juste un verre, Mehdi.

— C'est ça !

— Mais puisque...

— Ça va, ça va ! »

Voilà : il avait déjà décidé qu'elle buvait, qu'une pocharde, forcément, ne pouvait pas s'occuper de sa fille avec la dignité requise. Lui, pas besoin de le rappeler, il était sobre comme un chameau.

« Vous vous êtes chamaillées ?

— Pas du tout, je te l'ai déjà dit.
— Quelque chose n'allait pas, tout de même.
— Je ne sais pas.
— Tu n'as rien remarqué ?
— Non.
— C'est à ne pas croire. »

Il avança les coudes sur la table, se cala la mâchoire de côté, contre ses doigts noués, comme pour mieux réfléchir. Puis il reprit, presque triomphant.

« Eh bien, moi, je l'ai trouvée triste, quand elle est venue en week-end, la dernière fois. Plus que triste, d'ailleurs, déprimée. Oui, j'ai pensé qu'elle déprimait. Ça ne t'a pas frappée ?

— Non. »

Deuxième assaut, tout de suite dans le mille ! Le doute en plein cœur. Est-ce que Bénédicte était mal dans sa peau sans qu'elle s'en soit aperçue ? Bénédicte n'était pas bavarde. Autrefois, c'est Ferdi qui n'arrêtait pas de causer : un vrai moulin. Bénédicte, il fallait lui tirer les vers du nez.

Marie-Louise tenta de se rappeler. Ces derniers jours, elle avait fait les nuits à Saint-Christophe. Elle dormait toute la matinée mais, malgré tout, elle était fatiguée. Distraite, probablement. Elle était à la maison quand Bénédicte rentrait de l'école, elle ne partait qu'en début de soirée, après le souper. De quoi elles avaient parlé, elle ne s'en souvenait plus. Rien, en tout cas, qui aurait pu attirer son attention. Tout avait l'air normal.

« Même Sandra m'en avait touché un mot, elle était inquiète. »

Il ne manquait plus que Sandra ! L'indispensable Sandra, la secrétaire dévouée qui l'avait toujours si bien compris, qui l'avait soutenu à ses débuts d'indépendant, qui lui redressait le moral et le reste, jusqu'à ce qu'une bonne âme mette Marie-Louise au parfum et qu'elle transmette aussi sec le dossier de la faillite conjugale à ce secrétariat si prévenant.

Sandra, elle, dont les antennes captaient sans faillir le moment de lassitude où le client va signer le contrat, Sandra, naturellement, avait senti que Bénédicte n'était pas dans son assiette. Quelle mère admirable elle aurait faite si, comme elle le prétendait, par respect pour les enfants du premier lit de Mehdi, elle n'avait renoncé aux joies de la maternité !

« Et, à elle, Bénédicte s'était confiée, j'imagine ? »

Mehdi haussa les épaules. La réplique, il ne l'avait pas volée. Il savait très bien que Bénédicte ne pouvait pas encadrer Sandra. Elle avait choisi le camp de sa mère, moins par amour ou même par compassion pour Marie-Louise que pour le désavouer. C'est lui qui avait donné les coups de couteau dans le contrat. Avec celle qui lui avait fourré son joli petit canif dans les mains, Bénédicte n'avait jamais accepté de pactiser, en dépit de ses incessants travaux d'approche. Elle la tenait à distance respectueuse, avec l'intention subreptice de frapper Mehdi par ricochet. À lui, elle ne s'en prenait jamais directement. Elle restait sa fille affligée mais aimante, ce qui coupait l'herbe sous le pied aux reproches qu'il aurait pu lui adresser.

« Où est-ce qu'elle a bien pu aller ? reprit-il avec plus de calme, estimant probablement que le round d'observation avait assez duré. Elle a une amie, quelqu'un chez qui elle aurait pu aller ?

— Je ne vois pas.

— Quelqu'un à qui elle téléphone ?

— Elle ne téléphone pas. En tout cas, pas quand je suis là.

— Si, au moins, elle avait un portable... Je lui en aurais acheté un, mais tu n'as pas voulu.

— Ce n'est pas moi qui n'ai pas voulu, c'est elle, tu le sais bien.

— Elle a un copain ? Un garçon ?

— Mehdi ! Elle a eu quinze ans la semaine dernière !

— Et alors ?

— Elle n'a pas de copain, j'en suis sûre.

— Tu as fouillé sa chambre ?

— Hein ? Sa chambre ? Je ne vais pas retourner ses affaires. Je n'ai jamais fait ça !

— Eh bien, moi, je vais le faire. »

Aussitôt, il la planta là, pour bien lui faire voir à quoi ressemblait un homme résolu à gérer la situation. Il monta l'escalier quatre à quatre jusqu'à la chambre de Bénédicte.

Tout était en ordre. Le lit refait, le drap soigneusement replié sur la couverture, la carpette alignée, la chaise poussée contre le bureau, un ajour à la fenêtre, par où pénétrait un peu d'air tiède. Au lieu de le rassurer, cet alignement lui fit peur. On aurait dit que la pièce avait été rangée en prévision d'une longue absence.

Il ouvrit la garde-robe. Rien de particulier : des vêtements, du linge, un peu trop parfumés peut-être. Sur la face interne d'une porte était punaisée l'affiche de *Titanic* avec les visages enamourés de Kate Winslet et Leonardo DiCaprio. Sinon, aux murs, rien, sauf la petite tapisserie représentant un oiseau s'égosillant sur une branche, qu'elle avait réalisée elle-même et qu'il avait fait encadrer.

Il s'assit au bureau. Dessus, un sous-main revêtu d'un buvard rose, son transistor et quelques manuels. Sur le côté gauche, il y avait deux tiroirs, un grand, rempli de classeurs scolaires, puis un petit, qui contenait un bloc de papier, des cassettes, des stylos, une bougie et d'autres babioles sans intérêt, que Mehdi se mit à remuer à contrecœur. Même sans la désapprobation de Marie-Louise, il se serait reproché cette intrusion, à laquelle s'ajoutait la crainte maintenant, plutôt que l'espoir, de trouver quelque chose. S'il allait découvrir des médicaments, de la drogue, par exemple...

Tout à coup, manifestement dissimulé sous une réserve de cahiers de brouillon, apparut un carnet fermé par une épaisse couverture de cuir et un élastique. Mehdi repoussa le tiroir, déposa le carnet sur le sous-main et fit glisser l'élastique, le cœur battant.

D'abord quelques photos coincées entre la couverture et la première page s'échappèrent. C'étaient des photos d'avant le divorce, qui auraient pu figurer dans un album intitulé « Une famille heureuse en vacances ». Mehdi les reconnaissait. La plupart, il les avait prises lui-même, sur la plage à Ostende, où ils avaient passé un week-end d'été, tous les quatre, quelque temps – pas de chance – avant que Marie-Lou n'apprenne son histoire avec Sandra, alors qu'il était décidé à y mettre fin.

Marie-Lou rayonnait encore de bonheur. Elle était vêtue d'un maillot noir une-pièce. Une silhouette nette, une ligne à la mine de plomb. Elle n'avait pas aimé la photo, parce qu'elle était de profil et qu'elle ne voyait que son nez légèrement busqué. Comment avait-il pu lui préférer Sandra ?

Marie-Louise l'avait photographié lui aussi, seul, puis avec les enfants : le père aimé, l'immigré qui avait infléchi son destin à la force du poignet, la fierté de la famille, son rempart. Quelle comédie !

Sur une des vues, il serrait Bénédicte contre lui. Elle avait passé son bras autour de ses épaules, elle pressait sa joue contre la sienne. Là, bien sûr, il ne trichait pas. Il l'aimait de toutes ses forces. Elle n'avait jamais été aussi tendre avec lui qu'à cette époque. C'était comme si elle sentait s'approcher inexorablement la fin de son enfance. Bientôt, c'en serait fini de ces cajoleries de petite fille. Elle s'en rassasiait et lui aussi, mû par le même pressentiment.

Il n'avait pas eu l'occasion d'attendre leur extinction naturelle. Quelques semaines plus tard, Marie-Louise l'avait fichu à la porte. Jusqu'au prononcé du divorce, il n'avait plus vu Bénédicte, qui avait profité du délai pour basculer dans l'adolescence.

Mehdi rassembla les photos éparses sur le sous-main, comme un joueur qui a perdu remet les cartes en paquet. Il les tassa entre ses doigts et les replaça contre la charnière de la couverture. Puis il passa à la première page, sur laquelle Bénédicte avait calligraphié « Mon journal » à l'encre violette, avec la date, le 12 mars 2003. C'était le jour de son anniversaire. Elle avait reçu le carnet en cadeau. Une idée typique de Marie-Lou, fleur bleue. Au bas de la même page, elle avait noté avec un feutre noir, en gros caractères d'imprimerie, « TOP SECRET ». Mention ultérieure, qu'elle avait ajoutée sans doute quand elle s'était avisée des aveux trop intimes qu'on finit toujours par faire au papier.

Mehdi hésita. Est-ce qu'il allait fouiner dans les secrets de sa fille ? Non. C'est le genre d'indiscrétion qu'on se permet seulement quand quelqu'un est définitivement perdu. Vis-à-vis des disparus, il n'y a plus de pudeur qui tienne. Mais Bénédicte, c'est sûr, allait réapparaître, il devrait pouvoir la regarder en face.

Le pouce sur la tranche du carnet, il fit glisser les pages remplies d'une écriture droite et sèche, pas du tout féminine, jusqu'à la dernière. Celle-là, il devait la lire. Si Bénédicte avait projeté sa fugue, elle y avait fait au moins allusion la veille, elle avait peut-être même indiqué chez qui elle avait l'intention de se rendre.

Lundi 14 mars

[Mardi et mercredi, pas une ligne. Rien depuis lundi.]

Ce matin au cours d'anglais, Charline m'a dit qu'elle avait aperçu mes « parents » au cinéma, hier après-midi. Comme jobiste, elle s'occupe des billets à l'entrée des salles. Je l'y ai vue quand maman et moi nous sommes allées au cinéma pendant les vacances de Noël. C'est comme ça que Charline connaît maman. Sur le coup, j'ai failli sauter de joie. J'ai cru que papa s'était réconcilié avec maman. Elle m'avait demandé si je voulais l'accompagner en ville pour voir Maria Full of Grace, *un film sud-américain. J'ai dit non, je ne connaissais aucun acteur, et puis j'avais mes lectures de français qui n'avancent pas. Elle n'a pas insisté. Si elle avait rendez-vous avec papa, logique : elle n'avait pas besoin de moi dans les pieds, surtout pour une première fois. Ça, c'est ce que j'ai pensé tout de suite, avant que Charline, pour faire sa mijaurée, n'ajoute : « Dis donc, il devait être vachement beau gosse, ton paternel, plus jeune. Un grand blond dans ce genre-là, ça ne court pas les rues ! » Crac, boum ! Bonjour, les dégâts ! Alors, maman va au cinéma avec un grand blond ! Je suppose que ça devait arriver. La question, c'est : est-ce qu'elle va m'imposer ce type ? Déjà que Sandra me sort de partout. Que les parents se séparent, à la limite, d'accord. C'est peut-être mieux que de se regarder en chiens de faïence. Mais qu'ils nous imposent des belles-mères et des beaux-pères avec qui nous, la progéniture, on n'a rien à voir, ça devrait être interdit. Et, par-dessus le marché, on est priés de les aimer, ces indésirables, de faire ami-ami pour reconstituer une famille en pur toc. C'est dégueulasse. Tout à l'heure, j'ai demandé à maman comment elle avait trouvé le film. C'est à peine si elle savait de quoi je parlais.*

Terminé. Après, plus que des pages blanches, aussi vides que l'absence de Bénédicte.

Alors, Marie-Lou voyait un autre homme... Mehdi ne l'aurait jamais imaginé. Après le coup à l'estomac de la fugue, ça lui faisait l'effet d'un crochet en pleine poire. Souffler un peu, le temps d'encaisser, ça n'aurait pas été de refus. Mais impossible. Plus tard. Il devait serrer les dents jusqu'à ce que Bénédicte soit revenue.

« Tu as trouvé quelque chose ? »

Marie-Louise était là, dans l'encadrement de la porte. Finalement, elle s'était décidée à quitter la cuisine. Il se tourna vers elle, souleva le carnet de Bénédicte.

« Son journal.

— Ah oui... C'est moi qui le lui ai offert pour ses treize ans. Tu as regardé ? Qu'est-ce qu'elle dit ?

— Je croyais que tu ne voulais pas fouiller dans ses affaires.

— Puisque tu l'as fait.

— Bien sûr ! Puisque je l'ai fait ! »

Il grimaça un sourire ironique, puis reprit après un silence, le temps de refouler à l'arrière-plan le grand blond qui jouait des coudes pour se mettre entre eux.

« Elle n'a rien écrit depuis lundi. Et lundi... rien. Rien qui vaille la peine. »

Marie-Louise s'avança. Elle s'assit au bord du lit.

« Je crois qu'il vaudrait mieux prévenir la police, Mehdi. »

Il porta nerveusement un poing serré à ses lèvres et soupira.

« Je sais, je sais, Mehdi. C'est moi qui vais m'en occuper.

— Si c'est moi, ils vont tout de suite penser que je l'ai enlevée, c'est ça ? »

Pas la peine de protester, de remuer le fer dans la plaie. Mehdi ne portait pas la police dans son cœur. Au début de leur mariage, il avait eu un sérieux problème avec les gendarmes quand il était chauffeur chez Grosjean et Fils.

Un jour, Grosjean s'était aperçu que son stock de moellons creux diminuait bizarrement. Pour finir, il manquait plusieurs palettes. Un des chauffeurs devait lui barboter quelques unités à chaque voyage. D'abord, il avait voulu régler l'affaire en interne. Debout devant son bureau, les six chauffeurs n'avaient pas pipé mot, même si l'un ou l'autre lorgnait Mehdi. Alors, il avait appelé les gendarmes.

Vu que Mehdi était accessoirement occupé à retaper son logement et que, principalement, il était maghrébin, il s'était retrouvé suspect numéro un. Ils avaient débarqué un samedi, alors qu'il était en plein plâtrage de la salle de bains. Pas de bonjour, pas de monsieur. Ils le tutoyaient. Ils voulaient voir les factures des parpaings entreposés contre le flanc de la maison pour la construction, plus tard, du garage en appentis.

C'est elle qui les avait montrées sous leur regard réprobateur. Comment une fille diplômée, même pas moche, avait-elle pu épouser un métèque comme lui ? Pour les narguer, au moment où ils les avaient raccompagnés bredouilles sur le seuil de la porte, elle avait pris Mehdi étroitement par la taille, si bien qu'elle s'était retrouvée avec la moitié gauche de ses vêtements couverts de plâtre. Ce qu'ils avaient pu en rire ensuite ! Elle ne s'était jamais sentie si proche de lui.

Après, Grosjean avait découvert que le couac ne venait pas des camionneurs, mais d'erreurs du fabricant à la livraison. Il les avait convoqués de nouveau, pour leur offrir une Orval, cette fois. Medhi n'avait pas bu. Il avait dit à Grosjean merci, qu'il ne buvait jamais, mais, même s'il avait bu, ce jour-là, il aurait fait carême.

« Je descends téléphoner au salon.

— Non ! »

Il avait presque crié. Les flics, ici, comme à l'époque, il ne le supporterait pas. En plus, attendre en compagnie de Marie-Louise, obligé de chasser le parasite à poil blond de son esprit, c'était au-dessus de ses forces.

« Je vais aller au commissariat. Je retourne en ville, je vais les voir moi-même. Je te tiendrai au courant.

— D'accord, tu as raison, ce sera sans doute mieux ainsi. »

Il était debout ; elle, toujours assise au bord du lit. Elle levait vers lui des yeux soudain pleins de gratitude. Un instant, il pensa lui tendre les bras pour l'aider à se redresser. Mais ses bras ne lui obéirent pas.

Il se retourna vers le bureau, ouvrit le tiroir dans l'intention d'y replacer le carnet, avec ses révélations et ses photos de famille. Du coup, il pensa qu'il aurait besoin d'un portrait de Bénédicte, que la police en demanderait un, si elle lançait des avis de recherche. Pas une des photos du carnet. Elles étaient trop anciennes, trop... Elles ne convenaient pas.

« Il me faudra une photo récente. Tu en as ? »

Elle se leva, réfléchit un instant.

« Oui, il y en a bien une. »

Ils redescendirent dans le corridor. Marie-Louise passa dans le salon et revint avec la photo de Bénédicte qu'elle avait enlevée de son cadre posé sur le guéridon. Elle l'avait prise au cours d'une promenade en forêt, l'automne dernier. Bénédicte était assise au bord du chemin, sur un dépôt de grumes d'éclaircie, prêtes à être charriées. Derrière elle, dans le taillis jaunissant, on apercevait la silhouette d'une abatteuse Timberjack, la gueule au sol, comme un dinosaure en acier et, plus loin, la berge de la Sûre. Elle souriait, mais d'un air crispé ou désabusé, comme si elle savait que c'était peut-être sa dernière photo.

« Elle avait mon blouson ?

— Oui, en effet. Ça tombe bien : elle l'a mis aujourd'hui. Elle ne l'avait pas porté de tout l'hiver. Mais, ce matin, elle l'a ressorti de la penderie.

— Vraiment ?

— Oui. »

Mehdi prit le cliché. Il le glissa dans la poche intérieure de sa canadienne. Une petite éclaircie s'ouvrait dans son angoisse. Il était sûr à présent qu'au moment de s'enfuir Bénédicte n'avait pas choisi par hasard son blouson, le blouson qu'il lui avait offert.

5

Le plus souvent, Julien n'attendait pas le retour de sa femme pour se coucher. En semaine, elle rentrait vers onze heures. Le week-end, cela pouvait devenir minuit ou une heure, du fait que la brasserie Le Trévire, où elle faisait la plonge, à Arelborn, fermait plus tard. Julien, lui, devait se lever à l'aube pour aller en mobylette jusqu'au dépôt des bus vicinaux, à quelques kilomètres.

Quand Liesbeth se glissait entre les draps, il émergeait vaguement du sommeil. La jambe ou le bras froids, en se plaquant contre son corps, lui arrachait quelques grognements qui faisaient office de « Bonne nuit » et « À demain ».

L'après-midi, lorsqu'il rentrait, Liesbeth était déjà partie en ville. Au total, ils ne se voyaient que du lundi au mercredi, ses jours de congé. Cela leur convenait, vu que, depuis longtemps, c'était bien assez pour ce qu'ils avaient à se dire.

Ce tarissement, ils en avaient pris conscience depuis le départ de leur fils à l'École royale militaire. Avant, quand David vivait encore avec eux, la maison bourdonnait littéralement du matin au soir, non seulement de leurs voix, mais du remue-ménage incessant dû à son naturel trépidant.

Dans sa chambre, il poussait les baffles de son PC à faire trembler le lustre du séjour, il montait et descendait l'escalier comme s'il testait la résistance des marches, il fermait les portes à la volée, cognait sa tasse contre la soucoupe, ses couverts contre son assiette, ses chaussures contre les pieds de la table. En hiver, il fallait prier pour qu'il ne s'enrhume pas : il ne toussait pas, il aboyait ; il ne se mouchait pas, il barrissait. Et, en toute saison, c'est lui qui tenait le crachoir.

Ce qui l'amusait, c'était de provoquer ses parents, non par méchanceté, mais pour les tirer de l'apathie qui les avait accablés à la mort d'Annelise, sa petite sœur, bien des années auparavant, et dans laquelle ils étaient toujours à deux doigts de retomber.

Par exemple, il préconisait tout à coup la dépénalisation du cannabis. Il n'y aurait jamais touché, mais le mot, à lui seul, faisait bondir Julien de sa chaise. Si sa mère semblait perdue dans ses pensées, il soupirait brusquement que le flamand, la langue maternelle de Liesbeth, qu'il étudiait à Saint-Jean-Baptiste-de-La-Salle, était un dialecte à se jeter la tête la première dans un canal. Aussi sec, elle montait sur ses grands chevaux, brabançons en l'occurrence, jusqu'à ce qu'ils éclatent de rire, l'un comme l'autre.

Deux ans plus tôt, le 21 juillet, alors que Julien regardait le défilé militaire de la fête nationale à la télé, David s'était mis à se payer la tête des militaires qui s'avançaient, raides comme des pingouins, devant la tribune royale. Il venait de virer pacifiste. Comme de juste, Julien avait pris la mouche, il avait exhibé le souvenir de son père prisonnier en Allemagne et celui d'un grand-oncle fusillé en 1914, il avait sorti des termes ronflants comme « honneur », « patrie », « liberté », tout étonnés de s'échapper de sa bouche.

Cet étonnement n'était rien, cependant, à côté de celui qui l'attendait le lendemain matin quand David annonça devant son œuf à la coque qu'il avait introduit sa demande pour entrer à l'École royale militaire. Saisi de remords, Julien crut un instant que sa stupide harangue lui avait fait retourner sa veste. Mais David expliqua qu'il avait accompli ses démarches depuis plusieurs semaines. Les études étaient payées par l'armée. Il ne voulait pas être une charge pour ses parents. Il est vrai qu'avec un salaire de chauffeur et un de plongeuse, ils voyaient approcher ses études supérieures avec appréhension.

Le soir de son départ, ce fut comme si la bergerie avait été placée sous verre. D'humbles bruits refaisaient surface, comme le craquement du parquet, le tic-tac des horloges, le bruissement du frigo. D'abord, Julien et Liesbeth se turent pour goûter à cette tranquillité soudaine et pour encaisser du même coup le départ de David, qui les prenait par surprise. Ensuite, chacun attendit de son côté que l'autre réamorce la conversation. Comme il ne se passait rien, ils comprirent peu à peu que c'était David qui l'entretenait, que sans lui il ne restait à leur propre usage que des banalités à échanger. D'où ce silence qui pesait la plupart du temps sur eux.

Le soir du jeudi 17 mars, cependant, Julien ne se coucha pas avant le retour de Liesbeth. Pour la première fois depuis des semaines, il désirait avoir une conversation avec elle.

Une fois Marie-Louise partie, il était resté longuement devant la fenêtre de la cuisine qui donnait sur le potager à l'arrière de la maison. L'après-midi, avant la visite de la mère de Bénédicte, il avait commencé à bêcher, jusqu'au moment où l'averse et les premiers élancements de sa courbature annuelle l'avaient interrompu. Il considérait le carré de terre brune bien net, étendu dans le crépuscule comme un mouchoir neuf sur le terrain en jachère envahi par les herbes hivernales. Plus il s'abîmait dans cette contemplation, plus son inquiétude pour Bénédicte grandissait, plus il se reprochait de s'être montré si réservé avec Marie-Louise.

Ses sentiments, cependant, ressemblaient assez à la friche informe des plates-bandes qui restaient à retourner. Il aurait fallu les triturer résolument pour les débrouiller. Mais il ne savait par où commencer.

Il avait ouvert le réfrigérateur et en avait retiré le Tupperware que Liesbeth lui préparait pour son souper. Dans le premier compartiment, il trouva un hareng saur qu'elle avait acheté au poissonnier ostendais qui passait tous les jeudis matin, dans l'autre, une salade de chicons vinaigrette. Il avait mangé, avalé deux grands verres de bière de table, expédié la vaisselle et c'est à ce moment-là qu'il avait décidé de patienter jusqu'au retour de Liesbeth. Il avait besoin de répliques pour mettre de l'ordre dans le monologue intérieur qui l'obsédait.

Il s'était installé devant la télé. Elle était branchée sur une chaîne flamande que Liesbeth avait regardée la veille. Il n'avait pas changé de canal, il était presque content de ne rien comprendre.

Vers neuf heures, comme la pluie avait cessé, il était ressorti sur le seuil en se demandant s'il n'allait pas descendre chez Marie-Louise, prendre des nouvelles. Mais il avait aperçu le pick-up jaune de Mehdi devant sa maison, stationné sous un lampadaire qui lui donnait une teinte violette. Alors, il était rentré et était retombé dans l'engourdissement face à un film américain sous-titré en néerlandais.

Enfin, à onze heures dix, il entendit le battement poussif du moteur de leur vieille Golf dans l'allée adjacente à la bergerie. Il se leva et ouvrit la porte à Liesbeth.

« Tu n'es pas couché ?

— Je t'attendais.

— Qu'est-ce qui se passe ?

— Tu veux un peu de café ?

— À cette heure-ci ? Non. Sers-nous une demi-bière, plutôt. »

Elle ôta son caban et le suivit à la cuisine. Julien sortit deux verres calices et y partagea une orval. Liesbeth le regardait verser lentement la bouteille en forme de quille, intriguée, les coudes sur la table, découvrant le revers éraillé des manches du chandail qu'elle portait au-dessus d'un jean tout aussi élimé, ses mains toujours un peu rouges nouées devant ses lèvres.

« *Santee !* » dit-elle en levant son verre. Elle prononçait exprès à la flamande dans l'espoir de tirer un sourire à Julien qu'elle sentait préoccupé. Il le lui offrit, mais distraitement.

« Alors, dis-moi, qu'est-ce qui t'arrive ?

— Marie-Louise est venue tout à l'heure. Bénédicte n'est pas rentrée.

— Pas rentrée ? Comment ça ?

— Marie-Louise est allée faire des courses cet après-midi. Quand elle est revenue, la gamine n'était pas là. Normalement, elle revient par le bus de cinq heures et demie.

— Elle a raté son bus, tiens !

— Je ne crois pas. Elle n'a pas pris mon bus non plus, ce matin. Je l'ai dit à Marie-Louise. Pourtant, elle est sûre qu'elle a quitté la maison comme d'habitude. Elle ne sait pas où elle a bien pu passer toute la journée. »

Jusque-là, Liesbeth l'avait fixé en mettant tous les apaisements qu'elle pouvait dans ses yeux bleus, toujours un peu durs. Elle inclina la tête et détourna le regard. Elle réfléchit un moment, puis demanda : « Elle est venue quand, Marie-Louise ?

— Vers sept heures.

— Et depuis ?

— J'ai voulu descendre chez elle tout à l'heure, mais j'ai vu le pick-up de Mehdi.

— Mehdi ?

— Oui, si elle l'a fait venir, c'est que Bénédicte n'est pas rentrée, sûrement. Quand tu es passée, le pick-up était encore devant la maison ?

— Non. Je ne pense pas. Je l'aurais remarqué.

— Attends une minute. »

Il se leva, ouvrit la porte de la cuisine qui donnait vers l'extérieur et fit quelques pas dans le sentier du jardin. Il revint en hochant la tête.

« C'est éclairé chez elle. Ça ne me dit rien de bon. »

Liesbeth avala une gorgée de bière. Deux sillons barraient maintenant son front à la racine du nez, des repères pour de futures rides. Son visage, sinon, quoique passablement défraîchi, était encore lisse, de ce teint mat qu'ont parfois les Flamandes, qui doit s'expliquer par l'occupation espagnole, du temps des Dix-Sept Provinces.

« Quel âge elle a, Bénédicte ?

— Tu le sais bien. »

Julien avait murmuré sa réponse. Elle secoua la tête. Évidemment, elle le savait. Bénédicte avait le même âge qu'Annelise. Elles étaient entrées la même année à l'école maternelle de Montange. Elles étaient comme les doigts de la main. La différence, c'est qu'Annelise, leur fille, n'avait pas dépassé l'âge de quatre ans. Elle était morte, sans aller plus loin, un samedi matin, vive à sept heures, perdue à midi.

« Ça lui fait quinze ans ?

— C'est ça. »

Il aurait pu lui préciser qu'elle avait quinze ans depuis peu, depuis le 12 mars, exactement. La date de naissance figure sur les abonnements des transports en commun. Il lui avait souhaité un bon anniversaire ce jour-là, quand elle était montée dans le bus, avec pour seule récompense de l'effrayer un peu. Mais il ne voulait pas que Liesbeth soupçonne le moins du monde l'attention dont il entourait Bénédicte. Elle en aurait deviné la cause sans doute et cela n'aurait servi qu'à rouvrir la plaie.

D'Annelise, en effet, ils ne parlaient jamais. Dans les premiers temps, après sa mort, Liesbeth avait sombré dans le chagrin. Elle se recroquevillait dans un des fauteuils, à côté du Jøtul qu'elle laissait s'éteindre, elle pleurait en silence, sans essuyer ses larmes. Une fois, Julien l'avait trouvée agenouillée à l'étage, dans le couloir, où elle avait découvert quelques griffonnages au marqueur qu'Annelise avait faits sur le mur. Elle baisait cette relique, pour laquelle elle avait puni l'enfant à l'époque.

Julien l'avait relevée, il l'avait serrée de son mieux dans ses bras mais, déjà alors, il ne trouvait plus les mots. Un peu plus tard, il avait proposé d'enlever le lit d'Annelise, qui ne servait plus à rien dans la chambre où elle dormait avec David. Liesbeth avait rempli une valise avec ses vêtements, elle les avait donnés à l'association des Petits Riens.

Le lit démonté était au grenier, un endroit où l'on ne pouvait se tenir debout, auquel on n'accédait qu'en posant une échelle sous une trappe, que jamais plus personne n'avait soulevée. Ensuite, Julien avait refait à neuf la peinture du corridor, vu qu'il l'avait abîmée en transportant l'échelle à l'étage.

« Qu'est-ce que tu en penses, Liesbeth ? Il lui est arrivé quelque chose, à cette petite ?

— Mais non.

— On ne l'aurait pas enlevée, j'espère.

— Qu'est-ce que tu vas chercher tout de suite !

— Un malheur est si vite arrivé. »

Ils étaient bien payés pour le savoir, Liesbeth n'aurait pu qu'acquiescer. Mais elle repartit aussitôt, comme pour balayer le présage : « C'est une fugue, tout simplement. Elle ne doit pas être bien loin. Demain ou après-demain, elle téléphonera à sa mère. Elle aura vite soupé de la liberté.

— J'espère. Parce que, tu vois, ce matin, quand je suis arrivé au rond-point de la Barrière, il m'a semblé..., en tout cas, j'ai cru..., ce n'est pas sûr, bien entendu... j'ai cru que je l'apercevais dans une voiture.

— Bénédicte ?
— Oui.
— Tu l'as vue ?
— Pas vraiment. De dos, une fille avec de longs cheveux.
— Mais sa figure, tu as vu sa figure ?
— Non, non.
— Comment sais-tu que c'était elle, alors ?
— Une idée que j'ai eue à ce moment-là. Comme ça, d'un coup.
— Pourquoi elle spécialement ? »

Il leva les yeux timidement. Était-il possible que Liesbeth ne soupçonne pas pourquoi le sort de Bénédicte lui importait plus que celui de n'importe quelle autre fille au monde ? Dans son regard, aucune arrière-pensée, en apparence. Il s'efforça de répondre évasivement.

« Parce qu'elle n'avait pas pris mon bus au matin, je suppose.
— Et la voiture, c'était quoi ?
— Ben, une voiture.
— D'accord. La marque ? La couleur ? La plaque peut-être ? »

Cette fois, elle se payait doucement sa tête. Pourtant, il aurait été bien en peine de lui rétorquer quoi que ce soit. Il n'avait retenu du matin que cette nuque voilée de cheveux châtains, comme si ses pupilles avaient opéré sur elle une mise au point qui laissait tout le reste dans le flou.

« Je ne sais pas.
— Tu le lui demanderas quand elle reprendra le bus, la semaine prochaine ! »

Elle écarta le verre vide et prolongea le mouvement de sa main à travers la table jusqu'au bras de Julien.

Il y avait longtemps qu'elle n'avait pas eu un geste de tendresse.

« Tu te fais trop de souci, Julien. C'est seulement une petite fugue, tu peux me croire. Cette gamine est perturbée à cause du divorce de ses parents. Dans ces affaires-là, c'est toujours les gosses qui trinquent. Ils font ce qu'ils peuvent pour qu'on se rappelle qu'ils existent toujours, au milieu du brol. Bénédicte a dû se disputer avec Marie-Louise. Elle veut faire un peu peur à sa mère, mais elle reviendra, sois tranquille. Tu sais quoi ? Va te coucher, mon Julien, tu seras sur les genoux demain matin. Pendant ce temps-là, je vais descendre chez Marie-Louise, voir comment elle s'en tire. Va, *pouske*... »

Ce petit nom, presque oublié, lui fit mal au cœur. Il se dégagea, voulut reprendre les verres pour les porter à l'évier.

« Je m'en occuperai, Julien. Va dormir. »

Il se leva et, en passant derrière elle, il posa la main sur son épaule, se pencha et l'embrassa près de l'oreille. Elle ne se retourna pas. Ç'aurait été trop pour un seul soir.

Quand elle fut seule, d'abord, elle alluma une cigarette. Ce n'était pas pour tranquilliser Julien qu'elle avait prétendu que Bénédicte avait fugué. C'était une simple déduction de la scène à laquelle elle avait assisté l'après-midi au Trévire. Elle aurait pu la rapporter à Julien, mais qu'en aurait-il conclu sur le dos de Marie-Louise ? Elle préférait la garder pour elle, de femme à femme.

Elle avait commencé son travail comme d'habitude, par les verres. Elle les plongeait dans l'eau quasi bouillante. Ils séchaient aussitôt, elle n'avait qu'un petit coup de linge à donner pour les lustrer parfaitement. Ensuite, elle en reportait une partie dans la salle, par plateaux de douze, et les rangeait sur les étagères derrière le comptoir.

La brasserie était divisée en deux. D'un côté, les tables couvertes de nappes damassées blanches, sur lesquelles étaient disposées de petites lampes à abat-jour rouge ; de l'autre, les tables rondes, pieds en fonte, dessus de marbre, réservées à la clientèle seulement buvante. En rapportant le dernier plateau, elle avait aperçu Marie-Louise dans la glace de fond des étagères, en compagnie d'un homme, assis près du tourniquet à journaux.

Marie-Louise avait gardé son imperméable, l'homme portait un manteau chasseur autrichien, malgré le beau temps. Un type assez jeune, plus jeune qu'elle en tout cas, à moins que ce ne fût l'effet de ses cheveux blonds, qui mettaient une touche pour ainsi dire enfantine sur ses traits anguleux. Une mèche s'obstinait à balayer son front, en dépit de ses mouvements de tête, qui révélaient une certaine gêne, visible tout autant chez Marie-Louise. Les mains croisées sur son giron, elle se cambrait contre le dossier de son siège, comme si elle craignait que le rebord de la table ne soit électrifié. Sûrement, elle n'allait pas faire les frais de la conversation. Elle était là juste pour entendre ce que le monsieur avait à lui dire. Les deux mains plaquées sur le marbre, dans une attitude exactement inverse de la sienne, il penchait le buste tant qu'il pouvait en avant et il chuchotait d'un air pressant.

Liesbeth était retournée à la cuisine. Elle leur tournait le dos ; Marie-Louise, certainement, ne l'avait pas vue.

En attaquant les assiettes, en même temps que la vapeur de l'eau chaude, elle avait senti monter en elle une bouffée de joie, à la pensée que Marie-Louise se faisait draguer par le grand escogriffe. Une femme de son âge, disons même de leur âge à elles deux, coincée comme une jeunette à son premier rendez-vous, il y avait de quoi sentir son cœur se ramollir. Elle s'imaginait aisément à sa place, sans scrupules, car tout le monde le savait, c'était Mehdi qui l'avait d'abord trompée avec sa dactylo.

Quelle mouche l'avait piqué ? Un garçon travailleur, serviable, droit dans ses bottes, qui avait monté son entreprise, avec ses bureaux neufs à Arelborn, ses entrepôts, ses camions jaunes « Nord-Construction » qu'on croisait partout sur les routes. Trop de réussite sans doute. Un démon s'était insinué en lui, il l'avait défié de mettre tout cela en péril, par bravade, comme le joueur comblé balance brusquement tous ses jetons sur le tapis. L'homme heureux, dirait-on, a faim du malheur.

Liesbeth n'aurait jamais pensé à jeter la pierre à Mehdi au nom de la solidarité féminine. Au vrai, elle n'aimait pas beaucoup les femmes. Par exemple, en cuisine, elle se sentait bien mieux avec les rudoiements du chef et des garçons qu'avec les bavardages des filles de salle. Mais Marie-Louise, c'était autre chose. Autre chose qu'elle ne voulait pas formuler ni même évoquer pour elle-même, c'était trop douloureux, mais qui était là au fond de son âme, à jamais, comme un implant greffé dans la douleur finit par se confondre avec la chair.

Quand Annelise était morte à l'hôpital Saint-Christophe, Marie-Louise était de garde. C'est elle qui avait passé ses derniers vêtements à la petite morte sous le regard hébété de Liesbeth, à qui le médecin, impuissant pour sa fille, avait administré un sédatif. Ensuite, des semaines durant, elle avait tenu la tête de Liesbeth hors de l'eau. Elle montait la voir, le matin, quand Julien avait pris son service et que David se trouvait à l'école. Elle pleurait avec elle, puis lui caressait les cheveux, la dorlotait à la place de Julien. Lui était comme un boxeur descendu du ring après un knock-out, il fendait la foule, il ne voyait plus personne, ne supportait plus aucun contact.

Marie-Louise quittait la maison à midi, pour s'occuper de ses enfants qui sortaient de l'école. Elle évitait soigneusement que Liesbeth ne voie Bénédicte, qui était comme la réplique d'Annelise. Deux mères ont chacune une enfant de quatre ans. Une fillette meurt subitement. Pourquoi celle-là et pas celle-ci ? Comment supporter cette inexprimable injustice ?

Au moins, les enfants morts n'ont pas à endurer les méchancetés de la vie. Bénédicte devait les affronter. Elle avait souffert de la séparation de Mehdi et Marie-Louise. Les enfants se sentent toujours coupables. Souvent Liesbeth l'avait observée dans le petit carré de gazon derrière la maison de Marie-Louise. Toujours solitaire. Et maintenant, elle avait appris sans doute que sa mère fréquentait un autre homme, le type du Trévire. Une nouvelle trahison. Elle avait espéré que sa mère resterait seule et désespérée. Un coupable suffisait. Pour que Mehdi endosse vraiment le mauvais rôle, Marie-Louise devait vivre en ermite, quitte à sécher sur pied. C'était râpé. Le monde s'écroulait une deuxième fois.

Alors, ce matin, Bénédicte avait décidé de s'évader de cette atmosphère irrespirable. Elle était partie avaler un peu d'air frais. Où ? Chez une amie, sans doute. Une fille désemparée comme elle. À cet âge-là, ça court les rues. Elles correspondaient par mails, comme David le faisait avec ses copains. Elle avait choisi quelqu'un de lointain, qui ne risquait pas de la lâcher subitement, de balancer ses confidences à la moitié de l'école. Cet été, Liesbeth l'avait aperçue dans la rue, avec le foulard du mouvement Jeunesse et Santé qui organise des séjours à la mer, à la montagne. Sa copine habitait sur la Côte d'Opale ou dans les Vosges. Elle la cacherait un jour ou deux dans sa chambre, avant que les parents ne découvrent le pot aux roses. Voilà ce qu'il fallait dire à Marie-Louise.

Liesbeth ouvrit la fenêtre qui donnait sur le jardin. D'une chiquenaude, elle envoya son mégot expirer sur les sillons tout neufs de Julien. L'air embaumait la terre remuée. Elle laissa la fenêtre basculée pour évacuer les volutes bleues qui stagnaient au plafond. Puis elle partit, en prenant soin de refermer doucement la porte, pour ne pas réveiller Julien, qu'elle s'imaginait déjà endormi.

Elle ne se trompait qu'à demi. Julien s'était assoupi, en effet, mais il venait déjà de sortir de son premier sommeil. À peine sur l'oreiller, ses pensées avaient pris les détours sinueux qui emmènent l'âme loin du réel. Il était au volant de son bus. Bénédicte montait mais, ensuite, elle n'apparaissait pas dans le rétroviseur interne, monopolisé tout entier par le regard réprobateur de Mme Maca. Tous les passagers qui embarquaient aux arrêts suivants semblaient le dévisager avec malice, comme s'ils n'étaient pas dupes de ses petits secrets. Son rêve peu à peu l'entraîna jusqu'au rond-point de la Barrière. Alors, quelque chose d'inattendu se produisit.

Soudain, peut-être à cause des questions ironiques de Liesbeth, la vision centrée sur la nuque de Bénédicte dont il avait gardé le souvenir s'élargit, son esprit opéra une sorte de zoom arrière et il vit nettement la voiture qui emportait la jeune fille. C'était un break gris, Ford ou Opel, peu importe : il savait à qui il appartenait. Il appartenait à Walter.

Aussitôt, Julien émergea de sa torpeur. Il entendit la porte se refermer sur Liesbeth, se hissa sur ses coudes, les yeux ouverts et pensa comme s'il criait : « Walter ! Nom de Dieu, Walter ! Pas lui, une fois de plus ! »

Vendredi 18 mars 2005

6

Le vendredi 18 mars, à la fin de la matinée, toutes les personnes qui se déplacèrent à Montange commencèrent à s'interroger sur ce qui se passait chez Marie-Louise. Un véhicule de la police stationnait devant sa porte, et il ne s'agissait pas du petit Kangoo Renault de la police communale, mais d'un Transporter Volkswagen bleu et blanc, orné du blason de la ville d'Arelborn.

Le premier à le remarquer fut le fermier Larondelle, qui passa sur son tracteur et se retint avec peine de l'érafler d'un coup d'éperon de sa charrue à six socs. Il grommela une insulte à travers les brèches de ses dents jaunes, avant que l'idée rigolote que Mehdi était peut-être venu filer une trempe à Marie-Louise lui traverse furtivement la tête. Manière de plaisanterie, naturellement, que lui inspiraient ses propres démêlés avec la maréchaussée – il savait que ce n'était pas le genre de Mehdi.

Les flics, en effet, lui avaient rendu visite au début de l'hiver. Une dénonciation : il battait sa femme. De qui, cette calomnie ? Anonyme. Marion, il est vrai, affichait une ecchymose violette sur le front, et sa lèvre supérieure chevauchait l'inférieure en amazone. Heureusement, elle avait fait l'effort de ne pas boiter devant eux. Elle avait expliqué qu'une vache en chaleur l'avait fichue par terre dans la rigole à lisier de l'étable.

C'était bon pour cette fois. Quand ils étaient repartis, Larondelle aurait pu baiser les genoux de Marion, si elle n'avait pas été en salopette. Depuis, ils ne tapaient plus que sur ses bêtes. Il gardait un chien de sa chienne pour le salaud qui l'avait balancé. Là-dessus, il avait une idée très précise, mais il ne fallait pas compter qu'il la dise de sitôt.

Après Larondelle, ce fut Mme Maca qui aperçut le fourgon de police, la matrone qui, la veille, avait houspillé Julien dans le bus. Elle descendait le village à pied tous les vendredis pour se rendre chez le garçon boucher Flecher, dont c'était le jour de congé. Flecher travaillait au Carrefour des Trois-Frontières à Arelborn. Il lui mettait de côté un grand sachet d'os qu'elle venait ponctuellement chercher dans son cabas afin d'alimenter le système de sécurité de sa maison, à savoir un authentique doberman couplé à un bâtard de race indéterminée, mais de même taille, qu'elle avait recueilli errant au bord de la nationale.

Mme Maca avait croisé Larondelle à hauteur de sa ferme, ce qui l'avait empêchée de cracher vers sa cour, comme elle en avait l'habitude, à condition qu'il n'y ait personne dans les parages. Qu'est-ce que la police fichait chez Marie-Louise ? Le contrecoup de son divorce ? La rupture, saison deux ? On s'imagine que le divorce, c'est la fin des ennuis : ils ont vite fait de rappliquer. Surtout s'il y a des gosses.

Au fait, la fille, Bérangère..., non, Bénédicte, n'avait pas pris le bus hier, ni le matin ni le soir. Après sa journée de faction hebdomadaire auprès de Constant, son mari, à la maison de retraite Soir tranquille, Mme Maca reprenait le même vicinal que Bénédicte vers Montange. Son père l'aurait-il enlevée ? Ce ne serait pas le premier Marocain qui rapatrierait sa fille pour la marier à un indigène.

D'autant plus que cette petite oie avait l'air à point pour la casserole. Ces derniers temps, elle avait drôlement profité. De jeudi en jeudi, elle semblait s'épanouir. Si elle ne se payait pas déjà un bonnet C, Mme Maca voulait bien être pendue. Et avec ça, un teint fruité, pas de ces fruits grêlés d'ici, des fruits qu'ils cultivent là-bas, dans le Sud, pêche, grenade, abricot.

Dommage qu'elle se montrait si revêche. Jamais un bonjour. Un sourire, n'y songeons même pas. Elle passait à côté de Mme Maca comme si elle n'existait pas. Ça lui démangeait de lui faire un croche-pied. Mais impossible, avec cet ahuri de Julien qui la suivait dans son rétroviseur de ses yeux de merlan frit. Celui-là, pas de doute, il devait avoir un deuxième levier de vitesse entre les jambes quand elle gagnait son strapontin. Sa mine déconfite, la veille, quand sa petite chérie ne s'était pas trouvée à l'abribus ! Il aurait passé la journée à l'attendre, si elle ne lui avait pas remonté les bretelles.

Il ne fallait pas compter sur un Julien assoté de sa pimbêche ni sur personne d'autre pour se rappeler qu'à elle, la vue ou même la proximité du pont était un crève-cœur. Chaque fois qu'elle devait le franchir – mais comment faire autrement pour se rendre au Soir tranquille ? –, elle revivait la scène horrible de la kermesse de 1996. Elle revoyait son neveu, Kevin, soudain monté sur le parapet, qui faisait quelques pas, vacillait et basculait dans la Sûre, parmi les cris d'épouvante du groupe de filles adossées au muret de l'autre côté, qui le charriaient l'instant d'avant. C'était la fin d'un été de sécheresse. Il n'y avait pas plus de cinquante centimètres d'eau. Sa tête s'était fendue comme une noix contre les galets.

Un accident. Il avait mieux valu le laisser croire. Pour l'honneur de la famille, pour la tranquillité du village. Mais, elle, sa tante, elle savait que Kevin s'était jeté dans le vide parce que quelqu'un lui avait préalablement vidé le cœur : Laura, la fille de Walter et Julie. Elle l'avait rendu fou avant de le laisser tomber comme une vieille chaussette. Ce n'était pas pour rien qu'après cela elle avait pris le chemin inverse de tous les frontaliers et s'était fait oublier en France.

« Ah ! les feux de l'amour, les feux de l'amour ! se répéta Mme Maca – référence à son feuilleton quotidien – tout en dépassant la maison de Marie-Louise et le Transporter de la police. De la fumée, plutôt ! Un bain de vapeur. Ça vous échauffe, mais ensuite ça pourrait bien vous étouffer. Le meilleur, c'est quand on en sort. » Elle avait sué sa part avec son Constant, un propre à rien, pas fichu de lui faire un enfant. Si c'était pour l'avoir dans les jambes du matin au soir à la retraite, elle aimait autant rejoindre tout de suite Kevin de l'autre côté. Elle l'avait placé au Soir tranquille, où, à longueur de journée, il pouvait se livrer à sa seule véritable passion : taper le carton. Pas besoin de divorce, quand on a un peu de jugeote.

Elle s'éloigna à grands pas. Bien que, dans un village comme Montange, un vendredi matin, il y eût peu de mouvements, la plupart des habitants étant partis travailler au Luxembourg, il est possible que plusieurs personnes encore passèrent devant la maison de Marie-Louise. On ne peut pas tout raconter. Ces deux-là suffiront à donner une idée de l'impression que le véhicule de police fit aux autres, puis, de bouche à oreille, au reste de la localité. Il se préparait quelque chose, ce qui n'était pas arrivé depuis quelques années, depuis le plongeon de Kevin précisément et l'incendie de la ferme Larondelle, quelques semaines après. Si on avait appris la disparition de Bénédicte de but en blanc, la nouvelle serait tombée plus ou moins à plat. Mais, comme on ne savait pas au juste ce qui se tramait, la tension monta peu à peu et donna à l'affaire, une fois révélée, une charge émotive qu'elle n'aurait pas eue autrement.

Chez Marie-Louise, les policiers avaient pris place au fond du salon, la pièce immédiatement à droite en entrant dans le vestibule. Invisibles de la fenêtre qui donnait sur la rue du Prévôt, ils étaient assis dans les fauteuils disposés pour regarder la télévision. Marie-Louise leur avait proposé un café. Les tasses, la cruche en verre du percolateur, le sucrier, le pot au lait et les spéculoos voisinaient avec les deux képis sur la table basse. Pour leur faire face, elle avait apporté une chaise. Elle s'était placée devant l'écran. Elle était pâle, elle n'avait probablement guère dormi. Le policier sur sa droite, qui avait dit s'appeler Toussaint, lui posait les questions, tandis que l'autre, qui ne s'était pas nommé, prenait des notes dans un fort carnet à tranche rouge.

D'abord Toussaint expliqua que M. Mehdi Maziri s'était présenté au commissariat d'Arelborn à huit heures du matin et avait signalé la disparition de sa fille, Bénédicte. Ainsi, il n'avait pas fait la déclaration la veille au soir, comme il l'avait annoncé à Marie-Louise en la quittant. Cela, elle le savait : il avait téléphoné vers sept heures pour lui demander si Bénédicte s'était manifestée. Ils étaient restés un long moment silencieux, l'un et l'autre, au bout du fil, ne percevant que leur respiration oppressée. Puis elle avait demandé : « La police, qu'est-ce qu'ils vont faire ?

— Je n'y suis pas encore allé. J'espérais... Mais, maintenant, j'y vais... Ah ! tu pourras te vanter d'en avoir fait de belles ! »

Sur cette gifle, il avait raccroché. Depuis, ce que la police avait fait se résumait à avoir pris la déposition du père et à prendre maintenant celle de la mère.

« Votre mari, pardon, votre ex-mari, est certain qu'il s'agit d'une fugue. C'est bien votre opinion ?

— Je ne sais pas.

— Les fugues sont très courantes, vous savez, madame Maziri.

— Charlier. Mon nom, c'est Charlier.

— Excusez-moi... Je veux dire qu'il ne faut pas s'affoler. En général, l'enfant se manifeste dans les quarante-huit heures. Vous aurez des nouvelles de votre fille avant ce soir, j'en suis persuadé.

— Ah... »

Toussaint avait l'air d'une bonne pâte. Avec les façons débonnaires propres à l'homme d'expérience, il faisait de son mieux pour la réconforter. Il ajouta un sucre à son café et touilla de la petite cuiller en souriant.

« Je me demandais..., objecta modestement Marie-Louise, j'y ai pensé toute la nuit, malgré moi... On ne l'aurait pas enlevée ?

— Allons ! Il n'y a aucune raison de dramatiser.

Le commissaire a téléphoné au procureur du Roi, le procureur n'a demandé aucune mesure particulière. Nous suivons la procédure de routine, avec les précautions d'usage, mais rassurez-vous : dans le secteur d'Arelborn, ces petites escapades se sont toujours bien terminées.

— Si vous le dites...

— Par principe, nous effectuons un signalement à toutes les polices de l'espace Schengen. Je vais vous demander quelques précisions sur Bénédicte, les vêtements qu'elle portait, son allure, ses habitudes. Votre mari, votre ex-mari, nous a donné une copie de sa photo. Elle a l'air bien gentille.

— Oh, ça, oui ! »

Une fois de plus, Marie-Louise répéta ce qu'elle savait de l'absence de Bénédicte depuis la veille. Toussaint opinait, comme si tout ce qu'elle disait était prévisible, comme s'il avait connu cent fois ce genre de situation et que l'affaire se présentait sous un jour on ne peut plus rassurant. À la fin, il fit un signe de la main à son collègue, accompagné d'une moue de satisfaction. L'autre aussitôt déposa son carnet sur la table et se leva de son fauteuil, conformément à ce qui avait l'air d'un scénario bien rodé.

« Si vous le permettez, mon collègue va faire le tour des pièces de la maison. Il arrive que les enfants se cachent chez eux, sans qu'on s'en aperçoive.

— Je l'ai déjà fait.

— Vous êtes allée partout ?

— Oui, partout.

— Cave ? Grenier ?

— Il n'y a pas de grenier, des combles sans accès uniquement. À la cave, j'ai bien regardé.

— Bien. Dans ce cas, nous allons seulement jeter un coup d'œil à la chambre de Bénédicte. Elle a un ordinateur ?

— Non, elle n'en a pas.

— Ah bon... Et vous-même ?

— Non. Qu'est-ce que j'en ferais ? »

Toussaint semblait aussi désappointé qu'un comédien en face d'une partenaire qui vient de se tromper de réplique.

« Son père avait proposé d'en offrir un à Bénédicte. Mais elle n'en a pas voulu... Bénédicte n'a pas de portable non plus, je vous le dis tout de suite. »

Il allait le demander. Il ravala sa salive.

« À l'hôpital, les portables sont interdits. Du coup, ça ne lui servirait à rien, elle ne pourrait pas m'appeler. »

Toussaint tapotait nerveusement sur le bras du fauteuil. Il s'arrêta soudain, appuya ses paumes sur ses genoux pour se redresser.

« D'accord, d'accord. Si vous voulez bien nous indiquer la chambre de Bénédicte.

— C'est celle qui se trouve en face de l'escalier. Allez-y sans moi. Je n'ai plus le courage. »

D'un hochement de tête, Toussaint fit comprendre à l'autre de s'exécuter, mais lui se recala les épaules dans le fauteuil. Il y avait un tel désarroi dans les dernières paroles de Marie-Louise qu'il avait scrupule à la laisser ainsi.

Quand ils furent seuls, il allongea le bras vers le récipient de café et s'en versa un peu.

« Il est froid ? demanda Marie-Louise.

— Ça n'a pas d'importance. »

Il porta la tasse à ses lèvres, avala une gorgée par

contenance. Son intention était de marquer une pause avant de reprendre sur un registre moins officiel.

« Vous vous adressez des reproches, je le vois bien, madame Charlier. C'est ce que font toutes les mères. Mais, je vous assure, vous ne devez pas. »

Elle leva les yeux. Elle ne semblait pas acquiescer, comme il s'y attendait, mais s'interroger plutôt. Elle attendait qu'il s'explique.

« Le père de Bénédicte nous a mis au courant de ce qui se passait entre votre fille et vous.

— Ah oui ? Il se passe quoi d'après lui ?

— Eh bien, votre fille a été récemment perturbée.

— Qu'est-ce qui a perturbé ma fille ?

— La décision – tout à fait honorable, par ailleurs – que vous avez prise, de refaire votre vie.

— Refaire ma vie ?

— Vous avez rencontré quelqu'un, vous êtes encore jeune, c'est bien normal. Vous en avez parlé avec Bénédicte ?

— Mais il n'a jamais été question de cela !

— Vous auriez peut-être dû la prévenir. Bénédicte l'a appris, elle l'a noté dans son journal. Son père nous l'a dit ce matin. Il a lu ce qu'elle a écrit. Elle fait allusion à une séance de cinéma en compagnie de cet homme. Vous êtes bien allée au cinéma dimanche, non ? Cela dit sans reproche naturellement.

— Oui, je suis allée au cinéma. Oui, et après ?

— Bénédicte a pensé... Surtout si vous ne lui avez rien expliqué... Elle s'est mis des idées en tête.

— Quelles idées ?

— Exagérées évidemment. Que vous l'abandonniez ou quelque chose de ce genre.

— Et c'est ce qui explique sa fugue !

— Tout à fait plausible d'après moi. Lorsque les parents divorcent, les enfants ont toujours l'impression qu'on les laisse au bord de la route. Quand son père est parti, elle s'est raccrochée à vous. Maintenant, la voilà devant une nouvelle déception. Les adolescents n'analysent pas les événements comme nous, je vous le rappelle. Le moindre dérangement dans leur vie peut provoquer une tempête d'émotions. Ils s'enflamment comme ça, d'un seul coup. Heureusement, le plus souvent, c'est un feu de paille. Vous pouvez être sûre que Bénédicte est en train de reprendre ses esprits. Elle va vous appeler. »

Toussaint se tut. Plus il parlait, plus il perdait de son assurance. Il avait voulu réconforter Marie-Louise, mais il voyait bien qu'il avait juste réussi à faire l'inverse. Elle se tassait sur sa chaise, les épaules avalées.

Par chance, son collègue réapparut. Il revint vers sa place et, sans s'asseoir, posa les mains sur le dossier de son fauteuil, avec une sorte de précaution. Il se rendait compte qu'il tombait comme un cheveu sur la soupe. Toussaint l'interrogea du regard.

« Rien de spécial », souffla l'autre.

Alors, il reprit doucement à l'intention de Marie-Louise : « Mon collègue va vous relire votre déposition, pour que vous puissiez la signer.

— Ce n'est pas la peine. Donnez-la-moi tout de suite. »

L'autre rouvrit son carnet sur la table et lui avança son stylo. Elle signa à l'endroit où il avait posé son index.

Pendant ce temps, Toussaint s'était levé.

« Nous vous tiendrons au courant. Soyez tranquille, madame Charlier. Tout ira bien.

— Je vous raccompagne.

— Ne vous dérangez pas ! Nous connaissons le chemin. »

C'est ainsi que Marie-Louise se retrouva seule. Elle abandonna la chaise où elle se trouvait, quitta le salon et regagna la cuisine, où les meubles lui semblaient plus compatissants. Une légère odeur de tabac y persistait depuis la veille, quand Liesbeth était venue, très tard dans la soirée, lui tenir un peu compagnie. Elle avait demandé si elle pouvait fumer une cigarette. À la plonge, au Trévire, c'était interdit. Elle se rattrapait le soir.

Cette visite, censée lui remonter le moral, elle aurait préféré, tout compte fait, que Liesbeth ne l'eût pas faite. Depuis des années, elles ne s'étaient pas retrouvées tête à tête. Elles s'apercevaient de loin, s'adressaient, en passant, des signes d'amitié. Mais elles avaient rompu les attaches qui les avaient unies, lorsque la petite Annelise, la fille de Liesbeth, était morte, parce qu'il y a un moment où il faut bien revenir à la vie normale, quoi qu'il en coûte. Se retrouver devant Liesbeth, avec cette autre absence entre elles, c'était retrouver aussi la compagne invisible de leur intimité de l'époque : la mort. Si bienveillantes que fussent ses intentions, Liesbeth l'avait introduite dans la cuisine à sa suite.

Quand Liesbeth avait écrasé son mégot sur la soucoupe qu'elle lui avait avancée en guise de cendrier, Marie-Louise s'était rappelé que c'était toujours à ce moment-là qu'elle se mettait à pleurer, comme si, avant, elle avait évité de mouiller sa cigarette. Et, sans doute, le même souvenir était remonté à la mémoire de Liesbeth, car, après cela, elle s'était repliée dans un long silence. Ensuite, elle avait pris la soucoupe et l'avait déposée sur l'appui de fenêtre. Elle avait ajouté quelques mots trop rassurants, puis elle était partie, désolée, certainement, d'avoir fait plus de mal que de bien.

Marie-Louise ouvrit la porte vers l'extérieur pour éloigner la soucoupe. Dehors, en la déposant sur l'herbe, l'image la traversa de Liesbeth au Trévire, qui devait sans doute sortir pour fumer, quand elle prenait sa pause. Si elle passait par la salle, elle avait pu la remarquer discrètement hier, attablée avec le docteur Sion. Elle n'en avait rien dit, sauf, peut-être : « Chacun doit faire sa vie. » Était-ce une allusion ? Bénédicte non plus n'avait rien dit de sa précédente rencontre avec Sion, dimanche, au cinéma.

Ainsi elle se figurait que personne n'était au courant, alors que c'était le secret de Polichinelle ! Possible que tout Montange s'en gargarisait déjà : Marie-Louise s'était dégotté un nouveau jules ! Et pas n'importe quel jules ! Un jeune aussi blond et grand que Mehdi était trapu et noiraud, et, question classe, elle n'avait pas perdu au change : un chirurgien à la place d'un entrepreneur !

Pourtant, il n'y avait pas la moindre once de vérité dans tout cela. Ce qui s'était passé réellement entre le docteur Sion et elle-même, elle pouvait l'expliquer, elle n'avait rien à cacher.

Pour commencer, dimanche, elle n'avait pas du tout rendez-vous avec lui au cinéma. Son intention était d'y aller avec Bénédicte, mais Bénédicte n'en avait pas envie. Alors qu'elle prenait son billet dans le hall, le docteur Sion était entré. Il l'avait accostée. Il passait dans la rue par hasard, il l'avait aperçue à travers les portes. Que venait-elle voir ? *Maria Full of Grace.* Est-ce qu'il pouvait l'accompagner ?

Comment refuser, risquer de le voir insister parmi les gens autour d'eux qui attendaient qu'on donne accès à la salle ? Ça la gênait. Elle n'était pas idiote. Elle avait bien remarqué qu'il la regardait d'une certaine façon à l'hôpital. Encore heureux, elle ne travaillait pas en orthopédie, où il opérait, mais, tout de même, ils se croisaient, il lui adressait des sourires appuyés, il s'approchait quand elle s'arrêtait pour prendre un gobelet d'eau à la fontaine. Elle coupait court à ses tentatives de conversation. Ce genre de fricotage, le beau médecin et la pudique infirmière, juste bon pour les romans de gare, c'est tout ce qu'elle détestait. Il n'était pas marié, Dieu sait pourquoi. Les infirmières de son service ne lui connaissaient aucune aventure, ce qui était bien étonnant pour un médecin. En général, à force de tripoter les corps, ces gens-là ont les coudées plutôt franches.

Elle n'avait rien compris au film. Elle s'était raidie des pieds à la tête, elle n'osait même pas poser son coude sur l'accoudoir. C'est lui, presque à la fin de la séance, qui était allé chercher sa main affreusement moite, qu'elle avait reprise si brusquement que le bracelet qu'elle portait au poignet avait volé par terre et qu'elle avait dû se mettre à genoux pour le récupérer sous la rangée suivante. Une scène absurde, humiliante, au terme de laquelle le générique de fin avait débuté.

Elle s'était précipitée avec les premiers spectateurs qui se levaient et l'avait semé dans le flux qui s'était formé ensuite. Elle s'était réfugiée dans les toilettes au sous-sol et n'était ressortie qu'une demi-heure plus tard, dans la rue déserte.

Lundi et mardi, elle ne l'avait pas vu à Saint-Christophe. Elle travaillait de nuit. Mais, mercredi matin, alors qu'elle allait rentrer chez elle, il l'attendait dans le parking. Il voulait s'expliquer, il lui demandait avec une humilité touchante de venir au Trévire l'après-midi. Elle s'y était rendue. Pourquoi ? Parce que, malgré tout, elle était une femme seule qui ne pouvait pas tout à fait se résigner à ne plus intéresser personne.

Cette rencontre aride – elle avait à peine ouvert la bouche – lui avait donné l'amère satisfaction de sentir son emprise sur un homme saisi par un tournis de désirs, qu'elle n'avait pas du tout l'intention de satisfaire.

Un épisode, de toute façon, dont Bénédicte n'avait pu avoir connaissance. Tout ce qu'elle savait, c'était la scène du cinéma. Quelqu'un dans la salle avait dû lui vendre la mèche. Était-il possible qu'elle ait fugué à cause de cette pantalonnade ridicule ? Est-ce qu'elle n'en aurait pas parlé d'abord ? Elle n'était pas bavarde, mais tout de même, Marie-Louise était certaine qu'elle n'avait pas de secret pour elle. Il aurait été si simple de lui expliquer. Elles en auraient ri.

Mais n'était-ce pas plutôt Mehdi qui avait monté l'affaire en épingle ? À cause de sa jalousie. Car, même divorcé, il considérait que Marie-Louise lui appartenait encore. Il se la tenait en réserve, en ravalant son amour-propre. Elle le savait. Elle n'aurait qu'à claquer des doigts pour qu'il se débarrasse de Sandra, vite fait.

Elle monta à la chambre de Bénédicte. Il fallait qu'elle sache ce qu'elle avait écrit au juste dans son journal.

Elle eut beau chercher, elle ne trouva pas le carnet à couverture de cuir. Sûrement, Mehdi l'avait emporté ! Elle bouillait. Cependant, en fouillant dans le tiroir des classeurs scolaires qu'il avait négligé, elle mit tout à coup la main sur un petit coffret plat. Elle tenta de l'ouvrir. Il était fermé à clé. Sa fureur contre Mehdi ne fit que redoubler. Elle saisit le coupe-papier sur le bureau et fit sauter la serrure.

À l'intérieur, il y avait seulement une carte postale illustrée. Un paysage marin. Et au dos, une signature qui tenait en une seule lettre, un *A* entouré d'un cœur. Marie-Louise éclata en sanglots.

7

À quatre heures cinq, Ferdi, le frère de Bénédicte, quittait le collège Saint-Jean-Baptiste-de-La-Salle d'Arelborn, quand le surveillant principal, M. Legrèle, le rattrapa par la manche. Le vendredi, Legrèle avait l'habitude de se tenir debout, bras croisés, devant la porte de son bureau au moment de la sortie des élèves. Une occasion, dans l'atmosphère détendue de début de week-end, de leur montrer un visage ferme mais souriant, d'échanger quelques salutations ou quelques mots bienveillants, en particulier avec les plus récalcitrants, qu'il harcelait le reste de la semaine.

« Votre sœur, Ferdi, rien de sérieux ?

— Ma sœur ?

— Votre père a téléphoné ce matin pour nous informer qu'elle était souffrante. La grippe ?

— C'est possible...

— Pas de chance, juste quand le printemps arrive !

— Ben, non.

— Vous direz à votre père que j'ai vérifié : ma collègue, Mme Gaspard, a téléphoné hier après-midi au domicile de votre mère pour signaler l'absence de

Bénédicte. Mais il n'y avait personne et votre mère n'a pas de répondeur. Vous le lui direz ?

— D'accord.

— Nous avons tout à fait appliqué la procédure. J'aime autant qu'il le sache, vu qu'il semblait en douter. N'oubliez pas !

— Je le lui dirai.

— Que Bénédicte n'oublie pas le certificat médical lundi ! Ce serait dommage de coller une absence injustifiée à une fille si sage.

— Entendu, monsieur.

— Alors, bon week-end, Ferdi ! Et mes vœux de prompt rétablissement à Bénédicte ! »

Ferdi s'éloigna. Bénédicte malade ? Absente depuis la veille ? Il ne l'avait pas remarqué. Ils fréquentaient le même établissement, mais le collège était composé de plusieurs quartiers. Les locaux des élèves de dernière année, comme lui-même, se trouvaient dans la partie historique, un peu délabrée, qu'on ne montrait jamais au moment des inscriptions. Bénédicte avait ses cours dans une aile moderne ajoutée dans les années quatre-vingt. Ils pouvaient passer plusieurs jours sans se croiser.

Le plus souvent, si Ferdi l'apercevait, c'était à l'arrêt de bus, quand elle repartait vers Montange. Il enfilait la rue du Collège en sens inverse pour rentrer chez son père. En se retournant, il lui adressait un signe de la main, à condition qu'elle prenne la peine de regarder dans sa direction. Elle ne répondait que par un sourire. Il n'insistait pas. Ils n'auraient voulu ni l'un ni l'autre se trouver ensemble, le frère et la sœur, sous le regard des autres. C'était contraire aux impitoyables conventions du monde des jeunes.

La veille, Ferdi avait quitté le collège vers six heures, après son cours de rattrapage ; il n'aurait pas pu voir Bénédicte. Ce qui lui semblait curieux, ce n'était pas qu'elle soit malade, c'était que son père ait téléphoné à l'école et, d'après la commission dont Legrèle l'avait chargé, qu'il se soit plaint que l'absence de sa fille, le jour avant déjà, n'ait pas été signifiée à sa mère. Bénédicte portée manquante, ça ne concernait qu'elle et Marie-Louise. Qu'est-ce que leur père venait faire dans cette histoire ?

À moins que... À moins que Bénédicte ait séché les cours !

Cette pensée l'arrêta un moment en pleine rue. Il claqua des doigts de contentement. Une petite cavale ! Magnifique ! Comment leur père était-il au courant ? Il était tombé sur elle pendant qu'elle zonait dans les rues d'Arelborn. Pour se dépatouiller, elle avait prétendu qu'elle ne se sentait pas bien, qu'elle n'avait pas de bus pour rentrer. De toute façon, il était prêt à gober tout ce qu'elle inventait. Il l'avait ramenée à Montange. Le matin, il avait téléphoné à Saint-Jean-Bapt' pour faire voir comme il s'occupait bien de sa fille. Il avait sonné les cloches aux responsables du contrôle des élèves, qui n'avaient pas prévenu Marie-Louise. Tout à fait lui ! Depuis qu'il avait endossé son costume de capitaine d'industrie, il se croyait autorisé à donner des leçons à la terre entière.

Que Bénédicte ait zappé les cours, c'était tout de même une nouvelle ! De quoi en boucher un coin à Legrèle et à son équipe ! Une fille si discrète ! Pareil pour les parents. Il n'y avait que lui, son frère, que cela n'étonnait qu'à moitié.

Personne ne connaissait Bénédicte comme il la

connaissait. Dans une famille, les parents s'imaginent qu'ils sont les seuls à savoir vraiment qui sont leurs enfants. Quelle prétention ! Les frères et les sœurs en savent souvent bien plus l'un sur l'autre que les parents. Et peut-être que la paire la plus complice, c'est celle que forment un grand frère et sa petite sœur.

Ferdi en tout cas l'aurait juré.

Il ne gardait aucun souvenir de sa vie avant Bénédicte. Entre eux, il n'y avait que trois ans. Mais, au fond de lui-même, il devait ressentir que son existence avait commencé dans la solitude et qu'elle aurait pu y être condamnée sans l'apparition magique de sa sœur. Quelquefois, quand il l'observait à son insu, le risque qu'il avait couru lui serrait le cœur. Ce qui avait fortifié son amour encore, c'était l'habitude qu'ont les parents d'instaurer les aînés gardiens des plus jeunes.

« Fais attention à ta sœur ! » s'écriait Marie-Louise à la moindre occasion. « Donne la main à la petite ! » – « Je sors cinq minutes, occupe-toi de Béné ! »

Les aînés, la plupart du temps, sont bien trop faibles pour tenir ce rôle. Les parents les racolent, ils se déchargent sur eux d'une part de l'angoisse, qui forme le fond ténébreux de leur amour. L'aîné, cependant, ne garde pas longtemps la préséance. Le plus jeune, en grandissant, ne la supporterait plus. Mais la part d'angoisse, plantée dans son cœur, rien ne pourra plus l'arracher.

Désormais, ils sont « les enfants », sans distinction. Les apostrophes de la mère se transforment. Non plus : « Ferdi, qu'est-ce que tu as fait de ta sœur ? » mais : « Les enfants, où êtes-vous ? » – « Les enfants, à table ! » – « Les enfants, je reviens tout de suite, pas de bêtises ! » Comme un seul être dans deux corps, une unique personne dans la trinité familiale, entre le père et la mère.

Ils dormaient dans la même chambre, ils se parlaient dans le noir, quand les paroles s'imprègnent du poids des ténèbres qu'elles ont à franchir. Souvent, Bénédicte disait qu'un jour, elle partirait. Elle rêvait de s'éclipser, de devenir invisible. Cette lubie s'était introduite en elle, très longtemps avant, quand Annelise, la fille des voisins, était morte.

Annelise était son amie, elles avaient le même âge, quatre ou cinq ans. Un jour, elle avait subitement disparu. En accord avec l'institutrice, Marie-Louise avait expliqué à Bénédicte qu'Annelise était partie en voyage. Où ça ? Loin, loin, près de la mer, un pays très beau, où le ciel était toujours d'un bleu parfait, parsemé de petits nuages seulement, comme des coussins pour poser sa tête et s'endormir. Elle était très heureuse. Quelques jours plus tard, d'ailleurs, Bénédicte avait reçu une carte postale où l'on pouvait voir cet azur resplendissant. Elle était signée d'un simple cœur au milieu duquel figurait un *A* majuscule savamment maladroit.

Ferdi savait que ce genre de carte postale était en vente à l'accueil de l'hôpital Saint-Christophe, où travaillait Marie-Louise. À lui, on n'avait rien caché du décès d'Annelise. À huit ans, on l'avait jugé assez grand pour comprendre et même pour prendre part à la mise en scène destinée à protéger sa petite sœur.

Bénédicte ne lui avait jamais semblé si fragile. Il l'aimait, il l'aimait de toute son âme.

Marie-Louise lui avait recommandé, quand ils rentraient tous les deux de l'école du village, de ne pas s'attarder en passant devant la maison d'Annelise, de bien tenir la main de Bénédicte. Quelquefois, Julien, le père d'Annelise, les guettait derrière sa fenêtre, les yeux pleins de douleur. Ferdi pressait Bénédicte, si bien qu'elle s'était imaginé que Julien était dangereux et que peut-être – elle l'avait chuchoté un soir dans les ténèbres de leur chambre – Annelise était partie en voyage pour échapper à la braise de ses prunelles.

Plus tard, naturellement, on lui avait avoué qu'Annelise était morte à cause d'un mal aussi rare que foudroyant, qu'on aurait pu juguler si elle était arrivée un peu plus tôt à l'hôpital. Mais, quand on a vécu longtemps dans l'illusion, la vérité est impuissante à la dissiper. Pour Bénédicte, malgré tout, Annelise était toujours dans son pays lointain, là-bas près de la mer, sous le ciel bleu moucheté de nuages. Elle avait faussé compagnie à tout le monde, comme à la fin d'une partie de cache-cache particulièrement réussie, puisque personne n'avait trouvé sa cachette. Plus qu'à pleurer, cela prêtait à sourire.

Ainsi, de cette mort, Bénédicte n'avait jamais conçu véritablement du chagrin, des rêves d'évasion seulement, dont elle faisait part quelquefois à Ferdi. La semaine précédente, quand elle avait passé le week-end avec lui chez Mehdi, alors qu'une giboulée les retenait à l'intérieur, elle avait soupiré en regardant par la fenêtre : « Cette neige, j'en ai marre. Ce que je donnerais pour fiche le camp ! »

Eh bien, jeudi, elle s'était payé une escapade en l'honneur du printemps et elle avait chopé un bon rhume ! Comment son père, si rigide pour tout ce qui concernait les études, mais souple comme un gant avec sa petite fille chérie, avait-il pris la chose ? Ferdi se promettait un quart d'heure de bon temps, tout à l'heure, autour de la soupière.

Quand il arriva à la maison, d'abord, il ne trouva personne. Normalement, Sandra lui préparait un goûter, des tranches de pain – il pouvait en engloutir une demi-douzaine – du Choco, du café. Rien. Il jeta son sac dans un coin, ouvrit le frigo, avala au goulot une gorgée de Coca et passa dans la véranda, qui servait de sas vers les bureaux de Nord-Construction.

Sandra était dans son local, debout à côté du photocopieur, qui crachait des feuilles.

« Ah, Ferdi ! Excuse-moi, je n'ai pas eu le temps de préparer ton quatre-heures.

— Pas grave... Qu'est-ce qui se passe ? »

Elle n'était pas dans son assiette, il l'avait remarqué immédiatement. Ses yeux étaient rouges et gonflés, elle avait pleuré. Elle se pinça les lèvres avant de dire : « C'est Bénédicte.

— Quoi, Bénédicte ?

— Attends... »

La machine éjecta ses dernières copies. Sandra les ramassa, les tassa avec les autres et les déposa dans une boîte en carton sur le bureau.

« Pas ici... Viens », dit-elle en jetant un coup d'œil à l'extérieur. Son local, vitré sur tout son pourtour – les ouvriers l'appelaient l'aquarium –, donnait sur la cour carrée au milieu des hangars. Quelques hommes y circulaient, vêtus de sweat-shirts au dos desquels étaient imprimées les initiales NC en lettres rouges.

Il lui emboîta le pas vers la cuisine, dans le sillage de ses hauts talons qu'elle essayait en vain d'étouffer sur le carrelage. Elle était si justement accoutrée en secrétaire – jupe étroite au-dessus du genou, veste de tailleur cintrée, chemisier crème – qu'on aurait pu croire qu'elle s'était déguisée. Il ne lui manquait qu'une paire de lunettes en écaille, soit qu'elle n'en avait pas besoin, soit qu'elle ne voulût pas abîmer son joli petit nez en trompette.

« Tu veux manger ?

— Oui, mais d'abord explique.

— Assieds-toi. »

Elle-même s'installa en face de lui et resta les mains nouées sous le rebord de la table, sur ses genoux entravés dans sa jupe. « Bénédicte a fait une fugue.

— N'exagère pas, elle a juste manqué l'école un jour.

— Ce n'est pas ça, Ferdi. Elle a quitté la maison de ta mère hier matin, elle n'a pas pris le bus, on ne l'a pas vue à l'école. Elle n'est pas rentrée de toute la nuit et, maintenant, on ne sait toujours pas où elle est.

— Comment ça ?

— Elle a disparu, je te dis, elle a fait une fugue. »

Il resta interdit un moment, le temps de transformer en disparition inquiétante ce qu'il s'était représenté en rentrant du collège comme une petite fantaisie de sa sœur.

« Et maintenant, on n'en sait pas plus ?

— Ton père est repassé tout à l'heure : toujours rien. Ça va faire deux jours bientôt, tu te rends compte ?

— Depuis quand le sais-tu ?

— Hier soir. Ta mère a téléphoné. Mehdi est allé tout de suite chez elle.

— Et vous ne m'avez rien dit ?

— Ton père est parti sans me dire un mot à moi non plus. Quand il est rentré, il m'a expliqué. Tu étais couché.

— Mais ce matin !

— Il est allé au commissariat. Il m'a dit de ne surtout pas m'en mêler. Il voulait te l'annoncer lui-même. »

Alors, on l'avait laissé deux jours sans le mettre au courant de la disparition de sa sœur ! Comme si ça ne regardait que ses parents ; lui, ça ne le concernait pas ? Il sentit une colère sourde monter à sa gorge. Ces deux égoïstes n'avaient jamais pris que leur petite popote en considération.

« Maintenant, je te l'ai dit, tant pis ! Ton père sera furieux. Il pensait sûrement qu'il saurait te ménager, lui. Un homme si délicat ! Si tu savais comment il m'a traitée déjà ! »

Sandra tira un petit mouchoir de sa manche, en fit un tampon au bout de ses doigts, qu'elle porta à hauteur de ses yeux. Elle les assécha l'un après l'autre, en se penchant comme on verse quelques gouttes d'un récipient.

« Quand il est rentré de chez ta mère, hier soir, il m'a fait une de ces scènes, je ne te dis pas ! »

Elle le lorgnait, attendant qu'il demande des détails, qu'elle puisse le faire juge de son malheur. Mais Ferdi ne bronchait pas. Il avait bien assez de ses questions, sûrement, sans s'occuper de celles de Sandra. Alors, pour le secouer, elle lui sortit immédiatement l'injustice la plus flagrante de Mehdi.

« Il a dit que c'était de ma faute si Bénédicte était en fuite, tu imagines ? De ma faute ! »

Ferdi bougea vaguement le front, comme si une mouche lui tournait autour.

« Il prétend que je ne l'aime pas, que je lui fais la tête chaque fois qu'elle vient. Je lui fiche le cafard, paraît-il. C'est incroyable. Tu le sais bien, toi, que c'est Bénédicte qui ne me supporte pas. Elle me traite comme du poisson pourri. Comme si je lui avais volé son père... »

Elle réprima quelques hoquets qui lui secouèrent les épaules, puis moucha bruyamment ses petites narines, prête pour le grand déballage.

« Parce que, je peux bien te le dire, c'est plutôt ton père, le voleur. Il m'a volé ma vie, oui. J'étais jeune, je pouvais trouver une place de secrétaire de direction – j'ai le diplôme – au lieu de jouer la standardiste pour l'aider à se lancer. Je ne suis pas plus moche qu'une autre. C'est pas pour dire, mais je n'avais qu'à me baisser pour ramasser les prétendants, me marier, avoir des enfants avec un type de mon âge. Tout cela, il me l'a enlevé. Et, maintenant, il me balance à la figure que j'ai fait fuir sa fille, moi qui me tue à essayer de l'amadouer. Ce n'est pas juste, Ferdi, hein ? Dis-moi que ce n'est pas juste !

— Excuse-moi, Sandra, mais tes histoires avec papa, ça ne me regarde pas. Arrangez-vous.

— Ah, ben, j'aimerais bien. Mais il ne m'écoute pas. Hier soir, il est allé coucher sur le sofa dans son bureau, avec le journal de Bénédicte qu'il a rapporté de chez ta mère. Je ne sais pas ce qu'il y a lu. Ce matin, il ruminait, pas moyen de lui tirer une syllabe de la bouche. Il me regardait à peine et, chaque fois, comme s'il allait me fusiller. Je n'en peux plus, Ferdi... »

Elle le fixait à travers ses larmes, elle n'attendait qu'un coup d'œil de sa part pour se lever et, qui sait ? venir se jeter dans ses bras.

« Arrête, arrête ! grogna-t-il en détournant la tête. C'est Bénédicte, le problème, je te rappelle, ce n'est pas toi. »

Qu'est-ce que cette scène pouvait être ridicule, répugnante, même ! Sandra lui levait le cœur. Jamais sa mère ne se serait laissée aller à un pareil cirque. Pourtant, des raisons de récriminer contre son père, Sandra lui en avait fourni ! Pas une fois elle ne s'était plainte devant les enfants. Elle – et Mehdi tout autant, d'ailleurs – n'étalaient pas leurs différends. Si Bénédicte et Ferdi s'en étaient tenus au spectacle qu'ils leur donnaient, ils auraient pu se demander quelle lubie leur prenait quand, brusquement, ils s'étaient séparés. Toute la différence entre une vraie famille, où les parents veillent à leur dignité, et ce rapiéçage d'un père avec une nana !

Évidemment, Sandra n'était pas stupide au point de prétendre se poser en belle-mère. Dans cette expression, le mot « mère » était manifestement en trop. Inutile d'essayer de rivaliser avec Marie-Louise. Aux yeux de ses enfants, elle rayonnait de toutes les grâces maternelles – le dévouement, l'abnégation, la fidélité. Il ne restait à Sandra d'autre choix que de jouer l'amoureuse du père.

Elle se pomponnait en permanence, elle ne l'appelait jamais par son nom, simplement comme Marie-Louise, mais « chéri », « mon trésor », « mon amour », elle l'embrassait sur la bouche, laissait ses mains traîner sur lui, en introduisait une dans la poche arrière de son jean quand ils marchaient dans la rue. Ferdi avait l'impression qu'il vivait avec une colocataire qui s'était entichée de son père, une fille décomplexée qui mettait ses dessous à sécher dans la véranda entre les bureaux et la maison, si bien qu'il fallait les écarter de la main pour passer de l'un à l'autre.

Lorsqu'il était seul avec elle, la plupart du temps,

il ne savait comment éviter ses yeux frangés de cils battants, qui semblaient toujours lui demander ce qu'il pensait d'elle. Maintenant, il était presque content, ses jérémiades avec la disparition de Bénédicte lui procuraient une occasion indiscutable de la mépriser.

« Évidemment, je pense à Bénédicte, tu imagines bien que je suis morte d'angoisse », reprit-elle, mais cela sonnait tellement faux qu'il tourna la tête de côté, comme pour se garer de son mensonge. Alors, elle se leva, vint se placer derrière lui et voulut lui poser les mains sur les épaules. Mais il s'écarta, s'arracha à sa chaise et alla ramasser son sac pour monter dans sa chambre. C'est à ce moment que Mehdi entra.

Un instant, ils restèrent figés : Mehdi dans l'encadrement de la porte, Ferdi, son sac contre le ventre, et Sandra qui ne savait plus que faire de ses mains, évaluant d'abord tous les trois la situation à partir de leurs positions respectives, aurait-on dit.

« Et alors ? demanda Ferdi.

— Tu lui as expliqué ? fit Mehdi à l'adresse de Sandra.

— Oui.

— Évidemment... soupira-t-il. Alors, Ferdi ? Rien, rien du tout. »

Il avança, un peu courbé, un bras en équerre sur une hanche, comme s'il portait un sac de ciment.

« Mon pauvre chéri », murmura Sandra. Elle lui avança une chaise à table.

Il s'assit.

« Tu as fait ce que je t'ai demandé, Sandra ?

— Oui, oui, bien sûr.

— Va les chercher alors.

— J'y vais. Tu ne veux pas une tasse de café, avant ?

— Va, va », répéta-t-il avec lassitude.

Elle partit vers la véranda et les bureaux. Il tourna ses yeux fatigués vers Ferdi.

« Elle ne t'avait rien dit, Béné ?

— Non, rien du tout.

— Où est-ce qu'elle a bien pu aller ?... J'ai passé la journée dans le pick-up, j'ai fouillé tous les environs. Je suis parti de Montange, j'ai fait toutes les routes possibles jusqu'ici. J'avais une peur bleue de la trouver dans un fossé.

— Papa !

— Oui, je sais.

— Et au commissariat ?

— Elle va revenir, d'après eux. Trop tôt pour s'inquiéter. Moi, je ne peux plus attendre. Je vais rassembler les hommes à cinq heures et demie. Je vais leur demander d'aller coller des affiches ici et dans les villages. J'ai agrandi sa photo, Sandra a fait des copies.

— Les voilà. »

Sandra revenait avec la boîte en carton. Elle la déposa sur la table.

« À propos, deux policiers sont venus cet après-midi quand tu n'étais pas là. Ils voulaient fouiller la maison pour voir si Bénédicte ne se cachait pas quelque part, dans une pièce.

— Ah bon...

— Ils ne l'ont pas fait finalement, j'ai dit que je jetterai un coup d'œil, mais que ça ne servait à rien, que c'était bien le dernier endroit où Bénédicte voudrait rester. »

Est-ce qu'elle le faisait exprès de le poignarder

dans le dos ? Si Bénédicte détestait être ici, c'était la faute à qui ?

« J'ai bien fait, chéri ?

— C'est bon, c'est bon... »

Mehdi souleva le couvercle qu'elle avait posé sur la boîte et en retira une affiche. Sous la mention « Avis de recherche » se trouvait la photo que lui avait donnée Marie-Louise. Bénédicte était assise sur un tronc, au bord d'un chemin forestier. Elle regardait l'objectif avec son demi-sourire désabusé.

Ferdi s'approcha, se pencha à côté de son père.

« Ta mère m'a dit qu'elle était partie avec ce blouson-là, le blouson que je lui ai offert. C'est curieux, hein ? »

Mehdi aurait trouvé une marque d'amour de Bénédicte dans n'importe quoi. Il se sentait si coupable. Il posa une main sur l'épaule de Ferdi, le buste de travers, vu que Ferdi le dépassait d'une tête, l'air plus abattu que jamais.

Sandra les regardait, mais pour eux, c'était comme si elle avait disparu.

8

Maintenant, il était six heures et quelques. À Montange, Julien sortit par l'arrière de la bergerie et se dirigea vers le côté de la maison, où se trouvait l'abri qui servait de garage et de bûcher. La journée avait été si douce qu'il n'avait pas encore allumé le Jøtul dans le séjour. Il posa une bûche sur le billot et se mit à la débiter en fines lamelles destinées à démarrer le feu. À ce moment-là, un véhicule qui descendait du haut du village freina devant l'allée. Julien tourna la tête. Une camionnette jaune venait de s'arrêter, dont les portières portaient le monogramme NC de Nord-Construction. Un grand type en descendait, vêtu d'un pantalon de travail tout cousu de poches, et du sweat-shirt de l'entreprise. À la main, il tenait une de ces épaisses chemises en plastique opaque dans lesquelles on protège les documents de chantier.

« Ho ! Julien !

— Ah, c'est toi, Cédric !

— Je vous ai aperçu en passant. Vous avez une minute ? »

C'était un copain de David, deux ou trois ans plus âgé, qui habitait chez ses parents, une ferme isolée à côté de la nationale.

« Vous avez appris pour Bénédicte Maziri ?

— Oui.

— Le patron nous a demandé de mettre des avis de recherche. Regardez. »

De la chemise en plastique, il sortit une des affiches polycopiées. Julien planta sa hachette dans le billot et la prit. Ses yeux effleurèrent la photo de Bénédicte, mais sans s'attarder. Il fit un geste pour la rendre au jeune homme, qui refusa de la main.

« Gardez-la, c'est pour vous. J'en ai déjà mis sur le pont, au monument aux morts, à l'école et à l'église. En passant devant chez vous, je me suis dit que vous pourriez en placer dans votre bus. Peut-être même en donner à vos collègues pour les autres véhicules. Je peux vous en laisser une dizaine si vous êtes d'accord.

— Ah... Oui, pourquoi pas ?

— Eh bien, voilà. »

Il lui passa un paquet de feuilles, au jugé.

« C'est Mehdi qui t'a dit de m'en apporter ?

— Non. Il m'a chargé de faire Montange vu que je rentrais, plus les patelins des environs, Brédange, Granfontaine, quelques autres sur ma route. En passant devant chez vous, j'ai pensé aux bus. Une idée que j'ai eue comme ça. Tous les hommes de Nord-Construction sont mobilisés, on a chacun un secteur. Le patron m'a laissé une camionnette de l'entreprise pour le week-end. On devrait couvrir une bonne partie de la province, vous savez. »

Il était joyeux, enthousiaste. Certainement, il ne pensait pas à Bénédicte elle-même, à ce qui avait pu lui arriver. Il était trop pris par l'aventure inattendue de sa disparition. Autour d'un drame, si on s'éloigne un peu du centre, il y a souvent pas mal de gaieté. L'incendie du fenil à la ferme Larondelle, en 1996, par exemple, sauf pour Larondelle naturellement, cela avait été un des événements les plus excitants de Montange dans les dix dernières années. De peur que le feu ne gagne le corps de logis, on avait aidé la famille à sortir les meubles, on entrait dans toutes les pièces, on jetait la literie par les fenêtres du haut. Et même quelques semaines avant, quand un jeune avait fait une chute mortelle du haut du pont dans la Sûre, qu'il avait fallu annuler le bal de la kermesse, qu'est-ce qu'on avait pu boire entre hommes, puis rigoler finalement sous le chapiteau, quand on démontait la piste de danse !

« Alors, merci, Julien. Faut que je me grouille pour continuer. Je le dirai au patron, pour les bus.

— Pas la peine, Cédric. Laisse tomber. »

Julien déposa les affiches sur le tas de bois, sans davantage les examiner. Il acheva de fendre sa bûche. Puis, il ramassa les morceaux, en fit une brassée pour son bras droit et, de la main gauche, il emporta les avis de recherche, la photo de Bénédicte tournée contre les poches de sa chemise. En passant à la cuisine, il les déposa sur la table. Dans le séjour, il s'agenouilla devant le poêle, chiffonna quelques feuilles du journal qui traînait sur le canapé et alluma le feu.

Il referma la porte vitrée du foyer et demeura ainsi, comme en prière, devant la flamme. Toutefois, il ne priait pas. Il ne priait plus depuis Dieu sait quand. Pas la peine d'y revenir. Il ne réfléchissait pas non plus.

Il attendait que ses idées, ses sentiments en pleine pagaille se remettent en place d'eux-mêmes.

Sur la cheminée, il y avait un Manneken-Pis miniature enfermé dans une cloche de verre qui neigeait quand on la renversait, un gadget que David enfant lui avait rapporté d'une excursion à Bruxelles. Dans la tête de Julien, c'était pareil. Il devait patienter jusqu'à ce que ses émotions forment de nouveau un tapis stable aux pieds du Manneken-Pis.

Ce qui avait déclenché la tempête en lui, c'était la visite que Mehdi lui avait rendue, tout à l'heure, à la fin de l'après-midi. Il est vrai que, la veille au soir, quand le break de Walter avait fait irruption dans son premier sommeil, il avait déjà lui-même provoqué une première tourmente.

Pratiquement, il n'avait pas fermé l'œil. Il s'assoupissait par intermittence. À chaque réveil, il revoyait le break ou, plus exactement, il repensait à l'image du break qui lui était apparue quand il s'était couché seul, tandis que Liesbeth descendait chez Marie-Louise. Car le rêve lui-même ne se reproduisait pas, et c'était bien là ce qui le troublait. Ce flash unique n'aurait-il pas été une sorte d'interférence ? Provoquée peut-être par la rancune qu'il conservait à Walter depuis si longtemps ?

Quand Liesbeth s'était glissée dans le lit en faisant attention à ne pas le réveiller, il avait fait semblant de dormir. Il se donnait jusqu'au matin pour lui parler. Mais, le matin, elle reposait si paisiblement qu'il n'avait pas voulu la déranger. Après sa visite à Marie-Louise, elle s'était couchée bien plus tard que d'habitude et, comme elle ne commençait au Trévire qu'à quinze heures, elle avait bien le droit de récupérer.

Il était allé au dépôt des bus en mobylette et avait commencé son circuit de la matinée. Ce qu'il avait résolu, c'était non pas de parler à Marie-Louise ou à la police – ce qu'il aurait eu à dire était trop incertain –, mais d'aller voir lui-même Walter après sa journée, quoi qu'il puisse lui en coûter. D'ici là, peut-être que Bénédicte serait revenue, d'ailleurs, et qu'il n'aurait pas besoin de s'infliger cette visite.

Au volant, il n'avait cessé de penser à elle. En arrivant à l'abribus, après le pont, son cœur ne tenait plus en place, prétendant qu'elle serait là comme avant. Elle n'y était pas, hélas ! ce qui n'avait pas empêché son cœur de refaire le même cinéma au rond-point de la Barrière. Avant qu'il puisse s'engager, une dizaine de voitures étaient passées devant lui, avec pour seul résultat de se superposer au souvenir du break et de l'enfoncer plus profondément encore dans l'incertitude.

De retour à la maison l'après-midi, il avait trouvé un billet de Liesbeth sur la table. « B. toujours pas rentrée. Fugue probable. La police est venue chez M.L. ce matin. *Kus*. »

Il s'était préparé une tartine de beurre, comme il en avait l'habitude à quatre heures, et l'avait mastiquée bouchée après bouchée, longuement, sans appétit, avec deux ou trois tasses de café pour la faire descendre. La perspective de se rendre chez Walter lui nouait la gorge. Finalement, il avait résolu qu'il était trop tôt pour y aller, qu'il ne serait pas rentré de son boulot. Puis il avait enfilé sa chemise trappeur et était sorti dans le jardin. Il avait repris la bêche et ajouté trop rapidement quelques sillons à ceux de la veille.

Soudain, Mehdi se trouva à côté de lui, derrière son dos. Il était passé par le côté de la maison, avait contourné le garage et emprunté le trottoir en béton le long de la façade arrière. Julien s'était si bien essoufflé qu'il ne l'avait pas entendu.

« Salut, Julien.

— Hein ? Ah... Mehdi ! »

Il ficha la bêche en terre.

« Du neuf concernant ta fille ?

— Non.

— Restons pas là. Viens t'asseoir. »

Contre le mur de la maison, il y avait un banc inutilisé depuis l'automne, et même du soleil dessus. Ils s'assirent.

« J'ai déjà expliqué à Marie-Louise, je suppose qu'elle t'a dit. Bénédicte n'a pas pris le bus hier au matin. Je l'ai même attendue, des fois qu'elle aurait été en retard, encore que ça ne lui arrive jamais. Elle te l'a bien dit, Marie-Louise ?

— Oui. »

Il voulait sans doute l'entendre lui-même de la bouche de Julien. Est-ce qu'il fallait lui parler du rond-point, du break, de Walter ? Il avait l'air tellement sombre. Pas rasé, les yeux rivés au sol, le poing droit serré dans la paume gauche avec des poussées par moments comme contre un sac de sable. Il risquait peut-être de s'emporter, de filer chez Walter pour lui voler dans les plumes, alors que rien n'était sûr.

« Est-ce que tu as une idée de pourquoi elle est partie, ta fille ?

— Pas vraiment. Les histoires de sa mère, peut-être.

— Quelles histoires ?

— Ce type que Marie-Louise voit.

— Marie-Louise voit quelqu'un ?

— Tu ne le sais pas ?

— Non, première nouvelle ! On n'a jamais remarqué personne chez ta femme, je t'assure.

— Parce que tu la surveilles ?

— Je ne la surveille pas. Mais on est voisins, tout de même. »

Mehdi se leva et s'avança un peu dans le sentier du jardin.

« D'ici, tu as une magnifique vue sur l'arrière de notre maison.

— Si on veut.

— Quand quelqu'un est sur la pelouse, tu peux l'observer, mine de rien, en faisant semblant de gratter dans tes plates-bandes.

— Enfin, Mehdi, qu'est-ce que ça veut dire ?

— Ça veut dire que je cherche à comprendre ce qui est arrivé à ma fille et que j'ai peut-être une idée.

— Une idée ? Quelle idée ? »

Il était revenu vers le banc et s'était planté devant Julien, comme un maître d'école devant un élève vicieux qui joue les innocents.

« Écoute, Julien, je vais mettre cartes sur table. Bénédicte tient un journal. Cette nuit, je l'ai lu. Et tu sais ce qu'elle a écrit ? Elle a écrit qu'elle se méfiait de toi.

— De moi ? Mais pourquoi elle se méfierait de moi ?

— Toujours à lui sourire, à la lorgner, à vouloir lui parler quand elle monte dans le bus. Elle se demandait ce que tu lui voulais. Elle avait peur, Julien.

— Ça, c'est le bouquet ! J'essaie simplement d'être gentil avec ta fille !

— Ah oui, le gentil monsieur qui bave devant les fillettes !

— Mais ça va pas ! Tu perds la tête !

— Et l'été, quand elle sort derrière la maison pour prendre le soleil, tu te rinces l'œil, hein ? Tu profites que Liesbeth est à son boulot. Tu as peut-être des jumelles, même, dis-moi !

— Arrête, Mehdi !

— Tu sais ce qui s'est passé hier ? Je vais te le dire. Bénédicte n'a pas pris le bus. Un coup de folie, comme ça. Elle est allée faire un tour dans les bois, parce qu'il faisait beau. Ce n'est qu'une enfant après tout. Elle adore les bois. Elle s'est baladée le long de la Sûre. Puis, après midi, elle est rentrée à la maison. Elle avait faim, tout simplement. Elle savait que sa mère devait faire des courses à Arelborn. Comme il faisait beau, elle est sortie sur la pelouse et toi, tu l'as repérée d'ici. Tu avais vu Marie-Louise s'en aller. Alors tu es descendu et tu m'as enlevé ma fille, salaud !

— Maintenant, ça suffit, Mehdi ! »

Julien s'était dressé d'un bond sur ses jambes. En se levant, il heurta Mehdi de la poitrine, Mehdi fit un écart. Il était peut-être râblé, il ne faisait pas le poids face à Julien, qui le tenait à distance, une main ouverte devant lui, comme un bouclier, sans bouger.

« Je ne suis pas comme ça, Mehdi. Tu le sais bien. Pour rien au monde je ne ferais du mal à ta fille, ni à personne d'autre. Je laisse tomber parce que tu souffres, tu es aveuglé par l'inquiétude, c'est normal. Mais cesse tes insinuations, sinon... sinon... »

Sinon quoi ? Il ne savait quelle menace proférer. De toute sa vie, il n'avait frappé un homme qu'une seule fois : Walter. Ça lui suffisait. Il n'avait pas envie d'encombrer sa vie d'un deuxième coup de poing.

Heureusement, Mehdi se détourna, il fit quelques pas vers le jardin, le dos courbé, les épaules dans la nuque, comme s'il avait vraiment reçu un coup. Puis il dit d'un air harassé : « Excuse-moi, Julien, excuse-moi, mon vieux.

— Ce n'est rien, va. Tu veux que je te fasse un peu de café ?

— Non, non. Merci »

Il revint vers Julien, les yeux embués de larmes. Ainsi, au lieu de le frapper, la main de Julien se posa sur le haut de son bras et le serra de toutes ses forces.

« Ça va aller, Mehdi, on va la retrouver.

— Oui, oui, c'est sûr », murmura Mehdi, mais c'était comme s'il avait dit : « Ne me mens pas, je sais qu'elle est perdue. » Il se dégagea et repartit comme il était venu, par l'allée le long du garage. Julien avait entendu le pick-up redémarrer et il s'était demandé pourquoi il ne l'avait pas entendu arriver.

Il rouvrit la porte du foyer et posa deux bûches sur la flamme qui vrombissait joyeusement. Puis il se releva, les cuisses ankylosées, presque content que la douleur franche des premiers bêchages relègue un peu l'amertume de son cœur.

Ainsi, il faisait peur à Bénédicte. Elle l'avait pris pour un pervers. Sa timidité, dans le bus, n'était rien d'autre qu'une méfiance attisée par d'affreux soupçons. Si elle sortait si rarement sur la pelouse derrière chez elle, c'était parce qu'elle n'osait pas lever le front vers le jardin où elle l'imaginait embusqué.

Qu'est-ce qui pouvait expliquer ce total contresens, cette méprise absolue sur ses intentions ? En fait, en elle, il n'avait jamais vu qu'Annelise. Il se consolait de la mort de sa fille en se persuadant que Bénédicte vivait pour elle, qu'Annelise, après avoir partagé sa vie lorsqu'elles étaient petites, lui avait ensuite abandonné sa part. Pour Bénédicte, il n'avait jamais eu que des yeux de père.

Seulement, comment étaient-ils, ses yeux ? Voilà tout le drame. On ne se voit pas soi-même. On se figure qu'on envoie des regards bienveillants, mais la nature a placé dans nos orbites des pupilles pleines de ténèbres, tapies sous des sourcils recourbés comme des ailes de busard, qui transforment nos sentiments en menaces.

Pas un instant, il n'aurait songé à reprocher à Bénédicte sa bévue. C'était à lui-même qu'il devait s'en prendre. Il n'avait qu'à se regarder dans un miroir pour se rappeler qu'entre la tête qu'il pensait avoir et celle qu'il avait réellement, il y avait une certaine marge. Mais, justement, depuis longtemps, il évitait de lever les yeux dans la glace, le matin ; il s'en tenait aux poils de sa mâchoire quand il se rasait, pour ne pas se faire peur.

Il regagna la cuisine. Le paquet d'affiches reposait sur la nappe cirée, le verso blanc en dessus. Depuis que Cédric les lui avait remises, il n'avait pas encore osé les retourner.

Il s'assit à la table puis, après un long moment, comme on fait devant une lettre qu'on redoute d'ouvrir, il prit la première feuille et l'inversa.

Cette fois, Bénédicte lui souriait. Pas un sourire complet, une ébauche de sourire, comme si elle s'excusait de ne pas avoir compris son amour. Cet air, si différent, lui chavira le cœur au point qu'il dut serrer les paupières pour contenir ses larmes.

Quand il les rouvrit, il avait moins peur des yeux de Bénédicte, il put examiner le décor autour d'elle, un coin de forêt, le chemin au bord de la Sûre, sans doute. Puis, brusquement, son regard remarqua le Timberjack, le bras posé par terre, dans le coin supérieur droit de la photo.

Walter !

C'était évidemment l'abatteuse de Walter qui était déjà là, qui le narguait peut-être, à moins que ce ne soit Bénédicte elle-même qui lui envoyait un message, par une sorte de magie, un signe destiné à lui seul, la preuve que son intuition à propos du rôle de Walter dans sa disparition était la bonne !

Il ramassa la feuille, la plia en quatre et la glissa dans la poche de sa chemise de travail. Il était sept heures moins cinq. Cette fois, Walter devait être chez lui.

Quelques minutes plus tard, chevauchant sa mobylette, il dépassait la maison sans vie de Bénédicte et bifurquait un peu plus bas, à gauche, vers la rue du Lavoir. Depuis la mort d'Annelise, il n'avait jamais plus emprunté ce chemin bordé de prairies fermées par des haies vives, qui se terminait en cul-de-sac à la propriété de Walter. Il ne comportait dans l'intervalle que des masures éparses, décapées jusqu'à l'os par leurs nouveaux propriétaires. S'il avait pu s'intéresser à l'environnement, il aurait remarqué que la route était asphaltée désormais et qu'on y avait installé l'éclairage public. Mais son esprit s'était ramassé sur lui-même, il était à l'arrêt, bandé comme un ressort, dans l'attente de ce qu'il allait dire à Walter, dont il ignorait cependant le premier mot.

Il n'eut pas besoin de frapper à la porte d'entrée. Sa mobylette, une Honda d'avant son mariage, dont la rouille avait percé le pot d'échappement comme un canon de mitrailleuse, avait attiré Julie sur le seuil. Elle était accoutrée d'un tablier à bavette d'une autre époque et tenait une louche à la main.

Le temps que Julien, de profil, bascule sa machine sur sa béquille, elle resta les sourcils plissés, incrédule. Elle n'admit que c'était bien lui que lorsqu'il tourna vers elle ses yeux inchangés dans son visage émacié. Des années qu'elle ne l'avait plus vu. Dire qu'ils habitaient le même village : incroyable...

« Julien ?

— Bonsoir, Julie. »

Il s'avança en s'efforçant d'articuler un sourire.

« Walter est là ?

— Non, pas encore. Il ne va pas tarder. »

Il fut tenté de repartir. Mais, maintenant, Julie voulait savoir ce qui l'amenait.

« Entre donc. »

Elle le précéda dans le corridor encombré de quelques cageots à mandarines remplis de la pacotille des brocantes qu'elle n'avait pas encore triée. Une odeur de graillon s'était glissée dans le courant d'air.

« Je t'emmène à la cuisine, si ça ne te dérange pas. Je peux pas abandonner mon rôti. »

Elle lui montra une chaise à table et s'assit en face de lui.

« On boira un coup tout à l'heure, avec Walter.

— Ne te dérange pas, je n'en ai pas pour longtemps.

— Je ne sais pas ce qui l'a retardé. Normalement, à cette heure-ci, il est là. Tu voulais lui causer ?

— Oui.

— À quel sujet, si je peux demander ?

— Bénédicte.

— Bénédicte ? Qu'est-ce que tu veux dire ? C'est qui, Bénédicte ? »

Tout de suite, elle était passée sur le qui-vive, le dos calé contre le dossier de sa chaise, le buste braqué dans la bavette du tablier.

« La fille à Mehdi et Marie-Louise.

— Ah, d'accord ! Une petiote, non ?

— Pas tout à fait. Elle a quinze ans.

— Déjà...

— Elle a disparu depuis hier. Tu n'es pas au courant ?

— Non. "Disparu", qu'est-ce que tu veux dire "disparu" ?

— Elle est sortie de chez elle pour prendre le bus de sept heures du matin – mon bus –, mais elle ne l'a jamais pris. On ne sait pas où elle est passée. Regarde ça. »

Il sortit de sa poche l'avis de recherche qu'il avait emporté, il le déplia et le posa sur la table, devant ses yeux. Elle le souleva par les bords, le tendit à bonne distance pour l'examiner, puis le reposa.

« Bon... Et Walter ? Qu'est-ce qu'il vient faire dans cette histoire, Walter ? »

Elle ne semblait plus tellement curieuse mais inquiète plutôt.

« Lui aussi part vers sept heures le matin. Parfois, il me dépasse. Vous avez toujours votre Ford blanche ?

— C'est pas une Ford, c'est une Opel.

— Un break, je veux dire.

— Oui.

— Alors, je me demandais s'il ne l'avait pas rencontrée sur la route, s'il ne l'aurait pas prise en stop. Tu connais les jeunes. Il aurait pu l'emmener un bout de chemin.

— Walter ? Non, impossible. Walter ne prend jamais personne en stop. Il se méfie.

— Il la connaît, elle est de Montange.

— Ça m'étonnerait. Pour ce qu'on va au village... De toute façon, s'il avait pris quelqu'un, il me l'aurait dit hier soir.

— Pourtant, j'ai bien cru apercevoir une fille dans son break jeudi matin, quand j'ai pris le rond-point de la Barrière.

— Tu as cru ou tu es sûr ?

— J'ai cru. C'est pour ça que j'aurais voulu le demander à Walter.

— Tu es chargé de l'enquête ?

— Non, bien entendu, mais cette petite, ça me tracasse. Sa mère, c'est notre voisine. »

Julie quitta la table. Elle s'accroupit devant le four de la cuisinière, l'ouvrit et versa quelques louches de sauce sur le rôti, qui crépita et envoya vainement ses effluves odorants jusqu'aux narines indifférentes de Julien. Puis elle se redressa. Elle avait pris une décision qui ne concernait pas le rôti, ça se voyait tout de suite à son air rembruni.

« Écoute, Julien, ce n'est pas la peine d'attendre Walter. Walter n'a rien à voir avec l'affaire de cette drôlesse. Si tu lui poses la question, il va croire que tu l'accuses, que tu le soupçonnes de je ne sais quoi.

Tu sais très bien comment ça s'est passé entre vous autrefois. Tu n'as pas idée de la peine que tu lui avais occasionnée. Il ne supportera pas que tu le mettes injustement en cause une nouvelle fois. Alors, s'il te plaît, va-t'en vite avant qu'il ne revienne. »

Elle alla jusqu'à la porte et l'ouvrit en gardant la poignée en main, comme un majordome.

9

« Et voilà la septième ! s'exclama Mme Maca avec un entrain un peu forcé, tout en faisant glisser la crêpe de la poêle sur l'assiette où s'empilaient les six premières.

— C'est bien assez comme ça, Germaine, je n'ai pas faim, protesta Marie-Louise.

— Allons, allons, il faut manger. Ça ne t'avance pas de te laisser dépérir », répliqua Mme Maca et, aussitôt, elle coula une nouvelle portion de pâte sur la surface huilée de la poêle.

Elles étaient dans la cuisine de Marie-Louise : Mme Maca, le dos tourné, devant la plaque de cuisson, le Tupperware contenant la pâte d'un côté sur le plan de travail, les crêpes de l'autre ; Marie-Louise à table, les doigts pincés contre le pied d'un verre de vin blanc. Sur la nappe, deux couverts étaient préparés pour le souper.

Mme Maca était arrivée à sept heures et demie avec sa doudoune d'hiver marron et son sac à provisions. Une heure plus tôt, le doberman (le bâtard était nettement moins professionnel) l'avait avertie de la présence suspecte d'une camionnette jaune sur la place de l'École. Elle était sortie et avait vu le véhicule repartir sur les chapeaux de roue. Au milieu du panneau d'affichage communal, trois affiches identiques étaient placardées bord à bord.

Mme Maca n'était pas plus curieuse qu'une autre mais, tout de même, un triple avis illustré à la population, cela méritait qu'elle quitte ses babouches et relace ses bottillons pour aller voir de plus près de quoi il retournait.

La photo de Bénédicte, assise sur le tas de bois, avec son air de vierge et martyre, lui avait fichu un coup au cœur. Elle avait lu le signalement : « Quinze ans, taille 1,67 m, corpulence mince, cheveux châtains mi-longs, vêtue d'un blouson avec un écusson sur la poitrine en forme de feuille de palmier » ; puis les circonstances de la disparition : « du domicile familial, le 17 mars 2005 à sept heures ». Elle n'avait pas pu s'empêcher de marmonner : « Du domicile familial, tu parles ! » Le domicile de Bénédicte était aussi familial que le sien était conjugal.

Tout de même, elle avait pensé à Marie-Louise. La pauvre femme était anéantie, sûrement. Elle devait se sentir bien seule. Puis le fourgon de police qui stationnait le matin devant sa maison lui était revenu à l'esprit. Inutile de préciser que les fonctionnaires pleins de tact qui en avaient débarqué avaient dû lui mettre le moral encore plus bas que terre. Ils lui avaient certainement reproché son inattention aux signes avant-coureurs d'une fugue, qu'ils connaissaient si bien, eux ; puis son manque d'autorité – ils seraient bientôt les seuls à la faire respecter – ; et peut-être même, s'ils étaient mariés et pas encore séparés, son divorce. Mme Maca connaissait parfaitement leurs méthodes délicates, vu que c'étaient celles de Constant, son mari, qui avait fait sa carrière à la gendarmerie et l'avait bassinée du souvenir de ses exploits jusqu'à ce qu'elle l'envoie en faire profiter ses copains de cartes au Soir tranquille.

Elle était rentrée rassurer ses chiens d'abord, puis elle avait fourré le Tupperware avec la pâte à crêpe dans son cabas, enfilé sa doudoune et était descendue chez Marie-Louise.

En entrant, elle lui avait dit qu'elle ne faisait que passer, histoire de ne pas l'effaroucher et de s'introduire subrepticement dans la cuisine. Une fois dans la place, elle s'était épongé le front, si bien que Marie-Louise l'avait invitée à quitter son paletot. Assise, elle soupira : « Je ne pensais pas qu'il ferait encore si doux le soir. Je suis presque en nage, dis donc ! Tu n'aurais pas quelque chose à boire ? »

Devant un verre de riesling, c'était tout de même plus facile de causer. Marie-Louise avait été bien obligée de lui expliquer comment elle avait constaté la disparition de Bénédicte, sa visite à Julien, la réaction de Mehdi, puis tout le reste. Non, Mehdi n'avait pas enlevé sa fille pour l'expédier dans un harem au Maroc, elle en était bien certaine. Les policiers venus le matin penchaient pour une fugue. Très aimables, les deux pandores, d'après elle, mais sans doute ne voulait-elle pas froisser l'épouse d'un ancien gendarme.

Mme Maca l'avait assurée, comme tout le monde, que la gamine allait réapparaître sous peu, bien qu'en son for intérieur elle n'en fût pas plus certaine que cela. La mine pensive de Bénédicte sur les photos s'était substituée insensiblement dans son esprit à l'air rébarbatif qu'elle lui trouvait en général dans le bus. Cette fille devait couver autre chose, que Mme Maca était prête à envisager d'un œil nouveau, plein de bienveillance, avec une petite larme perlant sous les paupières. Son idée, elle ne pouvait la livrer comme ça, tout à trac, à Marie-Louise. Il fallait d'abord la mettre en confiance.

« Tu as mangé depuis ce matin, Marie-Louise ?

— Oui, oui.

— Quoi ?

— Oh, quelques biscuits.

— Je m'en doutais. »

Elle avait sorti le Tupperware de son sac et avait pris possession des fourneaux malgré les protestations de Marie-Louise.

« Ta, ta, ta ! J'avais préparé des crêpes pour moi et mes chiens. On va les manger, nous deux. Ils ont bien assez avec les os que je leur ai rapportés de chez Flecher ce matin. Quand on est dans l'embarras, on se néglige et ça, ça ne vaut rien. Crois-en mon expérience. »

Son expérience, Mme Maca l'avait placée à titre d'amorce pour les épanchements qu'elle se promettait avec Marie-Louise quand elles auraient mangé. Elle n'avait pas l'intention de les déballer d'emblée. Elle les laissait d'abord remonter en elle seulement, à usage interne, afin de se mettre en condition pour les sortir à point nommé.

Il s'agissait de la mort de son neveu Kevin, tombé du pont de la Sûre, en 1996. Tandis qu'elle mettait la poêle à chauffer, elle se rappelait qu'à cette époque, elle avait pratiquement cessé de s'alimenter pendant des semaines, malgré les remontrances de son mari. Si encore Constant l'avait encouragée avec douceur comme une personne malade, mais il la tançait comme un usager en infraction avec le code de la route ! Mme Maca était alors une belle femme, selon sa conception personnelle de la belle femme, c'est-à-dire une créature tout en rondeurs, des mollets jusqu'aux joues, en passant par les cuisses, le ventre, la poitrine et les épaules. Kevin mort, elle avait affreusement maigri, mais sans se dessécher. Sa peau, qui pendant quarante ans s'était élargie pour contenir ses chairs, ne pouvait se rétracter. Mme Maca devint comme un ballon de football dégonflé. Son ventre, par exemple, s'était transformé en une sorte de bénitier, au centre duquel flottait son nombril. Ses magnifiques seins pendaient comme des chaussettes au fil à linge. Ses joues avaient si bien rejoint son cou qu'on aurait dit les fanons d'une vache laitière.

Un vrai désastre qui aurait pu l'envoyer rejoindre Kevin si, un jour qu'elle jetait un bouquet de fleurs des champs dans la rivière par-dessus le parapet du pont, elle n'avait cru entendre monter de sous elle une voix qui l'admonestait : « Ça suffit maintenant ! Mange ! »

Elle avait d'abord reculé, effrayée. La voix s'était tue en même temps qu'elle dégageait son estomac comprimé contre le parapet. Ensuite, elle avait eu beau se pencher précautionneusement vers la voûte, de ce côté-là, puis de l'autre côté du tablier, elle n'avait vu personne. Descendre le talus abrupt vers les eaux, c'était impossible. Même les gamins du village ne s'y risquaient pas.

Elle était rentrée, bouleversée et, tout de suite, s'était fait quatre œufs au plat pour obéir à la voix. Quelques minutes plus tard, elle en rendait deux. Progressivement, elle avait cependant retrouvé son coup de fourchette d'autrefois. Sa personne s'était rétablie, sans sa belle uniformité, malheureusement. Une sorte de replâtrage à la truelle, comme dans les maisons retapées de Montange.

En tout, Marie-Louise parvint à avaler une crêpe et demie, tandis que Mme Maca en ingurgitait trois pour donner l'exemple. Après, elle prépara encore du café. Quand elles furent devant leur tasse, elle émit d'emblée quelques soupirs, pour donner le ton. Puis elle commença tout en douceur.

« Tu sais que je la vois tous les jeudis, ta gamine ?

— Ah oui ? Comment ça ?

— Ben, dans le bus, le matin, puis l'après-midi. Je vais rendre visite à Constant au Soir tranquille.

— Comment est-elle ?

— Bien, bien... Pour être sincère, je l'ai trouvée un rien tristounette, ces derniers temps.

— Tristounette ? Mais pour quelle raison ?

— Est-ce qu'on sait ce qui se passe dans leur tête, à cet âge-là ? »

Mme Maca observait avec satisfaction la montée de l'inquiétude sur les traits de Marie-Louise. Il y avait des années qu'elle cherchait quelqu'un à qui confier ce qu'elle avait sur le cœur depuis la mort de Kevin. Elle n'avait jamais trouvé personne. Constant l'aurait envoyée paître illico. Il concevait la vie comme une partie de whist. Kevin avait eu une mauvaise donne, point à la ligne. Quant à la mère du garçon, la sœur de Mme Maca, question cartes, c'était plutôt le coup de poker : friquée un jour, fauchée le lendemain. Violon (alto, au deuxième rang), elle courait le cacheton dans des orchestres de province, mais ne se prenait pas moins pour une artiste. Pensez donc si elle avait le temps de s'occuper de son fils !

Mme Maca avait tout gardé pour elle. Mais, maintenant, elle tenait l'occasion ou jamais de s'épancher, de prendre enfin quelqu'un à témoin de son malheur. Il lui fallait une personne désemparée, privée de ses mécanismes de défense par un drame comparable à celui de la disparition de Kevin. Cette personne qui ne s'était jamais présentée en dix ans était là, devant elle. C'était Marie-Louise : elle allait s'en emparer.

« Que voudriez-vous que Bénédicte ait dans la tête, Germaine ?

— L'amour, Marie-Louise, l'amour... Ça te choque ? Les mères sont toujours les dernières à s'apercevoir que leurs enfants ne sont plus des enfants. Bénédicte, je l'observe depuis longtemps dans le bus, et tu sais ce que je vois dans ses yeux ?

— Quoi donc ?

— Je vois ce qu'il y avait dans les yeux de Kevin.

— Quel Kevin ?

— Kevin, mon neveu, tu sais bien, celui qui est tombé du pont dans la Sûre, il y a quelques années.

— Oui, oui, c'est juste. Mais quel rapport avec Béné ?

— Le rapport, c'est que Kevin, il était malade d'amour. Il passait tous les jours chez moi après l'école et il restait assis à regarder dans le vide, exactement comme ta fille. Le même regard absent, Marie-Louise. Comment est-ce qu'il est tombé du pont ? On pourrait se promener à deux de front sur le muret. Il s'est jeté en bas, de désespoir.

— Mais non ! C'était un accident, il avait bu. Ceux qui ont parlé de suicide, c'était juste pour faire mousser l'affaire.

— Eh bien, moi, je te dis qu'il s'est détruit. Je le sais, moi, même si je n'ai rien dit. Qui est-ce qui m'aurait écoutée ? Si j'avais nommé la garce qui lui avait crevé le cœur, t'imagines le scandale à Montange !

— Qui était-ce ?

— Laura, la fille à Walter et Julie. Elle l'avait fait tourner en bourrique. Le jour de la kermesse, quand Kevin a grimpé sur le parapet, tu ne sais pas le tour de cochon qu'elle lui a joué ? Elle était là, c'est pour elle qu'il voulait épater la galerie. Eh ben, une fois qu'il s'est trouvé en l'air, elle s'est tournée de l'autre côté et elle s'est mise à sucer la poire du gars Larondelle.

— Mon Dieu !

— Laisse Dieu où Il est, Il n'a rien empêché. Et moi, je vis avec ce poids sur le cœur depuis toutes ces années, sans pouvoir en parler à personne. Kevin m'avait tout expliqué, il n'avait que moi pour se confier, pauvre gosse. Il me fendait l'âme avec son amour qu'elle ne voulait pas, cette bécasse, tout ça parce qu'elle ne supportait pas les roux, qu'elle prétendait. Roux, ça n'empêche pas d'être beau. J'essayais de le consoler. Si tu savais ce que j'ai pu l'embrasser, le cajoler. Inutile ! Alors, tu sais ce que j'ai fait ? Je suis allée la trouver, je lui ai demandé d'avoir pitié. J'aurais jamais dû, évidemment. Elle m'a ri au nez et, après, elle s'est doublement fichue de la tête de Kevin. Elle lui a dit de coucher avec moi, tu te rends compte, avec moi, sa propre tante ! Elle, en tout cas, elle aimait encore mieux se rouler dans le fenil avec Larondelle plutôt que de sortir avec lui. Quelle chabraque, quand j'y repense ! »

La voix de Mme Maca s'étrangla subitement, un sanglot l'empêchait de poursuivre. Elle retira un paquet de mouchoirs en papier de son sac au pied de la table et se moucha. Simultanément, elle lorgnait les effets que ses effusions avaient entraînés chez Marie-Louise. Une totale réussite ! Marie-Louise était effondrée. Elle n'avait pas touché à son café. Elle serrait la petite cuiller si fort entre ses doigts qu'elle lui avait transmis un léger tremblement.

Quand Mme Maca eut fini de se bouchonner les yeux, Marie-Louise déposa la cuiller qui choquait la soucoupe et murmura : « Alors, vous pensez que Bénédicte aurait eu un chagrin d'amour ?

— Je n'ai pas dit ça, je me demande seulement.

— Elle ne s'est pas jetée du haut du pont, tout de même !

— Non, non ! On l'aurait retrouvée déjà... Encore que... avec la crue... »

Mme Maca dut s'aviser qu'elle y était allée un peu fort. Elle se releva pour rassembler les assiettes et les couverts.

« Je vais faire la vaisselle.

— Non ! s'écria soudain Marie-Louise, puis, plus doucement, laissez, laissez-moi, Germaine, je le ferai moi-même. Je... Vous avez été très aimable, très obligeante, mais j'ai besoin d'être seule maintenant. Je voudrais réfléchir.

— Je comprends, Marie-Louise. Je sais ce que c'est, va ! Je te laisse les dernières crêpes, tu les réchaufferas au micro-ondes.

— Je vous remercie, reprenez-les.

— C'est de bon cœur.

— Je n'en veux pas. Donnez-les à vos chiens. »

Mme Maca les enveloppa dans un morceau d'essuie-tout, les rangea dans son cabas avec le Tupperware, renfila sa doudoune et se pencha vers le front de Marie-Louise pour l'embrasser. Mais Marie-Louise tourna la tête de côté. Alors, elle sortit en marmonnant quelque chose d'inaudible. Marie-Louise ne bougea pas jusqu'à ce qu'elle entende la porte d'entrée se refermer.

Enfin, elle se laissa aller à pleurer tout son soûl. Les larmes se répandaient le long de ses joues jusqu'à son cou. Elle ne cherchait même pas à les essuyer.

Depuis la veille, elle avait pleuré plusieurs fois, mais c'était en pensant à Bénédicte. Maintenant, elle pleurait aussi sur elle-même, parce qu'elle venait de comprendre que personne ne se souciait d'elle. Tout le monde se moquait de son désarroi. Sous prétexte de venir la soutenir, on ne cherchait qu'à la culpabiliser. Les gens se succédaient pour lui expliquer qu'elle n'avait rien compris à sa fille, qu'elle ne s'en était pas occupée. Bénédicte souffrait de son divorce, Bénédicte broyait du noir, Bénédicte était transie d'un amour malheureux, Bénédicte était suicidaire, Bénédicte était choquée par sa relation avec le docteur Sion, sans oublier que Bénédicte était harcelée par Julien !

Julien, c'était la dernière trouvaille de Mehdi, qui la lui avait brandie quand il était passé dans l'après-midi. Il avait épluché le journal de Bénédicte, il l'avait emporté en douce la veille. Julien la matait dans le bus, il la poursuivait de ses prétendues gentillesses de vieil obsédé, il lui fichait la frousse.

« Mais, enfin, Mehdi, avait-elle rétorqué, quand j'ai parlé à Julien hier soir, pour commencer, il ne se souvenait même plus si Bénédicte avait pris le bus ou non. C'est dire s'il s'intéresse à elle !

— Qu'est-ce que tu t'imagines ? Qu'il allait t'avouer ses sales manies ?

— Bénédicte m'en aurait parlé.

— Ah oui ? Pour écrire un journal, il faut vraiment n'avoir plus grand monde à qui se confier. »

Comment ça ? Marie-Louise aurait pu jurer qu'elle avait toujours été prête à écouter Bénédicte. Ce n'était pas sa faute si leur fille était réservée de nature. Petite, elle préférait déjà jouer seule. Elle n'avait rien d'un enfant accablé. Le soir, souvent, quand Marie-Louise n'était pas de service à l'hôpital, elles regardaient la télé ensemble. Bénédicte, en pyjama, se lovait contre elle, ou s'allongeait sur le canapé et posait sa tête sur ses genoux. Marie-Louise lui caressait les cheveux. Elle lui demandait : « Ça va, ma grande ? » Dans ces moments-là, Bénédicte s'abandonnait ; si quelque chose l'avait tracassée, elle lui en aurait fait part. Chaque fois, elle répondait : « Et toi, maman, ça va ? » Marie-Louise l'assurait que, de son côté, tout allait pour le mieux.

C'était peut-être là, le problème. Bénédicte savait parfaitement que Marie-Louise mentait. Le divorce lui avait brisé les bras et les jambes, elle n'arrivait pas à s'en remettre. A-t-on envie de se confier à quelqu'un qui vous ment ? Ne vaut-il pas mieux, en effet, s'épancher dans un journal, comme Mehdi l'avait si bien suggéré, avant de continuer à s'acharner sur ce pauvre Julien ?

« Bénédicte n'a pas pris le bus, avait-il repris. Julien en a déduit qu'elle était malade. Comme tu n'étais pas là, après le boulot, il est descendu ici pour... pour la tourmenter.

— Ici ? Comment ça ? Bénédicte n'était pas là !

— Elle est peut-être rentrée pendant ton absence. »

Rentrée pendant qu'elle était à Arelborn ! Il fallait vraiment Mehdi pour sortir une idée tordue à ce point.

« Quand tu es partie l'après-midi à Arelborn, tu as fermé la porte à clé, bien sûr. Quand tu es revenue, elle était comment la porte : fermée ou ouverte ?

— Qu'est-ce que j'en sais ? Elle était, elle était...

— Fais bien attention à ce que tu vas dire. Si Béné est rentrée pendant ton absence, elle a dû laisser la porte ouverte. Alors ?

— Alors, elle était fermée, bien entendu. »

Sur le coup, ça l'avait défrisé. N'empêche, il avait voulu avoir raison envers et contre tout.

« Ce salaud a pu lui faire refermer la porte à clé en l'emmenant.

— Et, tant qu'il y était, il lui a fait emporter son cartable ! Mehdi, je t'en prie, restons-en là avec Julien. Julien est un type inoffensif. Je ne saurais imaginer un seul instant qu'il s'en soit pris à Béné. Annelise aurait eu le même âge qu'elle, je te rappelle. Julien essaie d'être aimable avec Béné, comme un papa, tout simplement.

— Un papa ! Ah ben oui ! Le papa, la maman, la petite fille modèle, le brave petit garçon ! Tu voudrais me faire croire à ce monde de niaiseux. Le beau tableau ! “Tout le monde, il est beau ! Tout le monde, il est gentil !” Sauf moi, naturellement, qui ai eu le tort de laisser couler une petite bavure sur les auréoles. Radié aussi sec. Madame s'est drapée dans sa vertu et m'a montré du doigt la sortie. Sa vertu ! À d'autres ! Tu n'as pas tes petites faiblesses, toi aussi ? Ce type qui t'accompagne au cinéma ? Tu fricotes bien avec lui dans le noir, non ? Ne fais pas l'étonnée ! Je sais tout. Bénédicte l'a noté lundi dans son journal. Une copine à elle t'a vue au cinéma avec un gigolo. Qui est-ce d'abord, ce type ? »

Voilà. Il avait fini par cracher son venin. Il aurait fallu lui rétorquer qu'il n'y avait rien entre elle et le docteur Sion, qu'elle s'était trouvée au cinéma par hasard avec lui, que la copine de Bénédicte en avait rajouté. Contrairement à ce qu'il avait fabulé au commissariat, elle n'avait pas le moindre projet avec cet homme. Mais l'arrogance de Mehdi, sa prétention de se mêler de sa vie alors qu'ils étaient séparés, la jalousie aussi, peut-être, qu'elle voyait brûler dans ses yeux, tout cela l'avait braquée. Et tant pis s'il apprenait ensuite que les courses, la veille, qui l'avaient retardée en ville consistaient principalement en une rencontre avec Sion !

« Ce type, comme tu dis, est un médecin, un chirurgien, même. Et ce que je fais avec lui, ça ne te regarde pas !

— Ça me regarde si ça désespère ma fille !

— Je n'ai pas besoin de désespérer ma fille, Mehdi, tu le sais bien, tu as déjà fait tout le travail avec ta Miss Dactylo. »

Là, elle lui avait cloué le bec. Il était parti. Elle n'aurait pas dû lui parler comme cela. La méchanceté engendre la méchanceté. Elle n'était plus elle-même.

La colère, à ce moment-là, l'avait empêchée de pleurer, et aussi le mensonge qu'elle avait fait à Mehdi. Car la porte d'entrée n'était pas fermée à clé quand elle était revenue d'Arelborn. C'était même un des éléments qui lui avaient suggéré tout naturellement que Bénédicte était à la maison. Seulement, ce n'était pas Bénédicte qui l'avait ouverte, c'était elle-même qui avait omis de la fermer en partant. Elle était perturbée. Elle avait troqué son manteau d'hiver contre un imper, elle avait changé de sac, de chaussures en dernière minute, alors que sa tête était sens dessus dessous à cause de son rendez-vous avec Sion. Elle s'était repassé dix fois les images de son départ, la veille. La clé, elle l'avait retrouvée dans le manteau d'hiver.

Maintenant, elle pleurait. La scène que lui avait faite Mehdi, ses soupçons ignobles contre Julien, les fausses prévenances de Mme Maca, le coup de poignard qu'elle venait de lui porter avec son histoire de chagrin d'amour, c'était trop. Elle posa le front sur ses bras repliés à même la table. Ses épaules étaient secouées par les pleurs. Elle finit par sombrer dans le sommeil, comme font les enfants, accablés par la tristesse. Elle n'avait pour ainsi dire pas dormi de la nuit.

Elle fut réveillée vers neuf heures par la sonnette d'entrée. Elle alla ouvrir, avec l'espoir fou que c'étaient les policiers qui lui ramenaient Bénédicte.

C'était Sion. Elle tomba dans ses bras.

10

Quand Julie demanda à Julien de s'en aller sans attendre Walter, il n'insista pas. Il se leva et repoussa sa chaise contre le bord de la table. Tandis qu'il passait à côté d'elle dont la main s'agrippait sur la poignée de la porte comme si elle craignait qu'un courant d'air ne la referme, elle se rappela combien il était grand, plus que Walter, et, malgré la maigreur de son visage, étonnamment baraqué des épaules pour un chauffeur de bus.

Elle le suivit jusque sur le seuil à travers le bric-à-brac du couloir. Dehors, il replaça sa mobylette sur ses deux roues, tourna bride sans la saluer et s'éloigna lentement mais néanmoins bruyamment. Ce que Julie redoutait, c'était que Walter n'arrive, que Julien se mette en travers de la route pour l'arrêter et lui causer. Elle suivit le trajet de la Honda à l'oreille pendant deux bonnes minutes, au bout desquelles la pétarade soudain retomba, lui causant une sueur froide, mais reprit de plus belle presque aussitôt. Julien avait seulement marqué le stop avant de bifurquer vers la rue du Prévôt. Elle soupira de soulagement et rentra.

Avant tout, elle mit le four hors tension et l'entrouvrit. Elle n'avait plus la tête à s'occuper du rôti. Son sang battait si fort à ses tempes qu'elle se demanda si elle n'allait pas se sentir mal. Un instant, elle s'imagina écroulée sur le carreau pour le retour de Walter. Il ne l'aurait pas volé. Tout de même, il valait mieux rester consciente, lui faire lâcher le morceau dès qu'il arriverait et voir ensuite à garder la situation en main.

Elle saisit la bouteille de cognac avec laquelle elle devait flamber la viande avant de servir et avala une rasade au goulot. Puis elle la posa sur la table avec un verre, au cas où cela ne suffirait pas. Elle s'assit. La brûlure de l'alcool avait repoussé ses palpitations au second plan.

Comment aborder Walter pour ne pas le braquer immédiatement ? S'il se mettait à nier l'évidence comme il en avait l'habitude, on n'était pas sorti de l'auberge. Pourtant, l'évidence était là. Dès que Julien avait évoqué quelqu'un dans le break la veille au rond-point de la Barrière, elle avait compris : l'auto-stoppeuse que Walter avait emmenée, comme il l'avait reconnu hier soir, c'était cette fille, Bénédicte, qui maintenant avait disparu.

Il s'agissait de savoir ce qui s'était passé au juste. Ce n'était pas gagné d'avance. Déjà, pour qu'il admette qu'il avait pris quelqu'un en charge, il avait fallu hier qu'elle produise une preuve irréfutable, le parfum de cette délurée dans l'auto, que son nez avait détecté. Pour ça, elle avait la narine délicate, d'une sensibilité hors du commun, qui lui valait un rhume des foins carabiné chaque année, mais qui, le reste du temps, lui permettait de humer la cocotte à cent pas.

Cette nuit, au lit, bien entendu, elle n'avait pas échangé le moindre mot avec Walter. Pas question de pourparlers ni même du moindre toucher. Plutôt que de souffrir le contact ne fût-ce que de son genou, elle aurait préféré se coucher sur la carpette. Au matin, il avait tenté une ouverture avant de quitter la table.

« Écoute, Julie, je t'assure qu'il ne s'est rien passé. Je voulais seulement...

— Tais-toi, pour l'amour du ciel ! Ce coup-ci, c'est le coup de trop, Walter. Je pensais que c'était fini, tes sales manies. Je ne te le pardonnerai jamais. Laisse-moi tranquille ! Va-t'en ! Va-t'en ! »

Il était parti au travail, en passant derrière elle, sans répliquer et sans l'embrasser non plus – il n'aurait plus manqué que ça !

Naturellement, elle comptait bien faire la paix. Elle n'imaginait pas qu'ils allaient passer le reste de leurs jours à se regarder comme des chiens de chenets. Tôt ou tard, il faut bien s'arranger. Le tout est de se ménager un délai raisonnable pour faire sentir convenablement l'offense qu'on a subie.

Dans le cas présent, la journée aurait suffi, d'autant qu'à la réflexion, il lui avait paru peu probable qu'il ait culbuté une femme sur les sièges arrière. Ce devait être d'un inconfort ! Sa passagère y avait simplement déposé son sac, une valise. Et sur la mousse des bois ? En été passe encore, mais là, avec l'humidité de la fonte des neiges ! Bref, elle en avait conclu qu'elle s'était sans doute fait des idées, mais ce n'était pas plus mal que Walter sache qu'elle le tenait à l'œil.

En conséquence, elle s'était dit qu'elle lui préparerait son plat préféré pour le soir, le filet mignon de porc flambé au cognac. Elle le lui aurait servi d'abord en silence, façon princesse outragée mais magnanime, puis elle se serait laissé ponctionner quelques mots de la bouche. Elle avait en vue un vide-grenier dimanche à Thionville. Autrement, il aurait trouvé qu'il préférait aller à Liège, mais elle avait envie de changer. Maintenant, c'était dans la poche.

Cela, c'est ce qu'elle avait pensé toute la journée, tandis qu'elle époussetait les vitrines « de l'autre côté », son travail du vendredi. Maintenant, c'était une autre paire de manches. Plus question de cette comédie. Elle avait bien compris qu'on venait de basculer dans la tragédie...

Comment cela était-il arrivé ? Elle n'ignorait pas les penchants de Walter mais, tout de même, elle ne l'aurait pas cru capable d'un pareil dérapage. L'engrenage fatal sans doute.

D'abord, il avait vu cette fille qui faisait du stop au bord de la route. Peut-être l'avait-il reconnue. Medhi était un client, Marie-Louise l'était restée. Walter leur livrait quelques stères de hêtre chaque année. Ils faisaient partie des rares scrupuleux qui demandaient une facture avec la TVA, c'est elle qui établissait le bordereau de vente. Donc Walter avait pu la repérer chez sa mère à l'automne.

Elle était montée à côté de lui, avait balancé son sac de collégienne à l'arrière. Comment était-elle habillée ? En jupe certainement. La journée s'annonçait si belle, la première du printemps, celle qui pousse toutes les filles à s'aérer les membres inférieurs. On ne fait pas du stop en burka. D'une façon ou d'une autre, il faut hameçonner le poisson. Ce n'était pas le pouce qu'elle levait sur l'accotement qui avait ferré Walter, on s'en doute, mais cette paire de jambes effrontées. Quelle imprudence tout de même, cette greluche ! Leur fille, Laura, n'aurait jamais pris ce risque, par exemple. Elle l'avait toujours mise en garde.

Elle se représentait Bénédicte sur le siège passager – son siège –, tirant de son mieux sur l'ourlet pour ramener le tissu à distance raisonnable de ses genoux. Sans qu'elle y prenne garde, ses cuisses s'étaient allongées pendant l'hiver. À cet âge-là, le corps s'éclate dans tous les azimuts.

Walter lorgnait sa silhouette en coulisse, si miraculeusement épanouie, cette chair neuve sans aspérité, montée au tour, d'un seul jet, comme la céramique de Bohême dont il était si friand. Il avait dû lui sortir le grand jeu de la conversation rieuse qu'il savait si bien adopter en présence d'une créature qui lui tapait dans l'œil. Dans les brocantes, si on le laissait seul un instant, il ne pouvait se retenir d'entreprendre une vendeuse, de l'embobiner en moins de deux, sous prétexte de lui arracher un rabais.

Il pouvait parler de tout et de n'importe quoi. Il aurait remporté « Questions pour un champion » les doigts dans le nez. Qu'est-ce que Bénédicte étudiait au collège ? Les maths ? Il lui avait sorti une formule, un théorème, une équation. Le latin ? Il avait toujours une demi-douzaine de citations sous le coude. Les sciences ? Ah, les mystères de l'ADN, sa passion, justement ! Déjà, il n'arrêtait pas de jeter de la poudre aux yeux de Laura quand elle était à Saint-Jean-Baptiste. Alors qu'avec elle, sa femme, la conversation tombait toujours en carafe, comme si elle était trop bête pour s'intéresser à autre chose qu'aux objets kitsch ou à son livre de recettes. Ah, bien sûr, elle n'avait pas fait d'études. Quand on vient d'une famille de chômeurs de deuxième génération, pas besoin d'insister. Il l'avait épousée pour ses beaux yeux, elle n'avait que ça.

Donc, la petite caille l'avait écouté bouche bée, elle répondait à ses questions avec un rire nerveux au bout, en guise de points de suspension. Ce qu'elle pouvait être flattée qu'un homme lui parle de façon si intelligente ! Pas comme ses copains de classe, frimeurs en groupe, bafouilleurs en tête à tête ; pas même comme son père. Le voyait-elle seulement encore, son père, depuis que Marie-Louise et lui avaient fichu leur ménage en l'air ? Avec Walter, elle se sentait pousser des ailes. Elle était transportée, elle avait confiance, car il n'avait garde de porter trop vite la main sur elle.

Quand était-ce arrivé ? Comment ?

Sur la route vers Arelborn, il était passé devant son chantier en forêt. Il lui avait proposé de voir le Timberjack tout neuf, dont il était si fier. Il lui avait fait une démonstration. Elle regardait à distance les épicéas soulevés, épluchés, couchés instantanément sur le sol. Son cœur s'était mis à battre plus fort, comme s'il sentait que la puissance monstrueuse de la machine se communiquait à son pilote. Quand Walter s'était arrêté, il avait remarqué un effroi subit dans ses yeux. C'est cela qui l'avait excité.

Il l'avait fait remonter dans le break pour la déposer au plus vite au collège. Tout à coup, elle avait préféré se placer à l'arrière. La goutte qui avait fait déborder le vase. Il s'était jeté sur elle. L'inconfort ? La belle affaire quand on n'est plus qu'une bête ! Il l'avait forcée malgré ses cris, à cause de ses cris.

Et après ? Il s'était excusé, il avait demandé pardon.

Se défiler, c'était ce qu'il avait toujours fait de mieux. Il avait verrouillé la voiture, le temps qu'elle remette de l'ordre dans ses vêtements, qu'elle pleure tout son content. Il s'était éloigné de quelques pas. Des femmes, il en avait tombé quelques-unes, mais une gamine ! Il s'était mis dans de beaux draps. Il fallait absolument l'empêcher de parler. L'avait-il... ?

Non ! Pas ça ! Elle avait juré qu'elle ne dirait rien, il avait préféré la croire, il l'avait emmenée jusqu'à Arelborn, l'avait abandonnée devant le collège. Mais elle n'osait entrer dans l'école. Elle était cachée quelque part, chez une amie. Le temps d'apaiser sa honte. Elle allait réapparaître ce soir peut-être, demain, et alors il fallait qu'ils soient prêts à la riposte, elle et lui. Ils feraient face. Ils nieraient tout. Elle l'obligerait. Épouse d'un violeur, ce n'était pas son plan de retraite.

Maintenant, le verre de cognac qu'elle s'était servi était vide. L'horloge de cuisine indiquait huit heures et demie. Dehors, la nuit était tombée.

« Qu'est-ce qu'il fiche ? » dit-elle tout haut. Jamais il ne rentrait si tard. Il était toujours là à sept heures, sept et demie au plus tard. Elle se leva et fut prise d'un étourdissement. L'alcool, évidemment, mais l'inquiétude aussi.

Elle reprit sa respiration et passa « de l'autre côté ». Lui téléphoner ! Elle aurait dû y penser plus tôt. Elle ne connaissait pas son numéro de portable, il fallait qu'elle consulte le mémento à côté du fixe. L'avait-elle seulement jamais utilisé ? C'est elle qui lui avait fait acheter cet appareil, si jamais il avait un problème en forêt – il était toujours seul –, mais il n'y avait jamais eu de problème.

La sonnerie se répéta une dizaine de fois. En vain. Pas de messagerie non plus, comme il y en a toujours sur ces gadgets. À condition de la programmer.

Elle reposa le combiné. Cette fois, l'angoisse lui serrait la gorge. Pourquoi Walter ne répondait-il pas ? Depuis la visite de Julien, la fille était-elle rentrée chez son père ?... Elle avait tout raconté. Mehdi était allé chez les flics. Ils avaient ramassé Walter sur son chantier. Ils lui avaient confisqué son portable. Seigneur, il fallait qu'elle en ait le cœur net ! Le 101, la police...

Alors qu'elle allait décrocher une nouvelle fois, ses doigts, cependant, lâchèrent le récepteur comme s'ils s'étaient brûlés. Quelle idiote elle faisait ! Elle s'apprêtait à balancer stupidement Walter aux flics !

Décidément, elle n'était pas dans son état normal. Il était temps d'arrêter de délirer. Tout simplement, Walter ne répondait pas parce qu'il était au volant. Le téléphone, d'ailleurs, il le laissait dans sa boîte à lunch, elle l'y avait vu plus d'une fois en y déposant ses tartines. Elle lui donnait encore une demi-heure. Si, à neuf heures, il n'était pas de retour, alors... elle aviserait.

À neuf heures, elle appela Laura chez elle, à Charleville.

« Maman ? Qu'est-ce qui se passe ?

— Ton père n'est pas rentré.

— Il était parti ?

— À son travail. Il est parti comme d'habitude, mais il n'est toujours pas rentré. Je suis morte d'angoisse.

— Il a eu un empêchement. Une panne avec le Timberjack ? Tu as essayé son portable ?

— Il ne répond pas.

— Vous vous êtes disputés. C'est ça, hein ?

— Non, non, pas du tout. »

À peine si elle mentait. La dispute de la veille, comment elle avait repoussé Walter au matin, elle n'y pensait plus. Pour elle, c'était racheté par le rôti expiatoire qui refroidissait dans le four. Il était bien question d'un peu de mauvaise humeur à côté de la gaffe monumentale de Walter !

« Il s'est passé autre chose, Laura.

— Quoi donc ?

— Quelque chose de très grave... Ton père... ton père s'en est pris à une gamine.

— Une gamine ?

— Enfin, une ado, une jeune fille.

— Qu'est-ce qu'il a fait ?

— Je ne peux pas t'expliquer ça au téléphone. Est-ce que tu pourrais venir ?

— Maintenant ?

— S'il te plaît... Je t'en prie, Laura. Je ne sais plus où j'en suis.

— Bon... Je vais arriver. »

Laura était étendue en robe de chambre sur son canapé. Elle écorna la page du livre qu'elle lisait et le déposa par terre. Qu'est-ce que sa mère avait encore inventé ? Son père, pas rentré suite à une histoire avec une fille... À cinquante-sept ans, lui, s'enticher d'une jeunette ? Impensable. Par contre, ce qui l'était moins, c'était que sa mère se soit fait une fois de plus son cinéma, et qu'il en ait eu marre à la fin. Il avait pris la porte, fatigué de ses éternels soupçons.

Pas disputés ? Cela voulait seulement dire qu'il n'avait pas répliqué quand elle lui était tombée dessus. Depuis toujours, il faisait le gros dos, il attendait que la crise passe, celle-là comme les autres. Elle avait assisté à ce genre d'accrochage tant de fois du temps qu'elle vivait avec eux, à Montange ! Si elle entrait dans la pièce, sa mère se taisait brusquement. Son père soupirait, lui adressait un sourire navré. Une dignité de façade, pire qu'une exhibition. Jusqu'au jour où sa mère s'était mise à lui déballer ses élucubrations dès que son père avait le dos tourné. Elle l'avait intoxiquée peu à peu. Les hommes étaient tous des obsédés. Ils ne pensaient qu'à ça. Elle prétendait qu'il fallait être en permanence sur le qui-vive. Un prédateur était embusqué à chaque coin de rue. Peut-être même que le loup était dans la bergerie, déguisé en mouton. Pauvre papa !

Elle passa dans la salle de bains, ôta sa robe de chambre et enfila les vêtements qu'elle avait quittés une heure plus tôt. Puis elle se donna un coup de peigne devant la glace et resta un moment à observer son visage – ses yeux, son front, du moins, car instinctivement, comme chaque fois qu'elle s'examinait, elle avait recouvert son menton de sa main droite.

Tout ce cirque de sa mère, à quoi cela avait-il servi à l'époque ? À lui rendre le sexe plus attirant. Julie y avait ajouté le risque, qui fascine tant les adolescents. À Montange, il y avait un manchot avec un crochet au bout du moignon et un unijambiste. Après la guerre, alors qu'ils avaient quinze ans, malgré les avertissements, ces deux-là s'étaient amusés à exploser les munitions qui traînaient partout dans les bois. Le sexe aussi était une sorte d'explosif irrésistible.

Elle avait joué les artificiers, elle s'amusait à mettre le feu aux poudres. Elle n'était pas spécialement belle. Son menton, en particulier, lui déplaisait. Trop droit, trop masculin. Mais, pour le reste, elle n'avait pas à se plaindre. Elle n'allait jamais trop loin. Elle savait éteindre la mèche à temps, parce que, malgré tout, les mises en garde de sa mère la retenaient. Les types n'insistaient pas en général.

Un seul s'était accroché, un égaré parmi les autres, qui se fichait du sexe, qui n'en voulait qu'à son âme, qui n'avait d'yeux que pour son visage. Un mélange de douceur et de pitié face à la bombinette qu'elle prétendait être. Elle aurait juré qu'il ne s'intéressait qu'à son menton, qu'elle couvrait de ses doigts par réflexe, dès qu'il s'approchait. Elle aurait voulu se couper le bras.

Elle avait tout fait pour le décourager. Au point que la tante de l'amoureux transi, la mère Maca, s'en était mêlée, un jour, à l'abribus du pont de la Sûre. Elle était descendue à cet endroit plutôt qu'à la place de l'École, à côté de sa maison. Elle l'avait attrapée par l'épaule, l'avait retenue dans le cabanon. Une scène ridicule qu'on n'oserait pas mettre dans un roman à quatre sous, la madame qui jouait les entremetteuses pour son neveu, qui plaidait qu'il ne mangeait plus, qu'il ne dormait plus, qu'il séchait sur pied à force d'amour pour elle. Comme elle l'avait humiliée, avec quelle insolence, quelle cruauté, alors que cette femme ne demandait qu'un peu de pitié, même pas pour elle-même, pour le seul homme qui, derrière les façons scabreuses de la fille qu'il aimait, avait perçu son être véritable, démuni, désespéré !

Sans doute l'amour des cœurs purs est-il insupportable. Que deviendrions-nous si nous nous laissions aimer par eux ? Elle l'avait repoussé, si bien que le pauvre était tombé du pont, le jour de la kermesse.

Elle éteignit la lampe au-dessus de la glace. Quand ces souvenirs remontaient, elle préférait ne pas voir ses propres yeux l'interroger. Elle ne voulait plus penser qu'à son père. Le moment était peut-être venu où elle devait le sauver, comme il l'avait sauvée à l'époque.

Après que, du parapet, elle eut aperçu le corps de Kevin, la face contre le lit de la rivière, qui déjà passait tranquillement par-dessus, entraînant seulement comme une algue un filet de sang rouge, elle s'était enfuie. Elle avait couru sur le chemin forestier le long de la berge. À bout de souffle, elle était arrivée à la cabane de pêcheur de son père. Une petite construction qu'il avait réalisée de ses mains autrefois avec elle, lorsqu'elle était petite, une seule pièce contenant une table, des tabourets, un lit de camp, un poêle à pétrole et un râtelier où était accroché son attirail de pêche. Quand il avait coulé le béton du sol, elle avait tracé une inscription avec un clou : « PAPA + LAURA, 1987 ».

C'est là qu'elle s'était cachée, dans ce refuge où sa mère lui avait interdit brusquement, à quatorze ans, d'accompagner son père, de sorte que, peu à peu, il avait renoncé à la pêche. C'est là qu'il l'avait retrouvée quand, le soir venu, sa mère s'était inquiétée de ne pas la voir rentrer de la kermesse tragique.

Elle dormait, vaincue par le chagrin. En ouvrant les yeux, elle l'avait trouvé, assis à côté d'elle, sur le lit de camp, lui caressant les cheveux avec le geste doux d'autrefois. Elle s'était jetée dans ses bras, comme si elle venait de comprendre subitement toute l'injustice qu'elle lui avait infligée depuis des années.

Il l'avait serrée très fort, sans un mot et, lorsqu'elle avait voulu raconter, il lui avait posé un doigt sur les lèvres. Il avait dit que ce n'était pas sa faute, que lui aussi avait provoqué autrefois la mort de quelqu'un sans le vouloir. Il n'avait pas expliqué. Il n'avait pas accusé sa mère non plus. Il lui avait seulement conseillé de s'enfuir, de quitter la maison, de ne plus revenir. Elle venait d'obtenir son diplôme de comptable, elle trouverait du travail sans difficulté.

Et – elle s'en souvenait parfaitement maintenant que la scène lui était réapparue en un éclair – après avoir acquiescé, elle avait demandé : « Et, toi, papa ? » À quoi il avait répondu avec un sourire tranquille : « Moi ? Plus tard, plus tard. Un jour aussi, je partirai. On se retrouvera, je te le promets. »

Elle endossa son duffel-coat, s'assura qu'elle avait la clé de contact de sa 206 garée dans la rue mais, quand elle ouvrit la porte du palier, une hésitation la retint. Elle rentra dans la pièce, revint à la table et, sur un bout de papier, écrivit :

Cher papa,

Je suis partie raisonner maman. Je n'ai pas oublié que tu as toujours la clé de l'appartement dans ton portefeuille. Si tu viens ici en mon absence, installe-toi. Il y a de quoi manger dans le réfrigérateur. N'aie crainte, je ne dirai à personne que tu es chez moi.

Je t'embrasse. *Laura*

Samedi 19 mars 2005

11

Rex, le berger malinois du joggeur, le précédait toujours d'une cinquantaine de mètres, pas plus. Il réglait sa foulée sur celle de son maître, sans pourtant en adopter la stricte régularité. De temps en temps, il se payait une petite fantaisie. Par exemple, alors que son maître évitait avec soin de mouiller ses baskets, il prenait plaisir à tremper ses pattes dans l'écume des vagues qui, de loin en loin, tentaient de mordre sur leur trajectoire. Si la mer rejetait une bouteille en plastique, ce qui n'était pas rare, ou un autre détritus de même calibre, il pouvait le happer et venir le proposer à l'homme dans l'espoir – toujours déçu – d'une partie de lancer-rapporter. Le joggeur, en effet, ne s'arrêtait sous aucun prétexte.

Ce matin-là, cependant, suite à l'incartade inédite de Rex, il fut contraint de déroger à la règle. Brusquement, le chien s'éloigna de la grève, traversa la plage en diagonale et monta sur le parking en surplomb en direction d'un break Opel blanc qui y stationnait. À cette heure matinale – le soleil était comme un jaune d'œuf au ras de l'horizon –, l'endroit était habituellement désert.

D'où, certainement, la curiosité de Rex, qui commença par faire le tour de la voiture, le museau contre la carrosserie, puis s'arrêta devant la portière du conducteur et se mit à aboyer.

« *Rex ! Rex ! Kom hier ! Rex ! Hier ! Snel !* » criait le joggeur. Mais Rex n'en démordait pas. Il restait à aboyer et à grogner, en se retournant vers son maître, l'air de rétorquer que ce n'était pas la peine de s'égosiller, que c'était plutôt à lui de venir sur place. Quand Rex se dressa contre la portière sur ses pattes de derrière, le joggeur n'eut d'autre choix que de le rejoindre.

En arrivant au break, il aperçut à l'intérieur un homme, clignant des yeux, occupé à redresser le siège sur lequel il devait être allongé. Il saisit Rex par le collier et se pencha.

« *Geen probleem, meneer ?*

— Non, non, ça va.

— Ah, bon ! Excusez mon chien. Vous dormiez ?

— Oui. Pas grave.

— Il n'est pas méchant.

— OK. »

L'homme n'était pas rasé, cheveux en pétard, valises sous les yeux, mais son visage inspirait plutôt la sympathie. Il portait un gros pull à col montant fermé par un zip, un jean, des brodequins jaunes comme en ont les hommes sur les chantiers. Le joggeur jeta tout de même un coup d'œil à la banquette arrière, à la manière des policiers dans les séries américaines, quand ils contrôlent un suspect. Il n'y avait qu'une épaisse couverture, sous laquelle le type avait sans doute passé la nuit et qu'il venait de rejeter derrière lui. Il conjectura que c'était un Polonais ou un Roumain venu travailler quelques semaines sur un des buildings à appartements qui achevaient de défigurer la côte flamande. Ils n'avaient pas parlé suffisamment pour qu'il puisse percevoir son accent.

Le joggeur repartit en trottant vers la mer, précédé de Rex, silencieux, satisfait du devoir accompli. À quelque distance, il se retourna une dernière fois, pour mémoriser à tout hasard la plaque d'immatriculation du break. C'était une plaque belge, qui contrariait l'hypothèse polono-roumaine, ancien modèle, trois chiffres entre deux lettres. D867K.

Tandis que, la tête toujours dévissée, il s'éloignait en reprenant la cadence, l'homme sortit de la voiture et regarda de son côté. Le joggeur préféra ne plus se retourner, il poursuivit sa course, comme s'il était à la poursuite de son chien, et sa silhouette se réduisit bientôt à un petit point articulé au bout de la plage.

Walter, lui, restait figé, le dos contre la carrosserie. En s'extirpant de la voiture, il avait senti comme une décharge électrique, une déchirure au bas de l'épine dorsale. Il avait pris appui contre la portière arrière, les deux mains plaquées sur la tôle. Il n'osait pas se décoller, tester la marche. Ses cuisses lui faisaient l'effet d'une pelote d'aiguilles.

Il souffla un moment, puis risqua un pas en avant, se cambra, redressa la nuque. La douleur le fit grimacer. Résultat d'une nuit sur un siège *made in Germany*, rembourré avec des noyaux de pêche. Sans compter le froid. Il s'était bien enveloppé dans la couverture que Julie laissait à l'arrière pour protéger les pièces fragiles au retour des brocantes. N'empêche qu'il s'était réveillé grelottant vers trois heures du matin.

Il avait redémarré le moteur pour se donner un peu de chaleur, avait allumé le plafonnier. Les vitres étaient couvertes de buée. À l'angoisse qui, déjà, ne lui avait accordé que quelques glissades dans un sommeil nauséeux, elles ajoutaient une pénible impression de mise en boîte.

Il avait descendu la glace de son côté quelques instants. Le vent du large chassa aussitôt l'odeur de renfermé. Le bruit du ressac parvenait à la voiture, monotone, indifférent. Il ne s'était jamais senti si seul, si désemparé.

Un peu réchauffé, il avait coupé le contact, cherché en vain une position plus confortable. Il avait remonté la couverture sur son nez, par le bord où Bénédicte avait laissé quelques gouttes de sang. Il la pressait contre sa bouche, le cœur navré. Il aurait pu pleurer, mais à quoi bon, maintenant ? Il ne restait plus rien à faire, sinon essayer de dormir malgré tout jusqu'au lever du jour. Alors, il repartirait en ville et recommencerait à interroger les gens.

La veille au soir, il était arrivé trop tard. Il était passé dix heures. En dehors de la saison touristique, à cette heure-là, la station balnéaire était morte. Tous les commerces avaient baissé leur rideau, sauf un bar sur la Koninklijke Baan.

Il était entré, s'était installé sur un tabouret au zinc et, à l'aide de ses souvenirs scolaires, il avait préparé mentalement la question qu'il voulait poser en flamand. Mais, à peine avait-il prononcé deux mots que le barman l'avait interrompu en français.

« Si je comprends bien, vous cherchez quelqu'un ?

— Oui. Je voulais vous demander si vous connaissez une jeune fille qui habite ici, une fille de quinze ans environ.

— Comment s'appelle-t-elle ?

— Annelise.

— Annelise comment ?

— Je ne sais pas.

— Ah... Il y a beaucoup d'Annelise, vous savez, monsieur. C'est un nom fort à la mode. Vous avez son adresse peut-être ?

— Non, mais elle doit habiter à proximité, dans cette avenue, ou dans le quartier.

— Franchement, je ne vois pas. »

Le barman s'était éloigné. Il avait entrepris d'essuyer quelques verres, ce qui lui avait donné le temps de cogiter car, après un moment, il était revenu à la charge.

« Cette fille, vous la cherchez pourquoi, au juste ? »

À son air soudain soupçonneux, Walter avait réalisé l'étrangeté des questions qu'il venait de poser. Un type sur le retour, qui s'enquérait d'une gamine dont il ne connaissait que le prénom... Ça sentait d'une lieue l'embrouille, la drague dernier cri sur Internet, les pédophiles qui attirent les nymphettes comme des oiseaux dans leurs filets. Le barbon avait arraché un rendez-vous à une écervelée en lui cachant son âge ; elle l'avait aperçu de loin et avait pris ses jambes à son cou.

« C'est une amie de... de ma fille. Sa correspondante pour les langues.

— Ah oui..., concéda le barman, moyennement convaincu.

— J'étais de passage, je voulais lui remettre le bonjour... le bonjour de ma fille. »

Heureusement, le type n'avait pas insisté, suggéré qu'il appelle sa fille au téléphone, par exemple, pour lui demander des précisions sur l'adresse de sa copine.

Walter avait avalé le fond de sa bière et posé deux euros sur le comptoir en marmonnant : « Gardez la monnaie. » Et il était ressorti en courbant involontairement le dos.

Il avait regagné le break et avait décidé d'attendre le matin dans le parking face à la mer.

C'était un très beau matin. Dans le ciel, pas un nuage. Un soleil tout neuf déversait sa lumière sur les vagues qui étincelaient comme si, au passage, il les avait polies.

Walter s'obligea à marcher jusqu'à un grand panneau fixé par deux pieux dans le sable, sur lequel le public pouvait prendre connaissance des instructions municipales pour la baignade et la propreté de la plage. À côté se trouvait un téléphone sous une coque en plexiglas où étaient collés en gras les numéros d'appel de secours. Il se plaqua de tout son dos contre un des montants du tableau, des mollets à l'occiput, et se hissa une vingtaine de fois sur la pointe des pieds, un truc qu'un kiné lui avait enseigné lors d'une précédente crise.

La douleur voulut bien mettre une sourdine. Il remonta en voiture et, quelques minutes plus tard, se gara comme la veille au soir dans la Koninklijke Baan. Il arpenta l'avenue et les ruelles avoisinantes en attendant l'ouverture des commerces, se disant qu'il pourrait peut-être interroger une lycéenne sur le chemin de l'école. Il avait oublié qu'on était samedi, qu'il n'y avait pas d'école.

Le premier commerce à ouvrir fut un marchand de journaux à l'enseigne « *Boekhandel*-Librairie », qui ne présentait en fait qu'un petit tourniquet d'une cinquantaine de livres de poche, moitié néerlandais, moitié français. Il acheta *Le Soir*, puis demanda à la serveuse si elle connaissait une Annelise dans les environs. Il expliqua sur sa lancée qu'il avait un cadeau pour cette demoiselle, de la part de sa fille, sa correspondante francophone, qui était en immersion linguistique, chez eux, en Wallonie. La serveuse fronça les sourcils. Elle était très jeune, elle n'appartenait plus à la commode génération des Flamands bilingues. Walter aurait pu tout aussi bien lui parler en hébreu. Toutefois sur la question elle-même, qu'elle avait comprise, elle répondit : « Annelise, je connais pas. *Sorry, I can't help you.* »

Plus tard, il entra dans une épicerie, une boutique de souvenirs, un magasin de vêtements de sport, une pharmacie et, finalement, à la poste. Personne ne put lui donner le moindre renseignement. Au guichet de la poste, l'employé l'envoya carrément sur les roses avec des grossièretés malsonnantes, qui devaient appartenir au dialecte ouest-flandrien.

N'y avait-il vraiment aucune fille du nom si commun, selon le barman, d'Annelise dans les parages ? Ou bien tous ces gens se méfiaient-ils de lui, à cause de son explication toujours plus bafouillante, vu qu'il l'estimait lui-même assez louche, à cause de sa tenue, de sa figure aussi, mal rasée, sans la bordure et le coup de râteau des barbes à la mode, qui devait le faire passer pour une sorte de SDF ?

En quittant la poste, la tête brusquement lui tourna. Il se rappela qu'il n'avait rien mangé depuis les tartines de sa boîte à lunch, la veille à midi. Il remonta dans le break et repartit vers le parking de la plage. À l'entrée, il y avait maintenant une baraque à frites. Le beau temps et le week-end avaient attiré les promeneurs. Il acheta une portion garnie d'une mottelette de mayonnaise, et un cervelas, le tout emballé dans une feuille de journal. Il s'installa au volant, posa sur ses cuisses le paquet, qui dégageait une odeur fade de graisse et de papier tiède, et engloutit les frites par deux ou par trois.

À la moitié du sachet, quand le cervelas y fut passé, il s'arrêta. Comment pouvait-il s'empiffrer ainsi ? Ses yeux se portèrent sur le siège passager, il étendit la main, caressa le tissu. Bénédicte était restée là, à ses côtés, presque une journée entière, la plus belle journée de sa vie, devenue brusquement la plus terrible.

Jeudi matin, quand il l'avait embarquée au pont de la Sûre, il l'avait fait monter à l'arrière, mais il l'avait bientôt regretté. Dans le rétroviseur, en effet, il avait pu juger tout de suite qu'elle n'était plus une petite fille. Elle, cela ne semblait pas la déranger. La route, au début, était sinueuse, le soleil entrait dans la voiture par toutes les vitres, d'un côté puis de l'autre, comme dans un prisme. Elle était gaie, et lui, il était content. C'était une sorte d'enlèvement pour rire, qui les amusait tous les deux.

Quel âge avait-elle ? Quinze ans. Treize ans de moins que Laura. Connaissait-elle Laura ? Non, pas vraiment, un vague souvenir peut-être, elle était trop petite quand Laura habitait à Montange. Il avait voulu lui faire voir sa photo.

« Passe-moi mon portefeuille, là, à côté de toi, dans la poche intérieure de ma vareuse. »

Elle souleva la vareuse mais, dans ce mouvement, quelque chose tomba sur le plancher avec un tintement cristallin. C'était le verre à pied oublié par Julie sur la couverture, où Walter avait jeté sa vareuse, le verre qu'elle chercherait sans succès le soir. Bénédicte se pencha pour le ramasser et poussa un petit cri. Elle s'était coupée à la main. Une belle estafilade mais peu profonde, qui saignait pour la forme. Quelques gouttes tombaient sur la couverture.

Walter, tout de même, s'arrêta. Il prit la trousse de secours dans le coffre et pansa l'écorchure. Autre plaisir. La main était fuselée, douce, tiède. Il l'avait déjà sentie quand il l'avait prise tout à l'heure pour aider Bénédicte à remonter du talus près de la Sûre, où elle cherchait son chat, Silvio. Mais maintenant, il la tenait sous ses yeux. Le verre, il l'avait jeté dans le fossé. En repartant, il avait fait monter Bénédicte à l'avant. Finalement, il ne lui avait pas montré la photo de Laura. Cela n'avait plus d'importance.

Arrivé à l'entrée d'Arelborn, il allait se diriger vers le collège Saint-Jean-Baptiste-de-La-Salle quand, tout à coup, elle précisa, au fait, qu'elle n'allait pas à l'école.

« Où vas-tu alors ?

— Déposez-moi à la gare, Walter, si vous voulez bien.

— Tu pars ?

— Oui.

— Avec ton sac de cours ? »

Elle avait semblé un peu décontenancée, puis avait repris d'un air mutin :

« On a droit à un jour de congé... Pour le PPA.

— Le PPA ?

— Le projet personnel annuel.

— Qu'est-ce que c'est ?

— Le projet d'année, vous ne connaissez pas ? Chaque élève doit apprendre quelque chose par soi-même, en dehors des cours. »

Walter avait fait une moue admirative. Nouvelle méthode pédagogique en vue de favoriser l'autonomie. Pourquoi pas ?

« Et toi, ton projet, qu'est-ce que c'est ?

— J'apprends le néerlandais avec une copine que j'ai en Flandre et elle, elle apprend le français avec moi.

— Ah, très bien ! »

Alors, elle avait continué, plus volubile que jamais, comme si elle venait d'inventer sur-le-champ cette façon amusante d'apprendre les langues.

« Je vais passer quelques jours chez elle. Demain, ma classe est en congé : formation des profs. Et après, j'ai le week-end.

— Elle habite où, ta copine ?

— À la Côte. Elle a de la chance. La Côte, c'est super, non ? »

Ils étaient arrêtés à un feu rouge. Sur la gauche, Walter voyait les panneaux verts qui indiquaient la direction des autoroutes, Luxembourg, Metz, d'un côté ; Liège, Bruxelles, de l'autre. Pour la gare, c'était tout droit. Il redémarra et bifurqua à gauche.

« Ho ! Ho ! Vous vous trompez ! s'écria Bénédicte.

— Walter ne se trompe jamais, Bénédicte ! Walter a décidé de prendre du bon temps ! Il fait beau, le soleil brille, Walter n'a pas vu la mer depuis au moins vingt ans. C'est le jour ou jamais. Je vais te conduire là-bas ! »

Ils avaient éclaté de rire tous les deux comme d'une farce qu'ils jouaient au reste du monde et, en deux temps trois mouvements, ils se retrouvèrent filant sur l'autoroute.

Qu'est-ce qui lui avait pris ? Il n'avait jamais éprouvé une pareille insouciance. Le vent printanier qui avait dissipé si promptement les nuages ce matin-là avait-il, du même coup, balayé toutes les objections que sa folie aurait dû soulever ? De la tête aux pieds, il sentait un frémissement, le même que la brise sans doute glisse sous les ailes des oiseaux avant qu'ils se jettent dans le vide. Bénédicte tournait vers lui son visage radieux, comme s'il était une divinité, ou – n'exagérons rien – un prestidigitateur, qui tirait surprise sur surprise de son chapeau. Elle n'applaudissait pas comme une spectatrice, mais plutôt comme sa comparse, l'assistante qui l'accompagne sur scène, la fille magique qui participe à l'illusion.

Avant Bruxelles, ils firent une halte sur une aire. Coca pour elle, café pour lui. Il lui offrit une casquette de baseball qu'elle avait trouvée jolie en entrant. Sur les murs, il y avait des affiches pour la prochaine reconstitution de la bataille de Waterloo. Ils avaient bien roulé, ils avaient le temps, non ? Walter proposa un petit détour. Elle ne connaissait pas Waterloo, était-ce tolérable ?

Ils grimpèrent la butte érigée en rase campagne, jusqu'au lion.

« Waterloo, Waterloo, Waterloo, morne plaine,
Comme une onde qui bout dans une urne trop pleine,
Dans ton cirque de bois, de coteaux, de vallons,
La pâle mort mêlait les sombres bataillons. »

Walter déclamait en plein vent, la main sur la poitrine, totalement cabotin. Bénédicte était épatée. Quand ils avaient repris les marches de l'abrupt escalier, saisie par le vertige, elle avait glissé sa main blessée dans la main de Walter. C'était la troisième fois que cette main s'offrait depuis le matin.

Il y a des marches que l'on descend comme on monterait celles qui conduisent au ciel. Depuis quand attendait-il cette main confiante dans la sienne ? Depuis des années, depuis les derniers jours de l'enfance de Laura, quand elle lui avait refusé d'être encore son père. Il n'avait jamais cru la retrouver. Revenu au break, quand il l'eut lâchée, il continua à en sentir la brûlure au creux de sa paume, comme les saints reçoivent brusquement les stigmates du Christ.

Au début de l'après-midi, ils parvinrent à la Côte. D'abord, ils étaient allés voir la mer, ils s'étaient promenés près des vagues, puis Walter l'avait déposée au milieu de la Koninklijke Baan. L'avenue était encombrée, il ne trouvait pas de place de parking, il était en double file.

« Annelise n'habite pas loin. J'y vais à pied.

— Annelise ?

— Oui, Annelise, mon amie, ma correspondante. »

Elle avait récupéré son sac et son blouson à l'arrière, puis elle s'était penchée pour lui poser un baiser sur la joue, rapide, léger grâce à Dieu, car il aurait pu tout aussi bien lui transpercer la peau. Il n'avait pas vu où elle était passée, car il avait dû dégager sous les coups de klaxon d'un conducteur énervé.

Vers six heures, il était de retour à son chantier. Sur le siège arrière de la voiture, Bénédicte avait oublié le foulard qu'elle portait au cou, qu'elle avait enlevé en arrivant à la mer, à cause de la chaleur. Il l'avait emporté dans la cabine du Timberjack. Cependant, il n'avait pas démarré la machine. Il aurait plutôt replanté les arbres qu'il avait coupés. Il était redescendu, s'était assis sur les tronçons de bois empilés et avait fermé les yeux pour faire durer les images de la journée qui continuaient de planer dans sa tête.

Il avait atterri dans la soirée. Un véritable crash, quand Julie avait respiré le parfum que le blouson de Bénédicte avait laissé à l'arrière du break et qu'elle lui avait joué la grande scène de la jalousie. Encore heureux qu'il ait eu la bonne idée de reprendre le foulard et de replier la couverture en sorte que la tache de sang se trouve à l'intérieur.

Le lendemain, vendredi, il avait quitté Julie avec soulagement pour retrouver la forêt et revivre en pensée les épisodes de la veille. Il avait noué le foulard autour du levier de commande hydraulique. À chaque heure du jour, il se disait : « Hier, en ce moment, je la faisais monter en voiture ; hier, nous étions sur la butte ; hier, on se promenait sur la plage. » Comme le collégien qu'il avait été autrefois, quand il retrouvait l'internat après les vacances, le cœur barbouillé de cafard.

C'est en rentrant le soir qu'il avait été foudroyé. Au pont de la Sûre, il était tombé sur les avis de disparition de Bénédicte placardés à la file à même les parapets. Il était descendu pour les examiner de plus près. Le Timberjack visible dans le coin supérieur droit l'avait achevé.

Remonté dans le break, il était resté accroché les deux mains au volant, le souffle coupé. Une douleur aiguë se frayait un passage dans son bras comme une tête de harpon et tentait de s'introduire par l'épaule dans sa poitrine. Il allait peut-être mourir à l'endroit même où il avait enlevé Bénédicte. Ç'aurait été plus simple. Il l'aurait accepté sans regret. Mais la douleur s'était peu à peu éloignée.

Il ne comprenait pas. Si Bénédicte était portée disparue, c'est qu'elle n'avait pas averti Marie-Louise qu'elle allait chez sa correspondante. Le gagatisme dans lequel il avait vécu la veille l'avait empêché de prendre les plus élémentaires précautions. Quel idiot ! Il ne lui était même pas venu à l'esprit de demander à Bénédicte si sa mère était au courant. Et maintenant, il se retrouvait mouillé jusqu'au cou dans ce qui avait tout l'air d'une fugue. Le Timberjack sur la photo l'accusait déjà. Depuis quand les avis de recherche étaient-ils là ? Un tas de gens avaient pu voir Bénédicte dans sa voiture, jeudi, à Arelborn, par exemple. Les flics l'attendaient chez lui sans doute, à la cuisine, avec Julie qui se tordait les mains. Ils allaient le questionner, l'arrêter. De quoi aurait-il l'air ? Une seule solution : aller rechercher Bénédicte immédiatement chez cette Annelise, la ramener à Montange, à sa mère, dès ce soir, dès cette nuit.

Il avait fait demi-tour. Il était reparti à tombeau ouvert jusqu'à la Côte où il était arrivé vers dix heures. Il avait cherché Annelise en vain.

En mangeant ses frites, il comprenait désormais qu'il ne la trouverait pas, ni elle ni Bénédicte. À moins de patrouiller au hasard dans toutes les rues, dans l'espoir de tomber sur les deux filles. Cela pouvait durer très longtemps. Qui sait si elles n'étaient pas parties en balade pour la journée ou le week-end...

Et pendant ce temps-là, Marie-Louise se morfondait. Plus le temps passait, plus il pensait à elle. Se dénoncer, il n'en avait pas le courage, il attendrait que tout soit rentré dans l'ordre. Mais il ne pouvait laisser la mère de Bénédicte dans ce supplice.

Il ramassa le reste des frites dans le papier journal et le fourra dans la boîte à lunch. Il en retira son téléphone portable, mais la batterie était morte, il ne s'en servait jamais. Alors, il alla jusqu'à la cabine téléphonique à côté du panneau municipal, demanda le numéro de Marie-Louise aux renseignements, puis l'appela.

12

Dans la maison de Julien et de Liesbeth flottait l'odeur particulière du samedi matin. Ce jour-là, le radio-réveil restait muet. Le premier bus, qui servait principalement à emmener les collégiens des villages vers Arelborn, ne circulait pas. Julien pouvait se lever plus tard, c'est-à-dire, en pratique, à huit heures, quand l'odeur du samedi le tirait du sommeil en lui chatouillant les narines. Elle prenait naissance dans la cuisine, se glissait sous le plafond du séjour, d'où elle passait par l'escalier en spirale à l'étage dans la chambre à coucher, dont la porte, comme toutes les autres, restait toujours ouverte, afin que la chaleur du Jøtul puisse se répandre partout. De son lit, quand les yeux de Julien s'ouvraient, ses oreilles pouvaient simultanément percevoir le léger grésillement qui accompagnait sa diffusion.

Le lard, en effet, propagateur de l'agréable parfum, gigotait dans la poêle, aiguillonné par les coups de fourchette de Liesbeth. Elle faisait frire de la panne de cochon. Pas le moindre filet de maigre, le pur gras attaché à la couenne, sur laquelle il n'était pas exceptionnel de trouver quelques soies échappées à l'ébarbage du boucher. Un délice en bouche lorsqu'un petit dé trempé dans le jaune d'œuf tiède venait s'écraser entre les molaires et livrait sa pulpe en picotant le bord de la langue.

Cette graisse, certainement bourrée de cholestérol et dont personne ne voulait plus, Liesbeth se la faisait rapporter du Carrefour des Trois-Frontières par le garçon boucher Flecher, le fournisseur en os du système d'alarme de Mme Maca. Elle l'achetait crue pour quelques centimes et la mettait au saloir avec un mélange d'oignons et d'épices qu'elle tenait de sa mère. Pour Julien autant que pour elle, samedi n'aurait pas été samedi sans, au réveil, une assiette garnie de deux œufs au plat enguirlandés d'un réseau de ces croustillants cretons. À cela, même la disparition d'une jeune voisine ne pouvait rien changer.

« Julien, tu es servi ! »

Le temps qu'elle dispose les assiettes sur la table et qu'elle verse le café, Julien fit son apparition dans la cuisine. Il s'était donné un vague coup de peigne, avait enfilé un jean et un vieux chandail. Liesbeth, de son côté, venait d'ôter son tablier, elle l'avait posé sur le dossier de la chaise inoccupée, qu'entre eux ils appelaient la chaise de David. Ainsi, elle était accoutrée à l'identique de Julien, jean et chandail aussi fatigué. La tenue zen faisait elle aussi partie des attributs du samedi matin.

Julien se pencha pour déposer sur sa joue un baiser pas encore rasé et s'assit en face d'elle.

« Je dormais quand tu es rentrée cette nuit.

— Ça, on peut le dire ! Tu ronflais comme un scieur de planches !

— Je m'étais pourtant promis de t'attendre, je voulais

te parler, puis je me suis endormi. J'étais moulu, j'avais bu une quille, en plus, je n'aurais pas dû.

— Je te comprends, va. Mange, on aura tout le temps de causer après. »

Tandis qu'il piochait consciencieusement dans son assiette, elle l'observait du coin de l'œil. En deux jours, c'était comme s'il avait pris deux ans. Ses joues semblaient s'être rétractées, de longs sillons s'y creusaient à chaque mouvement de ses mâchoires. Qu'est-ce qui se passait dans cette tête en face de laquelle elle mangeait depuis vingt ans ? Au bout d'un tel bail, on devrait le savoir, non ? Eh bien, apparemment, on ne le sait pas. Elle s'était figuré lire à livre ouvert dans le cœur de Julien mais, depuis qu'elle avait parlé avec Mehdi, la veille, au Trévire, elle comprenait qu'elle ignorait une bonne part de ce qui s'y tramait.

Et, maintenant, elle sentait la pitié lui serrer la gorge pour cet étranger, le commensal méconnu de sa vie, qui se sustentait à bouchées méthodiques, les yeux rivés à son affaire. Elle s'en voulait de n'avoir songé le plus souvent qu'à elle-même depuis des années à cause de sa peine après la mort d'Annelise.

Devant le chagrin, tout le monde s'incline. Le chagrin exalte, il transforme en saints ceux qui souffrent. Mais le chagrin est pervers. Il fait de nous des égoïstes qui n'ont même pas honte de l'être, puisque c'est en son nom qu'on nous isole sur un piédestal, offerts à la vénération. Et de là-haut, avec la palme du martyre à la main, on ne pense plus à baisser les yeux sur son compagnon d'infortune, qui pleure tout autant sans doute, mais dont les larmes tombent pudiquement à l'intérieur.

Julien, déjà, raclait son assiette avec quelques lichettes de pain, sans sa mine de satisfaction habituelle, comme on s'acquitte d'un devoir. Il avala sa tasse de café avant même qu'elle ait commencé à manger. Elle le resservit, puis quand elle eut expédié ses œufs, il voulut se lancer.

« Écoute, Beth, il faut que je te dise...

— Moi d'abord, si tu veux bien, Julien. »

Elle se renversa sur sa chaise, passa sa serviette sur ses lèvres et tempéra son interruption d'un sourire.

« J'ai parlé à Mehdi, hier soir, au Trévire.

— Ah bon ?

— Oui.

— Il est venu te voir ?

— Pas vraiment. Il est entré à la brasserie, il s'est disputé avec un client. Il faisait du raffut. Le patron était embêté, je lui ai dit que je connaissais bien Mehdi, que je m'en occupais. On l'a conduit à la cuisine. »

Ce qui s'était passé au juste, ce n'était pas nécessaire de le préciser, ce n'était pas de ça qu'elle voulait s'entretenir avec Julien. D'ailleurs, elle-même ne l'avait appris qu'une fois Mehdi parti, par le serveur qui avait assisté à toute la scène. Mehdi s'était présenté vers dix heures, un paquet d'avis de recherche de Bénédicte sous le bras. Il en proposait aux clients, côté bistrot. En regardant l'affiche, un type un peu éméché avait lâché une remarque imbécile : « Vingt dieux ! Le joli petit lot ! On la dévorerait toute crue ! » Ou quelque chose du même niveau. Mehdi avait vu rouge. Il avait empoigné le type au collet, il lui criait dans le nez : « Tu vas ravaler ça, salaud ! » Le patron était accouru. Liesbeth, qui rapportait un plateau de verres au bar, avait pris Mehdi par le bras et l'avait emmené. Le client était furieux, le contenu de son verre de bière dégoulinait de son pantalon, il demandait si les

« ratons » faisaient la loi au Trévire à présent. Ensuite de quoi, c'est lui que le patron avait fichu à la porte.

« Comment il était, Mehdi ?

— Très inquiet, tu penses bien, à cause de Bénédicte. Puis, nerveux, je ne te dis pas. C'est un homme qui a pris l'habitude que tout marche à la baguette dans son entreprise, comme il a décidé. Alors, forcément, il en veut à la terre entière.

— Je comprends.

— Il est venu te voir hier après-midi.

— Ah, il t'a dit ?

— Oui. Il m'a avoué que ça s'était mal passé.

— Il m'accusait d'avoir enlevé sa fille, tu imagines ?

— Il est comme dans un piège, Julien. Il fonce de tous les côtés.

— Oui, oui, je ne peux pas lui en vouloir.

— Mais tu es triste tout de même, hein, mon pauvre, à cause du journal de Bénédicte ?

— Ah, ça aussi, il t'a expliqué. »

Il se mordit la lèvre inférieure. Il était gêné. Il se recueillit un moment puis demanda avec une espèce d'humilité :

« Comment est-ce qu'elle a peur de moi ? J'ai toujours essayé de me montrer aimable. Je me fais du souci pour elle comme si c'était...

— Comme si c'était quoi ?

— Tu sais bien, Liesbeth... Comme si c'était ma fille. Comme si c'était notre fille. »

Notre fille ? Quand Mehdi lui avait raconté ce que Bénédicte avait écrit dans son journal, que, chaque matin, Julien revenait à la charge pour lui parler dans le bus et que ça l'effrayait, Liesbeth n'avait pas vraiment relevé.

« Julien a peut-être un peu taquiné Bénédicte, Mehdi. Il essaie de se montrer sympa avec tous ces jeunes qu'il prend en charge le matin. Il n'y a pas un gramme de malice chez lui, tu le sais bien. »

Voilà ce qu'elle avait cru : un peu d'humour que Bénédicte avait mal compris. Mais que Julien ait songé à elle comme à leur fille, Liesbeth n'y aurait jamais pensé.

« Tu vois, Beth, Annelise aurait eu l'âge de Bénédicte. Alors, quand je la vois monter dans le bus, je ne peux pas m'empêcher de me dire que notre fille aurait pu être là, elle aussi, et même, j'ai honte que ça me vienne à l'esprit, qu'elle aurait pu être à sa place, que la mort aurait très bien pu se tromper entre les deux. Bénédicte, je lui dis des choses gentilles, comme j'aurais voulu pour Annelise. Eh bien, j'aurais fait un fameux père ! Tout ce que j'ai réussi, c'est à lui fiche la frousse ! »

Liesbeth tendit le bras à travers la table, la tête penchée, les yeux désolés.

« Donne-moi ta main, *pouske* », dit-elle et Julien l'avança vers ses doigts toujours rouges, à cause du produit vaisselle qu'elle utilisait au Trévire, qui finit toujours par s'infiltrer à travers les fissures dans les gants en caoutchouc.

Dire qu'elle croyait que la plaie si cruelle de la mort d'Annelise était cicatrisée dans le cœur de Julien ! Il n'y a rien de plus redoutable qu'un enfant mort, parce qu'il demeure à jamais l'être pur, innocent, magique qu'il a été. Les enfants qui restent en vie, au moins, deviennent des adolescents rébarbatifs, puis de banals adultes. Et l'on peut se dire alors : « Tout ça pour ça ! » L'enfance n'était qu'un leurre pour capter nos soins. L'enfant mort, lui, ne saurait décevoir. Il tend éternellement ses petits bras vers nous, qui ne pouvons l'étreindre.

Est-ce la mère qui souffre le plus ? Le sacro-saint amour maternel le réclamerait. Liesbeth l'aurait affirmé la première, avant cette minute où elle tenait la grosse paluche de Julien entre ses doigts abîmés. C'était lui pourtant qui semblait bel et bien inconsolable, alors que, pour sa part, elle avait, en quelque sorte, passé la main depuis des années.

Dans les premiers mois après la mort d'Annelise, elle avait souvent rêvé de sa propre mère, Martha, emportée par un cancer quand elle était petite. En somme, la situation inverse de celle qu'elle vivait avec le décès d'Annelise.

Martha lui apparaissait flottant dans un imperméable beige, les cheveux et le visage mouillés. Elle semblait de passage après une longue absence et prête à repartir. Liesbeth n'osait pas lui rappeler qu'elle était morte, elle espérait que Martha reviendrait à elle et s'en rendrait compte. Elle l'observait, sans lui adresser la parole, et Martha ne semblait pas l'apercevoir.

Ce rêve, Liesbeth l'avait confié à Marie-Louise qui, à l'époque, la voyait quasi tous les jours pour la consoler. Marie-Louise lui avait suggéré de parler d'Annelise à Martha.

Une nuit, Martha leva enfin les yeux vers Liesbeth. Des gouttes d'eau coulaient sur ses joues, ou peut-être étaient-ce des larmes. Alors Liesbeth avait supplié : « *Neem Annelise, neem Annelise, ma !* Prends Annelise, maman ! » Le visage de Martha s'était éclairé, elle avait disparu et n'était plus revenue.

Ensuite, quand Liesbeth songea à sa fille, elle se dit que Martha en prenait soin. Une illusion peut-être, mais qui lui avait permis de continuer à vivre.

« Tu es un brave homme, Julien, tu as bon cœur, j'ai de la chance de vivre avec toi.

— Ah, Liesbeth, si tu le voyais vraiment, mon cœur ! Je me demande si c'est un cœur d'homme et pas plutôt un cœur de lièvre !

— De lièvre ?

— Oui, je suis peureux comme un lièvre.

— Pourquoi tu dis ça ?

— Parce que, depuis que Bénédicte a disparu, je suis là, aux aguets, sans me décider à faire quoi que ce soit. Hier, je suis allé chez Walter, c'est ce que je devais te dire, si je ne m'étais pas endormi.

— Chez Walter ? Pourquoi ?

— La voiture au rond-point de la Barrière, dans laquelle j'ai aperçu Bénédicte...

— Disons plutôt dans laquelle tu as cru apercevoir Bénédicte !

— Je suis sûr que c'était elle, maintenant. Eh bien, cette voiture, ça m'est revenu, c'est le break de Walter.

— Ah...

— Je voulais aller le voir, pour en avoir le cœur net. Je voulais savoir s'il avait emmené Bénédicte ou si j'avais eu la berlue.

— Et alors ? Tu es fixé maintenant ?

— Non, pas du tout.

— Qu'est-ce qu'il t'a dit ?

— Il n'était pas là. Pas rentré du boulot. J'ai posé la question à Julie.

— Et la réponse ?

— D'après elle, jamais Walter n'aurait pris quelqu'un en stop. Une gamine, en plus ! Qu'il aurait enlevée ! Elle était choquée que j'aie pu imaginer une chose pareille. Elle m'a, pour ainsi dire, fichu à la porte. Et je suis parti, comme un idiot. Je suis remonté sur ma bécane, j'avais l'impression que, si je m'arrêtais, elle allait me rattraper pour me mordre aux mollets. Un vrai lièvre, je te dis ! Si j'avais eu un gramme de courage, j'aurais attendu Walter ou j'y serais retourné après, du moins.

— La réaction de Julie, c'est un peu normal, tu ne crois pas ? Tu débarques chez elle pour accuser son mari sur une vague impression. Pas très agréable, surtout venant de toi, après ce qui s'est passé avec Walter autrefois. Il faut la comprendre.

— Je sais, mais imagine un instant que je n'aie pas rêvé, que j'aie bien vu Bénédicte dans le break de Walter. S'il arrive quelque chose à cette pauvre fille, je m'en voudrai pour le restant de mes jours. J'ai ruminé ça toute la soirée. Je voulais ton avis, je t'attendais. Je n'ose pas retourner chez Walter, mais j'ai l'intention d'aller à la police, ce matin. Ça me soulagerait la conscience. Tant mieux si je me suis trompé. Qu'est-ce que tu en penses ? »

Liesbeth ne répondit pas. Elle avait picoré dans son assiette, elle acheva ses œufs refroidis, se leva et se mit à débarrasser. Elle porta la vaisselle dans l'évier, ouvrit le robinet qui embrasa le gaz dans le chauffe-eau et resta le dos tourné, à contempler les bacs qui s'emplissaient en fumant.

Dans la vaisselle qu'elle trempait et essuyait à longueur d'année au Trévire, il y avait au moins une chose qui lui plaisait, c'est que c'était devenu une telle routine qu'elle n'avait plus besoin de penser à ce qu'elle faisait. Il y avait une partie d'elle-même, ses bras, ses mains, qui s'activait de son côté sans qu'elle ait à s'en préoccuper, tandis que son esprit pouvait se consacrer tranquillement à ses pensées. Avec le temps, c'était devenu une sorte de conditionnement. Pour réfléchir, elle faisait la vaisselle. Surtout, Julien ne devait pas se mêler de l'aider. Il aurait perturbé la chaîne des gestes automatiques, de l'évier jusqu'au placard.

Quand elle le referma, elle avait pris sa décision.

« Voilà ce qu'on va faire, Julien. D'abord, je vais descendre chez Marie-Louise. On ne sait jamais, peut-être que Bénédicte est revenue maintenant. Sinon, j'irai voir Walter moi-même. Je lui demanderai entre quat'z'yeux s'il a emmené Bénédicte. Je verrai bien comment il me répondra. Si ce n'est pas clair, alors tu iras au commissariat. Mais attendons jusque-là. Suppose qu'il n'ait rien fait : quand les agents débarqueront chez lui, qu'est-ce que le village va penser ? Les gens seront au courant dans la demi-heure. Ce n'est pas un tour à lui jouer. Tu es d'accord ? »

Julien soupira. De soulagement : Liesbeth prenait les choses en main ; de dépit aussi, vu que lui-même en était incapable.

« D'accord, dit-il.

— C'était peut-être mieux que Walter ne soit pas là hier, hein ? »

Julien acquiesça. Ça faisait dix ans qu'il n'avait pas parlé à Walter. Leur dernière entrevue avait drôlement tourné au vinaigre. En sortant pour prendre la Golf, Liesbeth revit en un éclair Walter sur le seuil de leur porte, blême, et Julien, face à lui, la voix rauque et basse, qui lui demandait comment il osait se présenter chez eux. À l'intérieur, sur une table étroite, tel un objet d'horreur miniaturisé, le cercueil blanc d'Anne-lise était exposé. Autour étaient assises des femmes. Elles soutenaient Liesbeth, les plus âgées égrenant leur chapelet. Elles murmuraient, comme pour ne pas réveiller la petite morte.

Les hommes du village aussi entraient sans frapper, selon l'usage dans les maisons en deuil. Ils restaient un moment debout devant le cercueil, prenaient un air consterné, puis le signaient d'eau bénite, avant de repartir avec un hochement de tête confus pour Liesbeth et une poignée de main à Julien.

Walter avait voulu faire sa visite comme les autres, mais Julien s'était rué sur lui et l'avait obligé à reculer. En se retournant, Walter avait trébuché, il était tombé à la renverse devant l'entrée. Il y avait d'autres hommes qui arrivaient. Aucun cependant ne l'avait aidé à se relever. Il s'était éloigné en boitant pendant que les autres, les mains sur les épaules de Julien, le repoussaient doucement à l'intérieur.

Personne n'ignorait ce qui s'était passé le jour de la mort d'Annelise. Walter aurait eu intérêt à se faire oublier, tout le monde était d'accord sur ce point, car il était responsable d'une certaine façon. Il avait empêché l'ambulance de venir chercher la petite à temps.

Ce jour-là, il mettait à blanc une sapinière au bord de la route entre le rond-point de la Barrière, qui n'était alors qu'un carrefour, et le pont de la Sûre. Il chargeait le bois sur un camion qui occupait les trois quarts du chemin. Une infraction, bien entendu, mais dont personne ne se serait formalisé à la campagne.

L'ambulance avait voulu passer sur le quart jonché d'écorces, trop vite, sans doute, et s'était retrouvée sur le flanc, dans le fossé. Il avait fallu plus d'une heure avant qu'une dépanneuse la remette d'aplomb, si bien qu'Annelise était arrivée à l'hôpital trop tard pour qu'on puisse encore la sauver.

Julien aurait pu s'en prendre aux ambulanciers qui auraient dû faire déplacer le camion plutôt que de jouer aux cascadeurs. Il avait préféré Walter, qui venait à lui, l'oreille basse, pour essayer de s'excuser.

Ce que Julien ignorait, c'est que Liesbeth avait revu Walter, quelque temps plus tard, à une vente publique de chablis qui se tenait au Trévire. Elle l'avait pris à part, à la plonge, et lui avait demandé de pardonner à Julien. Walter n'en voulait pas à Julien. Il comprenait très bien ce que ça pouvait être de perdre sa fille. Il en avait une, lui aussi. Il avait embrassé Liesbeth, les larmes aux yeux, ému qu'elle ait voulu lui parler tout de même. Il la serrait dans ses bras comme s'il n'avait plus personne à étreindre depuis longtemps, et, ensuite, il était repassé au bar et avait bu un coup de trop, d'après ce que le serveur lui avait rapporté.

Quand Liesbeth arriva chez Marie-Louise, elle aperçut un jeune homme devant la maison, qui s'accroupissait pour soulever un gros chat tigré dans ses bras. Elle s'arrêta. C'était le frère de Bénédicte. Elle descendit la vitre de la portière.

« Toujours rien, Ferdi ?

— Bonjour Liesbeth. Non, pas de nouvelles.

— Maman, ça va ?

— Pas fort. »

Est-ce qu'elle aurait dû entrer ? Elle n'en avait pas vraiment le courage après sa visite de jeudi soir qui avait fait plus de mal que de bien à Marie-Louise, elle l'avait bien senti. Marie-Louise était avec son fils, cela suffisait sans doute. Il caressait le chat qui commençait à ronronner.

« C'est le chat de Béné. Maman ne l'avait pas vu depuis jeudi, lui non plus. Il vient de rentrer.

— Voilà un bon signe ! Il vient nous prévenir que Bénédicte va revenir, hein, mon gros ? »

Le chat cligna des yeux, comme pour confirmer. Liesbeth redémarra, tourna dans la rue du Lavoir.

Devant la maison de Walter, elle s'attendait à voir son break blanc mais, à la place, il y avait une petite voiture immatriculée en France, certainement celle de sa fille, Laura. Elle était passée de l'autre côté de la frontière depuis quelques années au terme d'une brève carrière d'allumeuse à Montange. Un paquet d'amadou qui avait donné des crampes à tous les garçons du canton, y compris à David qui, à l'époque, pourtant, n'avait pas un seul poil au menton.

Liesbeth se serait volontiers passée de la présence de cette pimbêche, mais c'est elle qui lui ouvrit.

« Tu me reconnais ?

— Bien sûr, Liesbeth.

— Ton père est là ?

— Non.

— Il est parti au travail ?

— Non.

— Ta mère ?

— Elle dort, elle a pris un somnifère.

— Qu'est-ce qui se passe, Laura ?

— Je ne sais pas. Papa n'est pas rentré de toute la nuit. Il a disparu. Entre, Liesbeth. Je suis contente de parler avec quelqu'un. J'ai bien peur que papa n'ait fait une bêtise. C'est lui qui a enlevé cette fille qui a disparu. »

13

Le chat, Ferdi l'avait d'abord entendu miauler, puis aperçu depuis la chambre de sa sœur. Il s'était penché vers la fenêtre, sans quitter le bureau où il tournait une à une les pages des classeurs d'école de Bénédicte, remplies de son écriture anguleuse à l'encre violette. Il cherchait un feuillet, un post-it, une note, qui aurait pu lui donner un indice sur sa disparition. Il n'avait aucune chance de trouver quoi que ce soit, il le sentait bien, mais au moins, il trompait l'attente.

Le chat se trouvait sous le pommier dans le petit jardin derrière la maison. Il se dandinait, l'échine en cintre, et s'arrangeait pour effleurer de temps en temps le tronc de ses flancs.

Ferdi descendit à la cuisine. Devant l'évier, Marie-Louise épluchait des pommes de terre.

« Le chat de Béné est dans le jardin !

— Son chat ?

— Oui, je l'ai vu de là-haut. »

Elle lâcha son couteau, ouvrit la porte. Le chat n'était plus là.

« Tu es sûr ?

— Oui, oui.

— Ça alors... J'y pense maintenant, lui non plus, je ne l'ai pas vu depuis jeudi. Silvio ! Silvio ! »

Elle l'appelait, le visage soudain rempli d'espoir, comme si c'était Bénédicte elle-même qui venait de faire sa réapparition.

« Je vais voir », dit Ferdi et il sortit.

Certainement Silvio savait qu'on l'avait entendu mais, en toutes circonstances, il gardait sa dignité. Il n'allait pas se présenter tête basse, la queue entre les pattes, pour quémander son Kitekat après deux jours de fredaines et hélas ! de jeûne. Ses pourvoyeurs de pitance, à qui il laissait croire qu'ils étaient aussi ses maîtres, devaient se bouger un peu. Il ne se montrerait que lorsqu'il se serait décemment fait prier.

Du jardin, Ferdi passa sur le côté de la maison, il l'appela sans résultat dans l'appentis et le découvrit enfin devant la porte d'entrée. Eu égard à ce que Ferdi ne s'était pas simplement penché, mais qu'il s'était pour ainsi dire agenouillé devant lui, Silvio daigna prendre place dans ses bras. C'est à ce moment que Liesbeth s'était arrêtée pour prendre des nouvelles de Bénédicte et de sa mère.

Marie-Louise aurait pu lui en donner elle-même. Elle suivait la scène en coulisse, près de la fenêtre du salon qui donnait sur la rue du Prévôt, où elle était passée pour voir où en était Ferdi. Mais elle n'avait pas envie de se découvrir, de s'exposer aux mines de pitié et de réconfort dont sa voisine l'aurait certainement gratifiée, tout ça pour essuyer des questions dont Liesbeth connaissait déjà la réponse. Elle attendit qu'elle continue son chemin pour ouvrir la porte et faire rentrer Ferdi.

Tout de suite, dans le vestibule, elle s'empara du chat, le pressa contre sa poitrine.

« Silvio ! Silvio ! Ah, mon Silvio, tu es revenu ! »

Elle appuyait sa joue contre sa tête. Si seulement elle avait tenu Bénédicte dans ses bras, à la place de cette grosse boule de poils ! Déraisonnables ou non, ces gestes du retour qu'elle espérait lui apportaient tout de même une sorte de réconfort. Peut-être même l'acquittaient-ils un peu de la stupide étreinte dans laquelle elle s'était précipitée la veille entre les bras du docteur Sion.

Quand il s'était présenté sur le pas de la porte, elle était bonne à ramasser à la cuiller. Elle venait de se réveiller. Complètement brisée, après le départ de Mme Maca, elle s'était assoupie, le front sur les bras, à la table de la cuisine. Cette vieille taupe lui avait fourré en tête que Bénédicte s'était jetée à l'eau du haut du pont de la Sûre. Une idée absurde, à laquelle elle ne pouvait croire un instant, qui s'était pourtant mise à faire son numéro dans ses rêves, comme une attraction imprévue au programme. Elle voyait Bénédicte monter sur le parapet et, les bras étendus à la manière d'une trapéziste, exécuter un bond prodigieux vers le haut, puis amorcer une courbe et se précipiter, tête en avant, cheveux au vent, vers les eaux grossies par la crue. Lorsqu'elle s'était trouvée face au loden de Sion, les yeux lourds encore de sommeil, elle y avait enfoui son visage pour dissiper les images de cette insupportable exhibition.

Lui, aussitôt, avait refermé ses bras autour de ses épaules puis, la main contre sa nuque, il l'avait attirée contre son cou qui sentait l'after-shave. Ils avaient reculé ainsi de quelques pas, comme un seul corps, vers l'intérieur, et la porte avait claqué, sans doute parce que Sion l'avait repoussée d'un coup de talon.

Le bruit lui avait fait rouvrir les yeux. Ils étaient devant la psyché, qui encadrait leur étreinte. Elle s'était cramponnée à cet homme comme à une planche de salut mais, maintenant, c'était la planche qui adhérait à elle. Était-ce pour la réconforter ou pour s'emparer de sa personne désarmée ? En se dégageant, elle perçut une certaine résistance avant que Sion ne se rende compte lui aussi de l'ambiguïté de la situation.

« J'ai vu les affiches à l'hôpital, je suis accouru tout de suite, expliqua-t-il.

— Ne restons pas là. »

Elle le fit entrer, non pas dans la cuisine, ç'aurait été trop familier, mais dans le salon, comme les policiers, le matin. Elle lui désigna un fauteuil et s'assit sur la chaise qui était restée devant la télévision depuis leur passage.

« Excusez-moi, j'étais si... Enfin, je suis tellement... tellement perdue.

— Je comprends très bien, Marie-Louise. Mais que s'est-il passé ? C'est une fugue ?

— Oui, oui, une fugue, exactement. »

Elle faillit se relever, lui saisir les mains avec reconnaissance. Ainsi il pensait spontanément à une fugue ! Quel soulagement ! Un médecin ! Donc, une sorte de diagnostic, un avis scientifique, qui balayait le scénario du pont de la Sûre.

« Pourquoi est-elle partie ? Est-ce qu'on a une idée ? Un épisode de dépression ?

— Je ne crois pas.

— Une affaire sentimentale ?

— Non, non.

— Un problème à l'école, alors ?

— Je ne vois pas.

— Du harcèlement ? C'est très courant, je vous assure, vous y avez pensé ? »

Le harcèlement ? Une piste supplémentaire, que personne n'avait encore explorée. Non, Marie-Louise n'y avait pas pensé. N'y aurait-il pas eu des signes, une tristesse, du silence ? Elle n'avait rien observé de tel chez Bénédicte. Elle avait fugué, cela, c'était sûr désormais, le suicide plus question de s'y attarder, et effectivement il restait à savoir pourquoi. Il fallait une bonne fois pour toutes décider de ce qui lui avait pris, afin de pouvoir continuer à l'attendre sur une base supportable.

« Je ne pense pas qu'elle ait été harcelée. C'est une fille très forte, vous savez, très indépendante. Les autres ne s'en prendraient jamais à elle.

— Quoi alors ? »

Un peu d'impatience perçait dans la réplique, comme si le médecin s'agaçait qu'une infirmière le contredise, ou comme si l'homme qui venait de la prendre dans ses bras avait hâte de tirer un trait sur cet incident, de passer à autre chose qui lui importait davantage. Après tout, qu'est-ce que Bénédicte était pour lui ? Une complication future dans ses manœuvres d'approche, qu'il aurait envisagée le moment venu, mais qui, pas de chance, se présentait prématurément ? Une contrariété, en tout cas, dont il ne prenait d'ailleurs pas l'exacte mesure si, comme l'affirmait Mehdi, Bénédicte était partie à cause de lui déjà, à cause de son intrusion dans la vie de sa mère. Sion était assis exactement au même endroit que Toussaint, le policier qui lui avait aussi assené cette explication. Quel effet cela lui ferait-il si elle lui renvoyait la balle maintenant ? Il serait peut-être un peu plus patient... ?

« Bénédicte a eu peur que je l'abandonne.

— Ah ? Quelle drôle d'idée !

— Pour refaire ma vie.

— ... Je ne comprends pas. Vous alliez refaire votre vie ? Avec qui ? »

Dans son regard, il y eut soudain comme une lueur d'affolement. Décidément, plus question de Bénédicte. C'est de lui qu'il s'agissait. Aurait-il été doublé par un autre ? Marie-Louise était-elle déjà engagée avec quelqu'un sans qu'il ait été au courant ? Il voulait savoir. La fille de la femme qu'il convoitait, cette petite enquiquineuse, il n'en avait rien à secouer.

Eh bien, pour le réconfort, il pouvait repasser ! Si seulement il pouvait dégager tout de suite !

« Bénédicte s'est fait des idées, je n'ai personne en vue.

— Ah, j'aime mieux ça.

— Absolument personne, je veux dire. Je n'ai aucune intention de refaire ma vie avec qui que ce soit.

— Allons, allons, Marie-Louise, vous êtes jeune, vous êtes encore...

— Pensez-vous que ce soit vraiment le moment ? »

Il soupira, se laissa retomber contre le dossier de son fauteuil, enfin conscient qu'il gaffait, depuis le début peut-être. Marie-Louise se leva.

« Je vais faire du café, si vous voulez. »

Elle n'en avait aucune envie, mais il fallait d'une façon ou d'une autre suspendre ce tête-à-tête ridicule.

Sion n'eut pas le temps de répondre. Sous la fenêtre, une voiture venait de s'arrêter. Une portière se referma, la voiture repartit et quelqu'un entra dans la maison. Marie-Louise se précipita dans le vestibule. Bénédicte ? Venait-on de déposer Bénédicte ?

C'était Ferdi.

Il s'avança jusqu'à l'encadrement de la porte, où elle l'embrassa longuement, sous les yeux de Sion, pour lui montrer peut-être le genre d'embrassade qu'elle aurait voulu tout à l'heure. Puis, en essuyant les larmes de ses yeux, elle dit à Ferdi : « C'est le docteur Sion, un médecin de l'hôpital. »

Ferdi lui avait seulement adressé un signe de la tête, il était trop remué pour chercher des politesses. Sion s'était levé et avant qu'il ouvre la bouche, Marie-Louise avait ajouté : « Le docteur est venu prendre des nouvelles, très gentiment. Il partait justement. »

Sion n'avait pas répliqué. Il était passé devant elle, sans se décider à une expression particulière et avait murmuré : « Bon courage. » Il était parti.

Silvio se laissa emporter jusqu'à la cuisine mais, une fois dans cette pièce qu'il fréquentait épisodiquement, comme une sorte de Resto du Cœur, d'une puissante poussée, il se dégagea des bras de Marie-Louise et bondit par terre. Il s'approcha du frigo et se remit à miauler un quart de ton plus haut. Ferdi lui versa un bol de lait. Marie-Louise se frottait l'avant-bras.

« Il t'a fait mal ?

— Non, non, il était un peu pressé seulement. »

En fait, il l'avait griffée. Entre Silvio et Marie-Louise, cela n'avait jamais été le grand amour. C'était le chat de Bénédicte, une petite bête errante qu'elle avait prise en pitié, l'année du divorce. La grange de Larondelle était une véritable pouponnière clandestine, connue de toutes les chattes sans domicile fixe. Chaque année, des dizaines de chatons dévalaient de leurs flancs dans la paille. Ceux que Larondelle attrapait, il les fourrait dans un sac et les jetait du haut du pont dans la Sûre, où ils disparaissaient en bouillonnant. Les autres rôdaillaient dans le village avant de finir sous les roues des voitures ou entre les mâchoires des systèmes d'alarme.

Silvio était un des rares rescapés. Bénédicte l'avait élevé en secret dans la soupente de l'appentis. Un jour, Marie-Louise tomba nez à nez avec lui, dans la cuisine, où il l'avait accueillie en faisant le gros dos et en soufflant comme un diable.

« Qu'est-ce que cette sale bête fait là ?

— C'est mon chat.

— Ton chat ! Tu as un chat à présent ?

— Mais oui, je l'ai sauvé, pauvre petit.

— Fiche-le dehors, je ne veux pas d'un chat galeux dans ma cuisine. »

Bénédicte avait ouvert la porte mais, en poussant Silvio devant elle, elle avait ajouté : « C'est bien toi, ça : tu mets tout le monde à la porte. »

C'est ce qu'on appelle la flèche du Parthe, non ? Le cavalier en fuite décoche en se retournant un trait mortel à l'ennemi. Bénédicte l'avait touchée en plein cœur.

Le soir, Marie-Louise lui avait dit qu'elle pouvait garder son chat, mais qu'il devrait rester dans l'appentis. Tout de même, il s'invitait régulièrement à la cuisine. Marie-Louise faisait semblant de ne pas le voir.

À présent, cette rigidité absurde, elle la regrettait amèrement. Elle regrettait tout ce qu'elle avait fait qui avait pu attrister Bénédicte. Cela défilait. Peut-être même qu'elle aurait dû regretter d'avoir congédié Mehdi.

Silvio s'était jeté sur le bol de lait comme la misère sur le monde. Il lapait si vite qu'il éclaboussait le carrelage.

« Quand Bénédicte reviendra, je le laisserai aller partout, sur les fauteuils du salon, s'il veut, je le laisserai même dormir dans sa chambre », songea-t-elle, puis, après un nouveau méandre de ses pensées, elle demanda subitement : « Et Sandra, est-ce qu'elle aime les animaux, elle ?

— Quoi ? Sandra ? »

Ferdi n'était pas sûr d'avoir compris.

« Les animaux ? Elle les aime les animaux, Sandra ?

— Je n'en sais rien. Pourquoi tu me demandes ça ?

— Parce que... j'ai l'impression que, moi, je n'aime personne. Du coup, évidemment...

— Maman ! »

Il voulut se rapprocher, mais elle le repoussa d'un petit geste de la main.

« Laisse, laisse ! »

Elle revint à l'évier, reprit une pomme de terre au bout des doigts et recommença à éplucher.

« Je suis si... tranchante quelquefois.

— Mais non ! Tu es la meilleure des mères. »

Elle esquissa un sourire. Elle ne le croyait pas, bien entendu. Et lui, comment aurait-il pu la convaincre ? Se lancer dans une comparaison avec Sandra ? Les torchons et les serviettes ! Marie-Louise était sa mère, avec tout ce qu'il faut de sacré, de hiératique pour qu'une femme qui ne serait qu'une femme devienne une mère. Sandra, elle, c'était... quoi ? Une guimauve peut-être : jolie comme la fleur et molle comme la friandise.

Comment le lui reprocher ? Elle était née comme ça.

Un jour qu'ils étaient seuls – Mehdi passait la nuit au salon *Bau* de Munich –, elle l'avait appelé près d'elle sur le canapé, en tapotant des doigts sur la place à ses côtés. Elle voulait absolument lui montrer son book. Quand elle était petite, elle était si mignonne que sa mère l'avait proposée comme mannequin enfant à une agence de publicité. Le book comportait d'abord des instantanés réalisés pour le casting, puis les publicités dans lesquelles elle avait figuré, pour des chaussures, des maillots, des lunettes, de la confiture. C'était une petite fille craquante, blondeur nordique, nez à la retroussette, lèvres boudeuses, regard d'un bleu de faïence, qui n'était pas le sien d'ailleurs, on l'avait amélioré avec des lentilles. Un corps de statuette, parfaitement équilibré, dont on sentait la souplesse féline, même dans la pose. Mieux qu'un corps de femme, le fantasme de ce qu'elle deviendrait.

« Comment tu me trouves ? » demandait-elle à Ferdi, en tournant les pages de son index, qu'elle humectait à la pointe de sa langue. Elle s'attendrissait devant ses portraits en nymphette, elle s'adorait, elle n'aurait pu comprendre qu'on ne l'aime pas. Le racolage pervers des clichés lui échappait totalement.

« Eh bien, comment tu me trouves ? »

Elle insista d'une pression de la main sur la cuisse de Ferdi.

« Jolie... »

Comme il était gentil ! Elle l'aurait embrassé – au nom de la petite fille, s'entend –, mais il s'était levé.

« En fait, je n'aime pas la pub.

— Mais pourquoi ?

— Parce que. »

Qui aurait imaginé un seul instant Marie-Louise enfant se livrant à cette mascarade ? Ou Bénédicte ? Elles auraient préféré rentrer sous terre. Sandra, elle, trouvait cet étalage tout naturel. Elle s'acceptait comme une gourmandise à la vitrine d'un pâtissier. Quel mal ? Cela dit, elle avait bien conscience qu'il ne pouvait y avoir qu'un seul consommateur. Justement, elle en avait élu un qui lui plaisait, Mehdi, un jour qu'il avait été pris d'une envie subite de loukoum.

Un loukoum, en passant, ça passe. Tous les jours, cela finit en haut-le-cœur. La veille, après que Sandra lui eut apporté les avis de recherche qu'elle avait photocopiés, Mehdi s'était payé une vraie crise de foie. Il était penché sur la photo de Bénédicte, appuyé à l'épaule de Ferdi. Elle s'était approchée. Elle avait eu le malheur de s'apitoyer en murmurant : « Mon Dieu, mon Dieu, pauvre petite, si fragile, si belle. Comme elle te ressemble, la pauvre chérie !

— Bénédicte ne me ressemble pas du tout.

— Ah mais si ! Et comment qu'elle te ressemble ! Son air tranquille, son regard timide...

— Arrête, Sandra, Bénédicte ressemble à Marie-Louise, ça crève les yeux.

— Eh bien, je ne trouve pas, moi.

— Tu ne trouves pas parce que tu es myope. Ou aveugle, plutôt ! C'est ça, tu es complètement aveugle. Tu ne vois rien, tu ne comprends rien à rien, tu t'imagines que c'est le moment de minauder pour me faire croire que ma fille me ressemble. Tu es bouchée à l'émeri !

— Bouchée... quoi ?

— Définitivement idiote, si tu préfères.

— Mais, mais, mais... »

Une grimace d'enfant au bord des larmes tordait sa bouche. Elle s'était tournée vers Ferdi dans l'espoir de trouver un allié, mais il s'était esquivé.

« Bon, je vous laisse. »

Une scène de ménage alors que Bénédicte était Dieu sait où ! Et Marie-Louise, toute seule dans sa maison, là-bas, torturée par l'angoisse...

Il avait passé un coup de fil à Pierre Vanhool, avec qui il était en classe. Ses parents venaient le reprendre à son entraînement de basket vers neuf heures et rentraient à Montange. En sortant pour le rejoindre, il avait croisé Mehdi qui partait de son côté distribuer des avis dans les cafés.

« Tu t'en vas ?

— Je vais voir maman.

— Ah oui, tu as raison, c'est bien, c'est bien, mon garçon. »

Il n'avait rien ajouté, il avait disparu. À l'étage, à la fenêtre de la chambre conjugale, le rideau s'écarta, et la silhouette de Sandra était apparue, en chemise de nuit, un châle sur les épaules. Ferdi s'était retourné et la main de Sandra qui étanchait ses larmes avec un coin du fichu avait glissé sur ses lèvres et lui avait envoyé un baiser.

Silvio avait asséché le bol, il passait sa langue sur les éclaboussures par terre.

« Il y a du saucisson dans le frigo, dit Marie-Louise, donne-lui quelques tranches. »

Ferdi allait s'exécuter, mais le téléphone sonna dans le salon.

« J'y vais. »

Il décrocha.

« Allô ? »

Pas de réponse. Il entendait une respiration et, plus loin, un souffle, du vent, une sorte de roulis.

« Allô ? »

Le cœur de Ferdi se mit à cogner. À l'autre bout du fil, il l'avait compris, quelqu'un hésitait, un inconnu qui savait quelque chose à propos de Bénédicte, son ravisseur, un homme sans doute qui allait exiger une rançon.

« Allô ? Parlez, s'il vous plaît ! C'est Ferdi, le frère de Bénédicte, ici. »

Alors, une voix étouffée, à travers un mouchoir peut-être, articula : « Dis à ta mère que Bénédicte est allée rejoindre Annelise. »

Clic. Terminé.

14

Si Laura avait bien reconnu Liesbeth, il n'est pas sûr que Liesbeth aurait reconnu Laura, supposé qu'elle l'aurait croisée ailleurs. Depuis dix ans, Liesbeth avait peu changé. La mort de sa fille lui avait fichu un sale coup ; elle n'avait pas de rides encore, mais ses joues étaient creuses, ses cheveux blonds étaient devenus fades, ses yeux s'étaient repliés derrière de gros cernes bleus. Tout cela en même temps et très vite. Ensuite, cependant, elle était restée la même, comme si elle avait pris une avance sur le vieillissement ordinaire.

En revanche, Laura ne ressemblait plus guère à celle qu'elle avait été. Dans le souvenir de Liesbeth, il y avait une sauvageonne de seize ou dix-sept ans, qu'elle apercevait surtout l'été, pendant les vacances, en short, un tee-shirt au ras du nombril, la peau aussi dorée qu'une feuille de cire gaufrée. Une drôlesse arrogante, qui changeait d'accotement quand elles se rencontraient, comme si le deuil de Liesbeth lui offensait la vue.

À présent se trouvait devant elle une jeune femme plus robuste que gracieuse, vêtue d'un simple jean et d'un pull, les cheveux ramassés en chignon, le visage contracté, qui ne cherchait nullement à plaire, qui aurait même pu inspirer la pitié. Dans la grande pièce où Laura l'avait introduite, elles étaient assises à une table de ferme en chêne, à peine plus large qu'un banc, cernées par les vitrines bourrées de bibelots inemployables. Les chaises ardennaises, parfaitement encaustiquées, étaient trop basses, l'angle quasi aigu du dossier repoussait le visiteur, comme si elles n'étaient pas faites pour qu'on s'y assoie.

Liesbeth se pencha en avant et chercha une position supportable en s'appuyant des mains au rebord de la table.

« Explique-moi ? Ton père ? Qu'est-ce que tu disais ?

— Il n'est pas rentré de la nuit. On ne sait pas où il est passé. Maman m'a appelée hier dans la soirée. J'ai cru qu'ils s'étaient querellés, mais ce n'est pas ça. Il a enlevé la fille qui a disparu.

— Bénédicte ?

— Oui.

— Bon ! C'est mon Julien qui a fourré cette idée dans la tête de ta mère ?

— Il n'y a pas que votre mari, Liesbeth. Maman m'a expliqué que Julien pensait bien avoir vu cette Bénédicte dans la voiture de papa mais, quand il le lui a dit, elle savait déjà que papa avait emmené quelqu'un. Il l'avait avoué jeudi soir. Il avait pris une auto-stoppeuse. Une femme, maman l'avait senti, la voiture était pleine de son parfum. »

Laura s'interrompit, les sourcils arqués, en attente. Elle fixait Liesbeth comme si elle s'en remettait désormais à cette femme à qui elle n'avait même pas demandé pourquoi elle était là. Est-ce qu'elle connaissait la réponse à la terrible interrogation qu'elle n'avait pas formulée, mais qui occupait tout l'espace entre elles, de chaque côté de la table en chêne : qu'est-ce qui avait pris à Walter d'enlever une gamine ?

En fait, la situation n'était pas plus claire pour Liesbeth que pour Laura. Donc, d'abord, Julien n'avait pas eu une hallucination, comme elle l'en avait soupçonné les deux derniers jours. Au temps pour elle ! À ce compte-là, peut-être que la réponse à la question, il l'aurait eue, lui ? Peut-être qu'il s'agissait d'une interrogation pour les hommes, quelque chose qui relevait de leurs propres ténèbres, que les femmes ne peuvent pas percer.

« Ça lui est déjà arrivé à Walter de ne pas rentrer toute une nuit ?

— Non, jamais. Maman dit que c'est la première fois.

— Il n'a pas de téléphone avec lui ?

— Si, mais je ne sais même pas s'il sait s'en servir.

— Ah... »

Liesbeth tenta de réfléchir un moment, mais ses idées tournaient en rond, elles refusaient de s'aligner de quelque façon que ce soit.

« Et toi, qu'est-ce que tu penses ? Qu'est-ce qui s'est passé ?

— J'essaie de comprendre. Papa a pris cette fille sans arrière-pensées, j'en suis sûre. Il l'a cachée quelque part pour la nuit de jeudi. Puis il est tombé sur les avis de recherche, il a pris peur, il n'a pas osé rentrer, vu ce que maman savait.

— Mais pourquoi ne l'a-t-il pas relâchée ?

— Je ne sais pas, je ne sais pas. »

Plus exactement, elle ne pouvait pas regarder en face la solution qui serait venue à l'esprit du premier venu : quelque chose d'irréparable s'était produit. Cette version, sa mère n'avait pas hésité à la lui infliger quand elle était arrivée la veille au soir. Et maintenant, si elle la répétait, ne fût-ce que pour la rejeter comme une hypothèse absurde, elle craignait que Liesbeth ne s'y rallie aussitôt et la précipite dans le désespoir.

Mais Liesbeth avança la main à travers l'étroite table et la posa sur son poignet.

« Ton père n'a rien fait de mal.

— Vous le croyez vraiment ?

— Ce n'est pas son genre. Il doit y avoir une autre explication. »

Laura dégagea son bras, elle nicha sa main au creux de la main de Liesbeth. Elle était tiède, un peu râpeuse aussi, comme tout le reste chez Liesbeth, à commencer par son accent qui enfonçait la première syllabe dans les mots et les rendait plus convaincants.

« En attendant, qu'est-ce qu'il faut faire ?

— Je crois qu'il vaut mieux prévenir la police », proposa Liesbeth avec douceur, comme on persuade à un malade de se soigner. Elle sentit la main de Laura se rétracter. « La police pourrait retrouver la voiture, puis ton père. Comme ça, il s'expliquera. »

Laura considérait la main qu'elle avait reprise, mais laissée inerte sur la table, comme si elle contenait toute son indécision. Puis elle leva les yeux. Des craquements, des bruits de pas se faisaient entendre au-dessus de leur tête, à travers le plafond qui était l'envers du plancher de la chambre de ses parents.

« Laura ? Avec qui que tu parles ? »

La voix leur parvenait très clairement car, au-dessus du poêle, une ouverture grillagée était aménagée entre deux solives, qui permettait à la chaleur de monter à l'étage.

« C'est Liesbeth, maman.

— Qui ça ?

— Liesbeth. Je parle avec Liesbeth. »

Les pas de Julie se précipitèrent, ils se portèrent dans l'escalier. Elle apparut à la porte dans une robe de chambre en soie blanche, une chose vaporeuse dans le style des films en noir et blanc qu'elle avait sans doute trouvée dans un décrochez-moi-ça. Elle ne lui allait pas du tout. Elle aurait convenu pour une scène de séduction, à supposer que Julie pût encore séduire mais, au premier coup d'œil, n'importe qui aurait compris que ce n'était pas dans ses intentions.

« Qu'est-ce que tu viens fiche ici, Liesbeth ?

— Je viens pour ce que Julien t'a demandé hier.

— J'y ai déjà répondu. Walter ne prendrait même pas sa mère en stop.

— Maman ! protesta Laura.

— Quoi "maman" ? »

Elle roulait des yeux furieux en direction de Laura.

« J'ai tout dit à Liesbeth, tout ce que tu m'as raconté.

— T'aurais pas dû ! On ne lave pas son linge sale devant les étrangers.

— Walter a bien pris Bénédicte en voiture tout de même, avança Liesbeth.

— Mais non ! C'est des carabistouilles, tout ça ! Tu veux savoir la vérité, Liesbeth ? Walter est parti pour une autre femme. Aussi vrai que je te le dis ! Qu'est-ce que tu vas chercher ? Que Walter est un homme à s'intéresser aux minettes ? Walter, il aime les femmes, ça oui, avec de l'avant-scène et du cul, si tu veux le savoir. Il en a dégotté une, je ne sais pas où. Ils ont baisé dans la voiture, ça ne pouvait plus attendre, et maintenant il s'est taillé avec cette pute. C'est lui-même qui me l'a annoncé avant de claquer la porte.

— Mais, maman, ce n'est pas ce que...

— Ce que je t'ai dit ? Je te l'ai dit pour te faire venir, sinon tu n'aurais pas bougé. Tu m'aurais envoyée promener, comme quoi que c'était bien fait pour ma poire, hein ? Je voulais pas rester seule. Voilà tout. La vérité, vous la connaissez maintenant. Alors, s'il te plaît, laisse-nous, Liesbeth. »

Liesbeth se leva de l'inhospitalière chaise ardennaise. Julie passa à la cuisine et revint dans le corridor avec l'avis de recherche plié en deux que Julien lui avait laissé la veille.

« Tiens, rends ça à ton homme. Tu peux lui répéter que Walter n'a rien à voir avec cette pisseuse. »

Laura suivit Liesbeth jusqu'à la Golf. Julie ne sortit pas. Elle les regardait du seuil, puis, quand Liesbeth s'installa au volant, elle cria : « Allez, Laura, reviens maintenant ! Tout de suite, s'il te plaît ! » Comme si elle s'adressait à une petite fille.

Mais Laura ne l'écouta pas. Elle se pencha vers Liesbeth qui fit descendre sa vitre. Elle murmura : « Il faut l'excuser. »

Julie eut un geste de dépit, elle referma la porte d'entrée, à deux reprises, toujours plus fort, parce que, la première fois, un pan de sa robe de chambre s'y était pris.

« Ta mère est paniquée, je crois.

— Qu'est-ce que vous allez faire ?

— Voir la police. Cela vaut mieux, tu sais.

— Pouvez-vous attendre une heure ou deux ? Je sais peut-être où est papa.

— Ah ? Où ça ?

— Je ne peux pas vous le dire mais, je vous en prie, attendez deux heures. Si je ne vous ai pas rappelée d'ici là, allez-y. »

Liesbeth hésita. Elle voyait les yeux suppliants de Laura. Alors elle dit : « D'accord » et elle démarra.

Elle s'imaginait en s'éloignant que son cœur sens dessus dessous après ce qu'elle venait d'apprendre, mortifié par la hargne de Julie, allait retrouver son calme. Mais, quand elle s'arrêta au bout de la rue du Lavoir, avant de remonter chez elle, il s'agitait encore. Il fallait qu'elle reste un peu seule avant de rejoindre Julien.

Elle laissa descendre la Golf vers le pont de la Sûre, l'arrêta à l'entrée du chemin forestier, le long de la berge. Elle marcha jusqu'au pont, alluma une cigarette et s'appuya sur le parapet pour regarder les eaux. Elles étaient bruyantes, grasses et brunes. À chaque crue, en traversant les pâtures de la vallée, le courant arrachait de grosses tranches de berge qui le transformaient en brouet.

Qu'est-ce que Walter avait fabriqué ? Il avait enlevé Bénédicte, ça ne faisait pas un pli. La pirouette de Julie, évidemment, ne tenait pas debout. Un accès de folie, mais pourquoi ? Aucune idée. Seul le fracas de la Sûre si modeste, si paisible, si claire d'habitude semblait lui crier la vérité. Elle l'avait sous les yeux : les natures les plus tranquilles sont capables des pires débordements.

Elle resta là un bon bout de temps, puis repartit, remplie de perplexité. Son cœur avait repris son pas régulier. Il se croyait quitte d'émotions pour ce jour-là. Mais, quand elle fut en vue de la maison, il repartit à la galopade. Un Transporter Volkswagen de la police d'Arelborn stationnait devant l'entrée !

Avant qu'elle pût venir se ranger à ses côtés, elle dut céder le passage au tracteur de Larondelle qui trimbalait une boule de foin au bout de son chargeur. Les yeux du fermier, d'abord braqués sur le véhicule des forces de l'ordre, pivotèrent vers elle et de ses dents éparses fusa un sourire sardonique. Ce qu'elle avait voulu épargner à Walter – la rumeur provoquée par une descente de police – s'apprêtait à lui retomber sur le nez.

La gorge serrée, elle poussa la porte. Dans le séjour, deux hommes en uniforme, pas de Julien. L'un était penché sur la table basse entre les fauteuils, il fouinait dans les magazines périmés qu'elle rapportait du Trévire. L'autre était debout devant le seul tableau accroché au mur, un Willoos que Julien avait acheté sur un coup de tête, représentant un bouquet de tulipes, dont une brisée, la corolle inversée, un pétale tombé au pied du vase.

« Où est Julien ? »

Les deux policiers se tournèrent vers elle, figée près de la porte, comme si elle redoutait qu'ils ne lui mettent le grappin dessus. Celui qui examinait le tableau s'avança.

« Il est à l'étage, madame », fit-il en montrant l'escalier. Et, aussitôt, d'en haut, la voix de Julien lui parvint :

« J'arrive, Liesbeth, je descends tout de suite.

— Mais qu'est-ce qui se passe ?

— Je vais vous expliquer. Je me présente : Toussaint, de la police d'Arelborn et, là, mon collègue, Martini. Voulez-vous vous asseoir ?

— M'asseoir ? Comment ça ? »

Le comble, non ? Elle était chez elle et c'était le visiteur qui l'invitait à s'asseoir !

« Bien, comme vous voulez. Nous devons emmener votre mari, madame.

— L'emmener où ça ?

— Au commissariat.

— Qu'est-ce que c'est que cette histoire ? Qu'est-ce qu'il a fait ?

— Un magistrat du parquet doit lui poser quelques questions.

— Me voilà, Liesbeth ! » reprit la voix de Julien, et il apparut au haut de l'escalier. Il marqua un temps d'arrêt, comme un accusé entrant dans le box, puis descendit posément. Sur un bras, il portait, plié, son caban de chauffeur. De l'autre côté, à la main, il tenait le petit sac en cuir qu'ils avaient acheté en janvier quand ils étaient allés voir David à l'École royale militaire. Ils avaient décidé de passer la nuit à l'hôtel à cause du risque de neige quand ils rentreraient à Montange. Le chasse-neige communal ne passait que de jour.

« Qu'est-ce que tu fais ? »

Liesbeth se précipita, elle lui enleva la petite valise des mains.

« Il est possible que votre mari doive rester chez nous, madame. Tout dépend de la décision du magistrat. Je lui ai conseillé d'emporter quelques effets. Simple précaution. Si ça tombe, il sera de retour dans la journée. »

Julien opina, d'un air désolé.

« Expliquez-moi, je ne comprends rien.

— On peut peut-être s'asseoir une minute, suggéra Julien.

— Je l'avais déjà proposé », fit remarquer Toussaint.

Ils prirent place autour de la table, sauf Martini qui, sur un geste de Toussaint, se posta près de la porte d'entrée et, pour ne pas avoir l'air de la garder, se mit en devoir de surveiller la rue déserte par la fenêtre.

« J'ai déjà tout exposé à votre mari, il pourrait lui-même...

— Non, non, allez-y, coupa Julien, moi, ça me dépasse. »

Toussaint semblait tout aussi mal à l'aise.

« En principe, je dois juste vous emmener, ce n'est pas à moi de donner des justifications. Mais, bon, on n'est pas des sauvages, hein ? Donc, voilà ce qui se passe. Nous avons reçu un appel du fils de Mme Charlier.

— Quelle Mme Charlier ? demanda Liesbeth.

— Marie-Louise, dit Julien. Charlier, c'est son nom de jeune fille. Ferdi est chez elle.

— Ce garçon nous a informés qu'il venait de recevoir un coup de téléphone à propos de sa sœur. Un coup de téléphone très curieux, très embarrassant. L'individu lui a fait ce message : “Bénédicte est allée rejoindre Annelise.”

— Mon Dieu, souffla Liesbeth, une main sur la bouche. C'est affreux... Qui a pu ? »

Elle se tourna vers Julien. Un instant, elle ne put empêcher un doute affreux de s'emparer d'elle, en se rappelant leur conversation du matin, quand il lui avait dit qu'il ne cessait de penser à Annelise quand il voyait Bénédicte, qu'il n'arrivait pas à dissocier la vivante de la morte. Julien devina ses pensées, il ne put que secouer la tête.

« Le jeune homme nous a précisé qu'Annelise est votre fille... malheureusement décédée. Le commissaire a prévenu le procureur du fait qu'il existe désormais une sérieuse présomption de meurtre dans cette affaire. Un magistrat va être désigné. Le commissaire est chargé de lui présenter votre mari.

— Mais pourquoi ?

— Qui aurait pu utiliser cette formule ? Annelise, c'est bien votre fille ?

— Alors, j'aurais pu tout aussi bien. Emmenez-moi !

— C'est une voix d'homme qui a appelé, madame.

— C'est complètement absurde. Julien, enfin, dis quelque chose !

— J'ai essayé, Liesbeth.

— Quand est-ce que mon mari aurait pu enlever Bénédicte ?

— Jeudi après-midi, quand je suis revenu du boulot. Ils supposent que Bénédicte était rentrée à ce moment-là. C'était déjà l'idée de Mehdi. D'ailleurs, vous devriez sonder le jardin. Ma femme croit que je l'ai bêché mais, en fait, j'ai enterré la gamine dans le parterre des patates. »

À peine si l'ironie perçait sous l'accablement. Toussaint soupira.

« Vous savez, nous autres, nous faisons juste ce qu'on nous ordonne de faire. »

Il fit mine de se lever, mais Liesbeth le retint par le bras.

« Attendez, attendez ! Il est quelle heure ?

— Une heure et quart.

— Bien. Dans ce cas, j'ai quelque chose à vous dire. Tu leur as parlé de Walter, Julien ?

— Non... J'attendais.

— Eh bien, écoutez, je vais vous dire qui a enlevé Bénédicte. C'est Walter Holz.

— Holz ? Qui est-ce ?

— Un homme du village. Un bûcheron. Jeudi matin, Julien l'a vu devant lui au rond-point de la Barrière. Il y avait une fille dans sa voiture. Dis-leur, Julien.

— Oui, enfin, je crois, il me semble avoir vu une fille avec des cheveux comme Bénédicte.

— Il vous semble ou vous êtes sûr ?

— Il est sûr, mais il est trop honnête. Tu ne t'es pas trompé, Julien. Je viens de chez Walter, monsieur l'agent.

— Inspecteur.

— Oui, inspecteur. Je suis allée chez Walter, ce matin. Jeudi soir, il a avoué à sa femme qu'il avait pris quelqu'un en stop et, cette nuit, il n'est pas rentré chez lui ! Sa femme ne sait pas où il est passé.

— Alors, Julie t'a parlé ! Enfin ! » murmura Julien.

Il la dévisageait comme un miraculé tourne des yeux incrédules et bouleversés vers la statue qui, contre toute attente, vient de l'exaucer.

« Pas Julie, Julien, sa fille, Laura. Julie l'a appelée, tellement elle est inquiète. Laura m'a tout raconté. Walter a disparu. Comme Bénédicte. C'est quand même bizarre, non ? (*Cela à l'adresse de Toussaint. Il la fixait avec une moue dubitative, sans se prononcer.*) Le coup de téléphone, il venait d'où ?

— Nous ne le savons pas encore.

— Comment ça ? Vous ne le savez pas ! Apparemment, ça ne vous a pas empêchés de supposer qu'il venait d'ici, pourtant. Julien n'a pas bougé d'une semelle depuis ce matin !

— Nos services procèdent aux vérifications auprès de Belgacom. Nous sommes samedi, il n'y a pas de personnel disponible tout de suite chez eux. Cela va demander un peu de temps.

— C'est Walter qui a téléphoné.

— Je veux bien vous croire, mais pourquoi ce Walter aurait-il utilisé le nom de votre fille, Annelise ? »

En effet, comment Walter aurait-il ajouté cette cruauté insensée à la bêtise incompréhensible qu'il avait déjà commise ? Rien de tout cela ne cadrait avec l'homme qu'elle avait autrefois consolé dans la cuisine du Trévire.

« Walter est une ordure, marmonna Julien.

— Ne dis pas ça, rétorqua doucement Liesbeth.

— Vous expliquerez tout cela au commissariat, monsieur, allons-y. »

Cette fois, Liesbeth ne le retint plus. Dans l'immédiat, il ne restait qu'à faire le gros dos, elle le voyait bien. Elle n'avait plus d'yeux que pour Julien qui déjà obéissait, enfilait son caban et ramassait son sac en cuir.

« Tu as pris ta crème après-rasage ? demanda-t-elle comme si c'étaient les seuls mots affectueux qu'elle pouvait prononcer devant des étrangers.

— Oui, rassure-toi », répondit-il. Ses yeux pleins de reconnaissance disaient assez qu'il l'avait bien comprise.

Martini ouvrit la porte. Julien s'assit à l'arrière du Transporter. Martini alla prendre place au volant.

Mais, comme Toussaint s'apprêtait à refermer la portière arrière, le pick-up de Mehdi arriva en trombe et vint se caler de travers devant le véhicule, une moitié encore sur la chaussée, ce qui obligea le tracteur de Larondelle, qui redescendait avec une nouvelle boule de foin, à manœuvrer. Le fermier put se délecter de la scène. En trois bonds, en effet, Mehdi était devant Toussaint médusé, il l'avait bousculé, il était à l'intérieur du fourgon. Il saisit Julien par le col en hurlant : « Salaud ! Salaud ! Je le savais que c'était toi ! » et il lui balança un coup de poing en pleine figure.

« Nom de Dieu ! Martini ! » cria Toussaint. Il ceintura Mehdi des deux bras, le tira de toutes ses forces à reculons. Le crâne de Mehdi vint choquer le montant de l'ouverture avec un petit ploc ridicule, et il se retrouva dehors, au sol, sur le derrière. Martini enfin était aux côtés de Toussaint. Ils se penchèrent vers Mehdi autant pour le relever que pour le retenir. Par chance, il était à moitié sonné.

Liesbeth se précipita dans le fourgon. Julien se tenait la mâchoire. Un filet de sang coulait de sa bouche. L'orbite de son œil droit était rouge.

« Ce n'est rien, ce n'est rien ! » insistait-il, en se dérobant à ses gestes, tandis que Liesbeth s'efforçait de lui tamponner la bouche avec son mouchoir sans cesser de répéter : « Mon Dieu ! Mon Dieu ! »

La radio de bord crépitait : « Toussaint, Toussaint, tu m'entends ? Allô, Toussaint ? »

Les deux policiers ramenaient Mehdi vers le pick-up. Quand il fut à bord, Martini lui fit donner ses papiers. Toussaint revint vers Julien.

« Ça va ?

— Ça va aller. »

La radio continuait à appeler. Toussaint bascula le commutateur.

« Toussaint. J'écoute.

— Ah, pas trop tôt ! Le coup de fil dans l'affaire d'enlèvement a été localisé. Il vient de la Côte. Haanzee, exactement. Le commissaire te dit d'y aller mollo avec le témoin que tu dois ramener. »

15

Avant que Toussaint ne vienne le retrouver, Mehdi attendit plus d'une heure dans le couloir du commissariat, où un jeune agent lui avait désigné un banc. Il s'était ensuite replié dans le bureau vitré juste en face, où il pianotait sur un ordinateur tout en levant régulièrement la tête vers Mehdi. Chaque fois qu'il rencontrait ses yeux, Mehdi détournait les siens. Il aurait voulu renverser la nuque contre le mur mais, au premier essai, il s'était redressé aussitôt. La blessure qu'il s'était faite quand Toussaint l'avait arraché du fourgon s'était réveillée. Il avait passé la main sur son crâne et, du bout des doigts, il avait repéré une profonde entaille dans laquelle ses boucles s'engluaient.

Tout de même, il avait eu le temps de cogner ce faux-cul de Julien. Il ne regrettait rien. Si jamais il avait touché à un cheveu de Bénédicte, il lui ferait la peau. Juré. Il était prêt à affronter Martini. Il pensait bien qu'il aurait affaire à lui, vu que c'était Martini et non Toussaint qui avait confisqué ses papiers et lui avait enjoint de venir les rechercher au commissariat. Vérification d'identité !

Les deux policiers avaient emmené Julien dans le Transporter. Il les avait suivis. Au commissariat, il les avait perdus de vue, il s'était présenté dans le hall d'entrée, où l'attendait le jeune agent, prévenu par radio certainement.

Sans la blessure au sommet de son crâne qui s'était cruellement rappelée à son souvenir et qui lui élançait maintenant, ce qu'il aurait souhaité plus que tout, ç'aurait été de s'assoupir un moment. Ne plus penser. Mettre la machine à gamberger en veille. Un peu de répit avant... Ah, arrêtons, arrêtons !

La nuit, il n'avait pas trouvé un seul instant de sommeil. Pas question de dormir avec Sandra. Il s'était allongé sur le Chesterfield dans son bureau. Sûrement, elle l'avait entendu rentrer, mais elle n'était pas descendue.

Il ne pouvait plus la supporter. Depuis longtemps, elle lui tapait sur les nerfs, sans qu'il ose se l'avouer. Maintenant, c'était clair. Son aversion le soulageait presque. Il y fourrait tous les ressentiments qui s'accumulaient en lui : contre le crétin qui avait bavé sur Bénédicte au Trévire ; contre Julien déjà, qu'il soupçonnait malgré les apaisements de Liesbeth – une remarquable prémonition de la vérité, non ? – ; contre Marie-Louise enfin qui l'avait plaqué définitivement pour un m'as-tu-vu à stéthoscope.

Puis, flottant par-dessus toute cette amertume, il y avait l'angoisse pour Bénédicte, qui l'étouffait. Où se trouvait-elle à ce moment précis ? Perdue dans la nuit, seule, captive, brutalisée... qui sait ? Des images de tendresse surgissaient du passé, qui se transformaient soudain en reproches et l'accablaient. Il n'avait pas su protéger son enfant.

Le matin, il avait avalé son café en face de Sandra silencieuse, reniflant par à-coups. Il aurait aimé la gifler. Puis il était parti avec le pick-up déposer quelques affiches supplémentaires, jusqu'à ce que Ferdi l'appelle, lui demande de venir à Montange auprès de Marie-Louise. Il expliquerait.

En passant devant chez Julien, il avait remarqué le véhicule de police, il avait imaginé qu'on l'interrogeait sur les fréquentations de Bénédicte dans le bus. Mais, après que Marie-Louise lui eut rapporté le coup de fil avec son affreuse allusion à Annelise, il avait bondi jusque chez Julien dans l'idée de lui casser la figure. Il était tombé sur les flics occupés à l'embarquer.

Est-ce qu'ils allaient réussir à lui faire cracher le morceau ? « Rejoindre Annelise », qu'est-ce que cela voulait dire ? Le pire, il se refusait à l'envisager. Cette formule avait un autre sens. Bénédicte devait être quelque part, pas très loin, forcément. Les deux policiers étaient repartis pour la délivrer peut-être, ce qui expliquait cette attente interminable.

Enfin, Toussaint apparut au bout du couloir. Il se précipita à sa rencontre, suivi presque aussitôt du jeune agent qui avait jailli lui aussi de son local. Toussaint leva le bras : « Ça va, Dylan ! Je m'en occupe.

— Où est-elle ? demanda Mehdi.

— On ne le sait pas encore.

— Julien n'a pas avoué ?

— Julien Stoquès n'est pour rien dans cette histoire.

— Comment ça ? »

La main dans le dos, Toussaint le poussa vers le bureau vitré.

« Laisse-nous un moment, Dylan, si tu veux bien. »

Le jeune ramassa son képi et sortit.

« Le coup de téléphone à ma femme, ça ne peut être que Julien, pourtant !

— Eh bien, non. Nous avons identifié le coup de téléphone. Il ne venait pas de chez lui et Julien n'a pas quitté sa maison ce matin. Le type qui a appelé était loin d'ici.

— Où ça ?

— Je préfère ne pas vous le dire, nous nous en occupons.

— Mais "Annelise" ?

— Votre fils a peut-être mal compris. Il a dit lui-même qu'il y avait beaucoup de bruit. »

Mehdi secoua la tête, il avait du mal à comprendre. Il fit un pas de côté, comme s'il ne lui restait qu'à repartir, mais Toussaint le prit par le bras.

« Asseyez-vous. »

Mehdi s'assit sur la chaise devant le bureau. Toussaint aperçut alors la blessure au sommet de son crâne.

« Dis donc, je vous ai salement arrangé. Il ne faut pas rester comme ça. »

Il ouvrit une armoire métallique derrière le bureau et en sortit un coffret marqué d'une croix rouge. Il en retira un flacon d'éther et de la ouate, se pencha sur la tête de Mehdi et commença par dégager la plaie des cheveux poisseux qui l'encombraient.

« Ça fait mal ? »

Mehdi ne répondit pas. Il grimaça seulement quand Toussaint y versa du mercurochrome. Puis, comme si la douleur lui avait rendu l'usage de la parole, il marmonna : « Si ce n'est pas Julien, qui est-ce alors ? »

Toussaint rangea la pharmacie de secours, il prit place au bureau.

« Écoutez, monsieur Maziri, quand vous êtes venu déclarer la disparition de votre fille ici même, hier matin, je vous ai dit de nous laisser faire. Je voyais bien que vous étiez très remonté et je le comprends. Mais, dans ce genre de situation, il vaut mieux s'en remettre à ceux dont c'est le métier. Vous vous démenez comme un beau diable, mais qu'est-ce que vous avez réussi jusqu'ici ? Frapper un innocent, c'est tout.

— Je m'excuse.

— Il pourrait porter plainte, vous savez.

— D'accord, qu'il le fasse, c'est normal.

— Il n'en a pas l'intention, vous avez de la chance.

— Ah... »

Il aurait dû éprouver au moins un peu de reconnaissance envers Julien, mais il n'en trouvait pas. Plus tard... quand Bénédicte serait revenue.

« Ce coup de téléphone, vous savez qui l'a donné, maintenant ?

— Nous avons une piste très sérieuse.

— Quoi ? Laquelle ?

— Monsieur Maziri ! Je vous le répète, ne vous mêlez pas de l'enquête, de grâce. Vous risquez de tout faire échouer. »

Toussaint lui tendit une enveloppe qui portait son nom.

« Reprenez vos papiers. Rentrez chez vous, ou à Montange, Mme Charlier a peut-être besoin de soutien, non ? Essayez de rester calme. Nous allons retrouver Bénédicte, je puis vous le garantir. C'est une question d'heures, sans doute. »

Mehdi quitta le commissariat. Une fois dans le pick-up, d'abord il ne sut où aller. L'innocence de Julien le choquait plus encore que sa culpabilité. Julien coupable, c'était tellement simple. Maintenant il était renvoyé à la case départ. Un cruel jeu de l'oie. Il prit sans réfléchir la direction de sa maison, mais parvenu devant le panneau « Nord-Construction. Entreprise générale de bâtiment », il eut envie de s'enfuir. Par un bref coup d'œil, il avait remarqué la fenêtre ouverte à l'étage et un édredon qui pendait à l'extérieur, posé sur le rebord. Le samedi, Sandra aérait la literie. Sandra était une femme d'une hygiène impitoyable. Elle aurait tout aseptisé. Elle avait aseptisé sa vie.

Il se rendit à Montange. Devant chez Julien, il ralentit. Est-ce qu'il n'aurait pas dû aller s'excuser ou, du moins, rassurer Liesbeth ? Elle devait se faire un sang d'encre. Après tout, c'était l'affaire de la police. Toussaint lui avait déjà téléphoné certainement. Il continua. Ce n'était pas une petite lâcheté supplémentaire qui allait changer quoi que ce soit au marasme de son âme.

Ferdi était seul dans le salon, de faction près du téléphone.

« Où est maman ? »

Il aurait dû dire « ta mère », comme il en avait pris l'habitude depuis le divorce, mais le mot était accouru de lui-même du passé à ses lèvres, comme s'il pouvait relever de ses décombres la famille qu'ils avaient été.

« En haut. Elle se repose. »

Il repassa dans le vestibule, mais s'arrêta au pied de l'escalier. Ses yeux fixaient les dernières marches qui s'incurvaient avec souplesse contre le mur en direction du palier, comme un bras posé sur une épaule amie. Autrefois, Marie-Louise montait la première quand ils allaient se coucher. Elle se préparait dans la salle de bains tandis qu'il coupait le gaz, s'assurait que les portes étaient verrouillées et éteignait les lumières. Quand il prenait l'escalier, lui-même était dans la pénombre, il ne restait que l'éclairage du dessus qui tombait sur la courbe des derniers degrés. Cette lumière était la première douceur de la nuit.

Il ôta ses chaussures. C'était la règle alors, pour ne pas abîmer le parquet qu'il avait posé lui-même, et ne pas réveiller les enfants. Il monta, le cœur ballotté par ce souvenir qui venait se mêler à son angoisse.

Il poussa la porte de la chambre. Marie-Louise était étendue sur le lit, non pas au milieu, mais à droite, à la place qu'elle avait toujours occupée quand ils étaient deux. Elle souleva les paupières. Ses yeux étaient rouges.

« Entre », murmura-t-elle.

Il vint par son côté à lui, à gauche, et s'assit sur le couvre-lit, le buste tourné vers elle. Il lui toucha le bras.

« Ce n'est pas Julien qui a téléphoné. »

Elle souleva les sourcils, étonnée.

« Ah, bon... »

Elle semblait soulagée. Sur le coup, elle ne réfléchissait pas que les propos de l'homme au téléphone étaient encore plus incompréhensibles.

« Mais alors, qui est-ce ?

— On ne le sait pas encore. La police a une piste.

— Quoi ?

— Ils n'ont pas voulu me le dire... Ils sont tout à fait optimistes.

— Dieu t'entende, Mehdi ! »

Elle le regarda avec une infinie gratitude, comme si c'était lui qui était en train de débrouiller toute l'affaire. En voyant son expression, lui-même retrouva un peu d'espoir, il voulut croire soudain à ce que Toussaint avait promis, que c'était une question d'heures, qu'on allait retrouver Bénédicte. Il ne pensait plus du tout à Julien. Il communiait au visage de Marie-Louise.

Elle amorça un geste pour écarter une mèche de cheveux, il l'interpréta comme une invitation à s'étendre à côté d'elle, à son ancienne place. Il pivota et s'allongea. Elle ne protesta pas. Au contraire, elle posa sa main sur la sienne.

« Tu crois qu'on la retrouvera... vivante ?

— Les policiers en sont convaincus. »

Bien sûr, Toussaint n'avait rien promis de tel, mais il lui semblait que, s'il pouvait rendre confiance à Marie-Louise, fût-ce par un mensonge, il puiserait en elle la force de croire à son tour.

« Ah, si ça pouvait être vrai !

— C'est vrai, Marie-Lou. »

Elle obliqua la tête vers lui et le considéra longuement.

« Qu'est-ce qui nous est arrivé, Medhi ? »

Il ne s'agissait pas de Bénédicte seulement, mais de leur vie à eux deux, qui avait commencé de cette manière, côte à côte sur un lit. Il allait la voir dans sa chambre d'étudiante et ils restaient des heures parfois, étendus de la même façon, tout habillés, sur un lit semblable, plus étroit seulement. Ils causaient, ils faisaient des projets, ils s'embrassaient. Cela n'était jamais allé plus loin. Ce n'était pas Marie-Louise qui refusait – elle n'était pas bégueule pour deux sous –, c'était lui. Pourquoi ? Parce que, dans le pays d'où il venait, c'était ainsi. Il voulait qu'ils se marient d'abord. Il la respectait. Par contre, il n'avait jamais respecté Sandra.

Qu'est-ce qu'il aurait pu répondre ? Il soupira, puis murmura :

« Je regrette, Marie-Louise. Si tu savais comme je regrette. »

Elle pressa légèrement sa main, puis, après un moment, elle demanda : « Tu crois que Bénédicte est partie à cause de nous ?

— ... C'est possible. »

Allaient-ils se réconcilier, effacer le passé, reprendre la vie commune ? Ils y pensaient tous les deux à ce moment sans doute, mais ils savaient que cela ne se pourrait. La vie, hélas ! n'est pas un roman. Ce qui a été ne saurait disparaître d'un coup de torchon. Une objection plus profonde d'ailleurs enfouie en eux-mêmes leur susurrait qu'il y aurait eu de l'indécence à profiter du malheur de leur fille pour se retrouver. Ç'aurait été payé un peu cher. Ils tardaient à se relever seulement parce que c'était la dernière fois qu'ils seraient ainsi unis sur la même couche, comme ils l'avaient été si souvent, comme ils auraient dû le rester jusqu'à devenir des gisants, côte à côte, sous la même dalle.

Du temps s'écoula encore très lentement, par grâce, puis ils entendirent Ferdi appeler au pied de l'escalier.

« Papa ? Maman ? Vous descendez ? »

Ils se redressèrent, chacun sur son versant. Mehdi avait laissé une tache de sang sur l'oreiller. Ils descendirent sans se regarder. Marie-Louise ne la vit pas.

À la cuisine, Ferdi avait préparé du café, les tasses étaient sur la table. Ils s'assirent à leurs places d'autrefois. Ferdi avait sorti le sucrier dont personne ne se servait sauf Mehdi. En dessous, il y avait un demi-feuillet couvert de gros caractères avec des points d'exclamation et d'interrogation rangés par trois.

« On vient de glisser ce papier sous la porte.

— Qui ça ?

— J'ai vu la Passat des Vanhool qui repartait.

— Passe-le-moi. »

Aux habitants de Montange ! ! !

Une jeune fille de notre village a disparu ! ! ! Allons-nous tolérer un retour aux sombres années de l'affaire Dutroux ? ? ? Une famille est plongée dans l'angoisse. Apportons-lui notre soutien ! ! ! Tous à sept heures devant l'église pour un moment de recueillement et de solidarité ! ! ! Une pétition sera signée afin d'exiger la restauration de la sécurité de nos enfants dans les bus vicinaux aux mains de sinistres prédateurs.

Le Comité blanc de Montange

« Qu'est-ce que c'est que ce Comité blanc ?
— Les Vanhool sans doute.
— Mais de quoi se mêlent-ils ? On n'a rien demandé.
— Laisse-moi voir », demanda Marie-Louise.
Elle parcourut le texte rapidement.
« Une pétition pour les bus vicinaux ?
— Julien, murmura Mehdi. Ils en veulent à Julien. Quand la police l'a embarqué tout à l'heure, Larondelle est passé. Tout le village doit être au courant.
— Mais puisqu'il n'a rien fait !
— Rien fait ! C'est lui qui a téléphoné ! protesta Ferdi.
— Ce n'est pas lui, l'appel venait d'autre part. On m'a tout expliqué au commissariat. Ils ont localisé l'endroit d'où on a appelé.
— Ah bon ! Tu aurais pu me le dire.
— J'allais le faire, Ferdi.
— Alors, qui était-ce au téléphone ?
— Je ne sais pas. Les enquêteurs cherchent.
— Et le coup de téléphone, d'où venait-il ?
— Ils n'ont pas voulu me le dire. Pour préserver le secret de l'enquête. Mais ils avancent.
— En tout cas, il faut empêcher cette pétition. Je vais jusqu'à l'église, coupa Marie-Louise.
— Non, pas toi, Marie-Lou. C'est moi qui vais y aller. »
Il était six heures et demie. Mehdi avala son café.
« Je t'accompagne, papa.
— Laisse. Reste avec maman. »
Il grimpa dans le pick-up et monta vers l'église. Devant chez Julien, le Transporter de la police venait

de s'arrêter. Il vit Julien descendre, le dos courbé. Il ralentit, le temps qu'il rentre chez lui, il ne voulait pas risquer de croiser son regard.

Sur la place de l'église, la Passat des Vanhool était déjà là. Vanhool vint à sa rencontre.

« Mehdi, on est avec toi, tu sais, mon vieux.

— D'accord, Éric, c'est gentil, mais qu'est-ce que vous fabriquez là ?

— Un rassemblement, tiens ! Pour vous soutenir. Ferdi est dans la même classe que mon fils, Pierre.

— Arrête ça, s'il te plaît.

— Comment veux-tu que j'arrête ? C'est en route maintenant.

— Ça ne sert à rien, je t'assure.

— Ce n'est pas seulement pour ta fille, Mehdi. On pense à tous nos gosses. Tu te rends compte qu'on n'est plus en sécurité nulle part, même ici à Montange ? Qui aurait cru qu'un type comme Julien...

— Julien n'a rien fait.

— Les flics l'ont emmené, si je ne m'abuse. Paraît même que tu étais aux premières loges.

— Je suis allé au commissariat. Il n'a rien fait, je te dis, absolument rien. C'était une erreur. Alors, reste tranquille avec ta pétition. »

Quelques personnes étaient arrivées. Elles se tenaient à l'écart pour ne pas gêner Vanhool en conversation avec le père de la victime. Elles le laissaient mener la barque. C'était un type énergique. Trader à Luxembourg, il avait besoin de la campagne pour décompresser. Il adorait Montange. L'année précédente, il avait balisé à ses frais deux chemins de randonnée dans les collines. Il avait chaussé ses bottines de trekking et tenait une canne ferrée à la main, avec laquelle il se flattait d'avoir tué un blaireau, l'hiver passé.

Il s'éloigna vers le groupe des villageois qui parlaient à voix basse et se turent quand il les rejoignit. Une trentaine d'hommes surtout, plus quelques femmes, étaient là maintenant. Quelqu'un avait apporté une pancarte sur laquelle on pouvait lire :

« PÉDOPHILES : PENNE DE MORT »

Le clocher se mit à sonner l'heure. Après le septième coup, Vanhool prit la parole.

« Chers amis montangeois, nous sommes ici pour témoigner notre sympathie à la famille de Bénédicte. Son papa a tenu à se joindre à nous. »

Il fit un signe à l'adresse de Mehdi qui n'était pas descendu du pick-up et qui ne broncha pas davantage.

« Je vous propose une minute de silence, après quoi nous regagnerons nos foyers avec dignité.

— Et la pétition ? demanda le partisan de la "penne" de mort.

— Non, pas de pétition.

— Les flics ont pourtant arrêté quelqu'un.

— Cette personne est tout à fait innocente... J'ai pris mes renseignements.

— Innocente ou protégée ! On connaît ça ! »

Un murmure parcourut les rangs. On était déçu, tellement déçu que ce n'était plus la peine de rester là. À quoi rimait cette minute de silence qui ne faisait même pas mettre pied à terre au père de la disparue ? Quelques-uns à l'arrière s'éclipsèrent en douce, puis les autres suivirent pour ne pas rester là comme des nigauds.

Mehdi fit demi-tour. L'instant d'après, il aperçut le fourgon de police qui avait quitté la maison de Julien et obliquait vers la rue du Lavoir. Il ralentit, lui laissa prendre de l'avance et le suivit à distance. Au dernier virage avant le bout de la rue, il s'arrêta sur l'accotement. Et, de là, il vit Toussaint et Martini qui entraient chez Walter.

Dimanche 20 mars 2005

16

À cause de sa petite taille, l'inspecteur Léonard de la police fédérale détestait être debout en présence d'autres policiers. Tant que tout le monde n'était pas assis, il desserrait à peine les dents, ou alors uniquement pour laisser filtrer un bredouillage inintelligible. Du fait que ses yeux restaient rivés à la pointe de ses chaussures, on l'imaginait absorbé dans ses pensées. En réalité, il préférait ne regarder personne. Il aurait fallu pour cela tendre le cou en diagonale vers son vis-à-vis, extension qui lui rappelait désagréablement que ses cheveux, pourtant en brosse, dépassaient rarement le niveau du menton de son interlocuteur.

Léonard avait beau lutter contre ce complexe ridicule – après tout, il surclassait d'un centimètre Dustin Hoffman, il l'avait découvert dans un magazine de cinéma, et la largeur de ses épaules aurait fait l'envie de bien des géants – c'était plus fort que lui. Face aux grands – ses jeunes collègues l'étaient de plus en plus –, il ne pensait plus qu'à sa taille. Ce n'est qu'une fois assis, lorsque tous les bustes redescendaient au même palier, qu'il pouvait remettre au travail ses méninges d'enquêteur unanimement respecté.

Il commençait par faire le tour des visages d'un air assuré. Il aurait voulu inspirer le respect mais, bien malgré lui, il suscitait plutôt la sympathie, à cause de ses yeux d'un bleu angélique, qui nuisaient beaucoup plus à son autorité que sa taille, sans qu'il s'en soit jamais avisé.

Justement, le commissaire Schuurman de la zone de police de Haanzee venait de lui demander en flamand s'il voulait du café avant de poursuivre. Léonard avait répondu « *Graag* » en y mettant des *g* si outrageusement français que les deux autres hommes assis à la table de réunion s'étaient fendus d'un sourire jusqu'aux oreilles. Une fliquette à queue-de-cheval leur servit un café très fort, conformément aux instructions de Schuurman, qui aurait supporté, selon ses propres termes, que la petite cuiller tienne debout toute seule dans la tasse. Un pareil nectar ne supporte pas la conversation. Ils le dégustaient religieusement, en y baptisant des spéculoos qui ressortaient du fluide noir convertis en mokas.

La veille, Léonard avait été chargé par le parquet d'Arelborn de tous les aspects de la disparition de Bénédicte Maziri qui dépassaient la zone de police locale. La décision faisait logiquement suite à la localisation du coup de téléphone du présumé ravisseur à la Côte.

Léonard avait d'abord rencontré Toussaint et Martini, alors qu'ils s'apprêtaient à reconduire Julien à Montange. Il avait manœuvré adroitement jusqu'à les mettre tous en position assise dans le réfectoire du commissariat. Julien avait répété une nouvelle fois à son intention ce qu'il avait vu au carrefour de la Barrière, le matin de l'enlèvement. À quoi Toussaint avait ajouté les confidences de Laura à Liesbeth : Walter Holz avait bel et bien pris une personne de sexe féminin en stop ce jeudi-là et maintenant, il était introuvable.

Léonard avait demandé aux deux policiers de profiter de leur trajet à Montange pour aller recueillir officiellement le témoignage de Laura. Pendant ce temps-là, il s'était occupé de faire diffuser un avis de recherche sur les chaînes de télévision francophones et flamandes. Le pays entier découvrit ainsi la photo mélancolique de Bénédicte dans la forêt, vêtue de son blouson à feuille de palmier, que la speakerine mentionnait avec soin dans le signalement de la jeune fille : taille un mètre soixante-cinq environ, corpulence moyenne, yeux bleus, cheveux châtains mi-longs, quinze ans (attention, l'intéressée fait plus que son âge ; tout renseignement, etc.).

À son retour, Toussaint lui avait rapporté que Laura était rentrée chez elle à Charleville. L'épouse, pour sa part, niait farouchement que son mari ait pu s'attaquer à une jeune fille, presque une enfant. Néanmoins, elle ne pouvait expliquer son absence. Ce qu'il aurait pu fabriquer à la Côte, elle se le demandait bien. Il ne jurait que par les bois ; la mer, il détestait.

Il fallait donc retrouver Holz au plus tôt. Toussaint avait demandé une photo. La femme n'avait pu lui fournir que leur photo de mariage, elle n'en avait pas d'autre. Walter portait les cheveux longs sur les oreilles, dans la nuque et sur le front. Le morceau de visage visible était celui d'un freluquet, trente ans plus jeune.

Léonard laissait à Toussaint le soin de convoquer Laura par téléphone et de diffuser le numéro d'immatriculation de l'Opel à l'espace Schengen. Il avait téléphoné à la police de Haanzee afin de prendre rendez-vous pour le lendemain, avait rédigé un rapport aussi complet que possible et l'avait transmis par courriel au commissaire Schuurman.

À ce moment-là, il était vingt et une heures quinze. Rentré chez lui, il avait soupé d'une boîte de rollmops et d'une Orval, puis il s'était couché sans attendre sa femme. Le week-end, elle donnait un coup de main au restaurant de ses parents. À cinq heures, il s'était plaqué contre elle, lui avait soutiré quelques ronchonnements, le temps de lui expliquer qu'il partait en service à la Côte pour la journée.

Au fond de sa tasse de café, il ne restait plus que des grumeaux de spéculoos. Léonard les recueillit à la cuiller, les enfourna et émit un claquement de langue conclusif et satisfait. La fenêtre de la salle était entrouverte. La saveur iodée de l'air marin entrait par bouffées, qui lui rappelaient son enfance, quand sa mère, chaque été, l'envoyait à la mer dans l'espoir de fortifier son petit corps.

Jusque-là, il avait seulement repris en bref et en flamand le contenu de son courriel à Schuurman. Il avait eu le temps de préparer son speech en faisant la route et, s'il en croyait leurs mines engageantes, il n'était pas fâché de l'effet produit sur le commissaire et ses deux acolytes. Maintenant, il fallait passer aux échanges improvisés, qui risquaient d'être plus laborieux.

« *Betreffende Annelise...*, se lança-t-il, *denke ik...*

— J'allais y venir précisément : c'est la question essentielle », l'interrompit Schuurman. Bon prince, il jugeait les efforts linguistiques de Léonard suffisants et remettait la suite sur les rails plus commodes du français.

« En effet, poursuivit Léonard, soulagé, si le kidnappeur est Walter Holz, pourquoi a-t-il utilisé cette formule : “Bénédicte est allée rejoindre Annelise” ? Il y a fort à craindre qu'il ait tué Bénédicte, hélas ! Mais pourquoi présenter son crime de cette façon ? Julien Stoquès m'a expliqué qu'à l'époque de la mort d'Annelise, Holz avait involontairement retardé l'ambulance à cause de son chantier forestier, ce qui avait empêché les secours de sauver sa fille. Stoquès l'avait reproché à Holz. À lui, Holz en avait peut-être gardé rancune. Mais la mère de Bénédicte ? Pourquoi s'adresser à elle de cette manière ? C'est absurde, non ?

— Peut-être pas tant que cela, mon cher Léonard. »

Schuurman plissait les yeux d'un air malicieux.

« Léopold.

— Oui, Léopold. De votre côté, vous avez pensé à cette petite Annelise, mais il y a beaucoup d'*Annelies* ! »

Il claqua des doigts, et l'inspecteur à sa gauche ouvrit la chemise à rabat posée devant lui. Il en retira une photo de grand format qu'il fit glisser à travers la table, dans le bon sens, sous les yeux de Léonard.

« Annelies Vandamme », prononça Schuurman.

Le cliché montrait un visage de femme entre deux âges, les traits tirés, le regard oblique, absent. Certainement pas un portrait, un instantané banal, dont le laboratoire photographique de la police avait gommé le décor.

« Disparue il y a deux ans. Dernier domicile connu à Haanzee. Une femme un peu perturbée. Aimait les balades en Ardenne. Avait l'habitude de faire du stop. Tu saisis, Léopold ?

— Attends, attends... »

Schuurman avait une longueur d'avance. Il laissa Léonard mariner quelques instants, puis reprit avant qu'il n'ait le temps de reconstituer lui-même la démonstration qu'il se réservait de lui exposer.

« Annelies Vandamme a probablement été victime d'un pervers au cours de l'une de ses escapades. Le meurtrier n'a jamais été découvert. Il n'y a qu'au cinéma qu'on les retrouve toujours à la fin du film. Bien sûr, le type a dû se frotter les mains. Mais, ensuite, il a éprouvé de la frustration également. Ce genre de détraqué a envie de se manifester. Il faut qu'on sache que c'est lui. Alors, le jour où il remet ça, il ne peut s'empêcher de rappeler qu'il n'en est pas à son coup d'essai.

— Mais... rien n'indique que Holz puisse passer pour un tueur en série !

— C'est un homme à femmes, non ? Son épouse n'a pas hésité à lui prêter plus d'une aventure, si j'ai bien lu ton rapport.

— Oui, mais de là à tuer !

— Léopold ! Les braves gens qui tuent dans un moment d'égarement portent leurs péchés sur le visage, je n'ai pas besoin de te l'expliquer. Mais les vicieux, on leur donnerait le bon Dieu sans confession. Ils vont même jusqu'à rechercher un effet esthétique à leurs crimes. Ça ne m'étonnerait pas que Holz, après avoir fait disparaître une Flamande en Ardenne, ait voulu faire disparaître une Ardennaise en Flandre. Tu vois ? »

Léonard se renversa sur son dossier et se croisa les bras sur la poitrine, évitant le regard triomphant de Schuurman. Une enquête, avant de servir la vérité, sert d'abord à établir l'intelligence de l'enquêteur.

Le Flamand lui avait sacrément damé le pion. Il devait d'urgence trouver une faille dans son raisonnement, reprendre l'avantage.

Tout à coup, il avança les coudes sur la table. Il réprimait de son mieux la moue caustique qui lui démangeait le coin de la bouche.

« Tout cela, mon cher commissaire...

— Franz.

— *Ja, Franz, met plezier...* Tout cela repose sur une hypothèse de départ, Franz, c'est que l'homme qui a appelé de la cabine téléphonique ici et Holz ne soient qu'une seule et même personne. Le frère de Bénédicte, qui a reçu l'appel, n'a pas pu identifier la voix. Tant qu'on n'aura pas retrouvé Holz, on ne saura pas si c'est lui qui a donné le coup de fil en faisant allusion à une Annelise, la tienne ou la mienne.

— Ah, Léopold, c'est tout de même stimulant de travailler avec vous autres, les Wallons ! Vous êtes tellement perspicaces, cartésiens. Tout de suite le défaut de la cuirasse, hein ?

— Je dis ça pour qu'on parte sur des bases solides, c'est tout, Franz. Je ne me crois pas plus futé qu'un autre.

— *Och ja !* Heureusement, tu sais ce qui nous sauve, nous autres, les Flamands ? L'application ! On n'est pas subtils, mais on est appliqués. Ça compense.

— Sûrement, sûrement.

— Tu veux savoir ce que j'ai fait ce matin ? J'ai mis deux de mes gars sur la plage, près du téléphone. Il n'y a qu'une seule cabine et elle sert de moins en moins. Tout le monde aura bientôt son GSM. Je me suis dit que, si quelqu'un avait utilisé la cabine, on l'aurait peut-être remarqué. Il y a des habitués sur la plage, pas si nombreux que ça en dehors de la saison. Des gens qui emmènent leur chien crotter, des femmes avec des poussettes, des joggeurs. Figure-toi que nous en avons déniché un intéressant. »

Schuurman leva les yeux vers l'horloge murale entre les portraits légèrement de travers du roi et de la reine, censés solenniser la pièce.

« Je lui ai demandé de passer à neuf heures. Il doit être là. »

Il fit signe au policier à sa gauche qui sortit et revint, quelques instants plus tard, avec un jeune homme si scandaleusement grand que, même lorsqu'il fut assis, Léonard se sentit ravalé. Il se poussa sur le bord de sa chaise et tendit au maximum ses muscles fessiers pour se soulever un peu.

« Monsieur Steen, vous parlez français ?

— Oui, ça va.

— Je vous présente l'inspecteur principal Léonard de la police fédérale. Pouvez-vous lui répéter ce que vous avez vu hier matin au cours de votre jogging sur la plage ? »

Steen avait l'air timide et néanmoins satisfait d'un récipiendaire devant le jury d'examen, quand il a tiré la bonne question.

« Eh bien, j'ai vu un homme allongé dans une voiture, un break blanc, sur le parking. Plutôt, c'est mon chien qui a couru jusqu'à la voiture. Il s'est mis à aboyer et je suis allé voir.

— Ah... Et cet homme, vous lui avez parlé ? demanda Léonard.

— Oui, il m'a dit qu'il avait passé la nuit là.

— Il était quelle heure ?

— Sept heures environ.

— Il y avait quelqu'un d'autre avec lui ?

— Non, monsieur.

— Vous avez bien regardé ?

— Oui, même à l'arrière. Juste une couverture, mais personne. »

Le jeune homme et les trois policiers observaient, particulièrement contents, l'effet de cette déclaration sur Léonard. Le témoignage, en effet, tombait tellement à pic que Léonard s'autorisa à railler.

« Tant que vous y étiez, vous n'avez pas relevé le numéro d'immatriculation ?

— Si, bien sûr. D876K, je crois. En tout cas *D* et *K*, parce que j'ai pensé à "Danemark". »

Léonard ravala son ironie. Il n'avait d'abord pas cru que c'était la voiture de Walter Holz, c'était trop beau mais, là, il était devant l'évidence. Il recula une nouvelle fois contre son dossier. Ses fesses lui faisaient mal et, de toute façon, il ne pensait plus à sa taille. Ce qui le préoccupait maintenant, ce qui lui glaçait les sangs même, c'était que Holz était seul.

« Vous êtes bien sûr qu'il n'y avait personne dans la voiture ?

— Je n'ai vu personne.

— Il y avait un hayon sur le coffre à l'arrière ?

— "Hayon" ? Qu'est-ce que c'est ?

— Vous pouviez voir dans le coffre ?

— Oui. Il n'y avait rien. Des bottes de caoutchouc, il me semble.

— Pas de passager ? Une jeune fille ?

— Je vous l'ai dit, monsieur, personne.

— Et cet individu vous a semblé... normal ?

— Oui... Fatigué, peut-être, mais rien de spécial. Quelqu'un d'ordinaire. »

Léonard se tourna vers le commissaire.

« La photo de Holz que je vous ai envoyée, vous l'avez montrée au témoin, monsieur le commissaire ?

— Monsieur l'inspecteur, dit Schuurman sur le même ton officiel, oui, mais comment M. Steen aurait-il pu reconnaître Holz sur cette photo ?

— Le monsieur était plus âgé, intervint Steen, il n'avait pas beaucoup de cheveux.— Ne vous faites pas de soucis, monsieur Steen, cela n'a aucune importance. Si M. l'inspecteur n'a plus rien à demander, je pense que vous pouvez disposer. Inspecteur ? »

Léonard acquiesça. Le commissaire se donna la peine de raccompagner Steen. Quand il revint, il dit à Léonard : « Tu ne m'en veux pas pour la photo, Léopold ? Tu aurais pu tout aussi bien m'envoyer celle de sa communion solennelle.

— On n'en a pas trouvé d'autre.

— Pas de problème. Qu'est-ce que tu dis de tout ça ? »

Ce que Léonard répondit – que la piste était intéressante, que Schuurman avait fait du bon travail –, c'était juste pour clore la réunion au plus tôt et quitter le commissariat. Il avait besoin de se retrouver seul afin de réfléchir.

Il laissa sa voiture. Le temps était superbe. Le soleil brillait tant qu'il pouvait, le ciel était d'un bleu de carte postale, piqueté de petits nuages en flocons. Instinctivement, il se dirigea vers la mer, l'esprit vide, attendant le spectacle des eaux pour renouer le fil de ses pensées.

Tout à coup, il se trouva devant un tram blanc et jaune à l'arrêt. C'était le *kusttram* qui longe la Côte sur toute sa longueur, de La Panne à Knokke. Aussitôt, il pensa à An et Eefje, deux des filles enlevées par Dutroux, qui avaient disparu sur cette ligne au mois d'août 1995, quand il était gendarme à la brigade de surveillance et de recherche.

En vingt-trois ans de service, d'abord BSR, puis à la police fédérale, il avait rencontré pas mal de fripouilles. Des braqueurs, des politiciens véreux, des passionnels. Bien sûr, il n'approuvait pas leur conduite, il la condamnait ; souvent même, elle le submergeait d'horreur. Malgré tout, en chacun de ces malfaiteurs, il lui arrivait presque toujours, à un moment ou un autre, de percevoir, ne fût-ce qu'en un éclair, l'être humain sous le salaud. Au milieu du gâchis de leur histoire subsistait une parcelle intacte qui pouvait faire croire que le coupable s'était simplement fourvoyé à une certaine occasion. En d'autres circonstances, il aurait pu rester dans le troupeau paisible des gens ordinaires, qui commettent le mal, eux aussi, mais raisonnablement.

Il n'y avait qu'une seule espèce de salauds devant lesquels toute sa personne se révulsait au point qu'il était incapable d'éprouver pour eux la moindre pitié. C'étaient ceux qui s'attaquaient aux enfants. Saccager l'enfance, c'est saccager la vie elle-même quand elle tente de remettre un peu d'innocence parmi nous.

Il ne fréquentait pas les églises mais, un jour, aux funérailles d'une petite victime, il avait été frappé par les paroles du Christ : « Mieux vaudrait attacher une meule d'âne à son cou et le précipiter à la mer, celui qui fait tomber un de ces enfants. » Que l'être le plus miséricordieux que la terre ait porté eût prononcé une parole si terrible le remuait jusqu'au fond des tripes.

Walter Holz était-il devenu un assassin d'enfant après avoir été l'assassin d'une marginale ? Pour tout autre criminel, Léonard aurait essayé de percer à jour ses projets en se mettant à sa place. Cela pouvait être presque excitant quelquefois. Mais se fourrer dans la peau d'un pédophile, impossible. Il avait envie de fuir. N'était-ce d'ailleurs pas ce qu'il faisait en se dirigeant vers la plage ?

Le tram repartit. La voie était libre. Mais Léonard fit demi-tour vers sa voiture. Schuurman lui avait indiqué qu'il allait envoyer ses hommes avec la photo de Bénédicte à la recherche de quelqu'un qui l'aurait aperçue. Il n'avait plus rien à faire ici. Si Holz se cachait, c'était probablement dans les parages de Montange, où il s'était replié dans la forêt qu'il connaissait bien.

Le long de la Koninklijke Baan, il remarqua deux policiers à vélo arrêtés près d'un marchand de glaces ambulant à qui ils montraient une photo. Le marchand de glaces avait installé son tricycle devant un magasin d'articles de sport. Des gens venus s'équiper pour le beau temps entraient et sortaient.

Parmi eux se trouvait un vieil homme qui, curieusement, venait d'acheter deux shorts et trois tee-shirts qui ne pouvaient lui être destinés. C'étaient des vêtements de fille. Cela se voyait à leur couleur pastel et, pour les daltoniens, à l'inscription au travers de la poitrine sur le premier tee-shirt : « *I am a magic girl* ».

La caissière sourit en pliant les achats du bonhomme avant de les ranger dans un sac plastique.

« *Voor uw verloofde ?* Pour votre fiancée ? »

Le vieux lui répondit d'un simple clin d'œil. Il passa sur le trottoir, jeta un regard furtif sur les policiers et s'éloigna. Il se mit à trotter d'une allure presque allègre, qu'on ne lui aurait guère imaginée en voyant son visage de vieux Sioux.

Un quart d'heure plus tard, devant une petite maison près des dunes, il faisait tourner deux fois la clé dans la serrure, poussait la porte et s'exclamait dans le corridor : « Bénédicte ! Surprise ! »

17

Les morts, à Montange, habitent au milieu du village. Le cimetière se trouve à deux cents mètres de l'église en montant la rue du Prévôt. Grille en fer forgé émettant les grincements d'usage, hauts murs coiffés de tuiles en terre cuite dans lesquels sont enchâssées des dalles funéraires du temps de Joseph II, lorsque l'empereur ordonna, par mesure d'hygiène, que les tombes soient déménagées du périmètre des églises à la lisière des lieux habités. Conformément aux habitudes invétérées dans nos contrées, les Montangeois s'arrangèrent pour n'obéir qu'à moitié. Le cimetière n'était plus à l'ombre du clocher mais, néanmoins, il ne se trouvait pas à l'extérieur de la localité. On n'imaginait pas, à l'époque, exiler ses défunts. Ils faisaient partie de la communauté au même titre que les vivants. Chaque dimanche, après l'office, on leur rendait visite. On enlevait les mauvaises herbes qui leur poussaient par-dessus, on leur adressait une pensée : « Comme tu me manques ! » – « Surtout, reste bien où tu es ! » C'était selon, et bien plus sincère que du temps où ils étaient encore vifs.

Mais tout cela, en 2005 déjà, appartenait au passé. À Montange, depuis plus de vingt ans, il n'y avait plus ni prêtre ni office. Du coup, plus de visites des autochtones, le dimanche, à ceux qui les avaient précédés. Quant aux nouveaux venus, ils se feraient incinérer, pressentant avec justesse qu'une fois trépassés personne ne s'intéresserait plus à eux.

Liesbeth se croyait donc seule, assise au bord de la tombe d'Annelise. Dix heures venaient de sonner. Elle avait posé une main sur les cailloux blancs, polis comme des dragées, qui recouvraient la sépulture. Le soleil les avait tiédis. Sur la stèle, dans sa photo ovale, Annelise souriait.

Cela faisait des semaines que Liesbeth n'était pas venue. Dans les premiers temps après la mort de sa fille, elle montait pleurer au cimetière presque tous les jours. Ensuite, après qu'elle eut confié en rêve Annelise à Martha, sa mère, ses visites s'étaient espacées, jusqu'à devenir rares. Si elle était là, à présent, c'était à cause de ce qu'il leur arrivait à Julien et à elle depuis la disparition de Bénédicte.

Julien avait été soupçonné, arrêté, Medhi l'avait frappé, il était humilié. La veille, lorsque Toussaint et Martini l'avaient ramené à la fin de la journée, c'était un homme brisé. Elle aurait peut-être pu le prendre dans ses bras, mais Toussaint était entré derrière lui, comme s'il craignait qu'il ne défaille. Il avait un œil en compote. La paupière, très enflée, recouvrait la moitié de sa pupille. Il avait oublié le sac de cuir avec ses affaires pour la nuit dans le Transporter. Toussaint était ressorti pour aller le chercher. Elle en avait profité pour se serrer contre lui.

« C'est fini maintenant, c'est fini. »

Elle n'avait pas besoin de le questionner. Toussaint lui avait téléphoné dans l'après-midi afin de la rassurer. Le coup de fil du ravisseur ne venait pas de Montange, mais d'ailleurs, de très loin, à plusieurs centaines de kilomètres. Dans l'intérêt de l'enquête, il ne pouvait pas être plus précis. En tout cas, Julien était hors de cause. Il ne restait que quelques formalités à accomplir, une entrevue notamment, si elle avait bien compris, avec un policier fédéral.

« Je vais te préparer un peu de café, puis je m'occuperai de cet œil.

— Je l'ai déjà soigné au poste, madame, je lui ai passé de la pommade à l'arnica », dit Toussaint, de retour avec le sac. Il le déposa près de la porte, sans avancer davantage.

« Vraiment désolé pour tout ça. Ça va aller ? demanda-t-il.

— Je m'occupe de lui. »

Elle avait hésité à le remercier. Un brave type certainement, mais au service d'une machine qui ne fait pas dans le détail, qui avale le tout-venant à la recherche du suspect de bon calibre et qui recrache les innocents, esquintés par les engrenages. Il était reparti en refermant la porte avec précaution, comme la porte d'une chambre d'hôpital.

Julien n'avait pas voulu de café ni qu'elle soigne son œil. S'étendre un moment, c'est tout ce qu'il désirait. Il était monté à la chambre, s'était allongé d'une pièce, tout habillé. Elle lui avait retiré ses chaussures, tandis qu'il murmurait : « Tire les rideaux, Beth, s'il te plaît.

— C'est ça, repose-toi un peu. Je viendrai te réveiller tout à l'heure, pour souper. »

Elle s'était penchée, lui avait passé la main dans les cheveux, lui avait posé un baiser sur le front.

« Je suis là, sais-tu, *pouske*, je ne pars pas. »

Pendant qu'elle l'attendait, elle avait appelé le Trévire pour demander que le patron l'excuse, elle ne pouvait venir à son travail. Elle avait quitté la chambre, le cœur navré devant la figure de Julien qui n'arrivait pas à fermer totalement la paupière meurtrie, les entrailles plus révulsées encore par tout ce qu'elle avait résolu de lui cacher.

Pendant son absence, quelqu'un avait glissé sous la porte une invitation à un rassemblement à l'église ; on annonçait la signature d'une pétition à l'encontre des chauffeurs de bus scolaires. Il n'y en avait qu'un à Montange. Elle avait chiffonné ce torchon mais, tandis qu'elle était agenouillée devant le foyer ouvert du Jøtul où elle s'apprêtait à le brûler, un choc se produisit contre la fenêtre.

Elle se retourna et vit un liquide visqueux jaune et blanc qui dégoulinait sur la vitre. Elle aurait dû se précipiter sans doute, courir jusqu'à la fenêtre, ouvrir la porte pour voir qui avait osé. Mais elle ne bougea pas.

Soudain, elle avait peur. Si elle s'était élancée vers la porte, ç'aurait été pour la barricader. Un instinct dont elle ignorait l'existence s'était réveillé au fond d'elle-même. Il la prévenait que les humains si paisibles au milieu desquels elle s'imaginait vivre pouvaient, du jour au lendemain, se transformer en bêtes féroces. Ils n'attendaient que le moment propice. La disparition de Bénédicte, dont ils feignaient de se scandaliser, les excitait. Depuis deux jours, les allées et venues de la police leur avaient dressé les poils sur la peau. Ils salivaient, ils bandaient leurs forces pour se jeter sur une proie quelconque. Cela faisait trop longtemps qu'ils étaient contraints de se conduire en êtres civilisés.

Liesbeth attendit que son cœur s'apaise. Ses doigts en tremblant craquèrent une allumette, le tract s'enflamma. Elle referma le poêle, se mordit les lèvres et, les jambes flageolantes, se dirigea vers la fenêtre. Dans la rue, personne naturellement. La salissure avait glissé jusqu'au bas du châssis. Des éclats de coquille d'œuf collaient à l'endroit de l'impact.

Elle alla jusqu'à la cuisine, revint avec un seau d'eau savonneuse et nettoya. Après, elle se lava les mains, puis les bras, et finalement le visage. Comme si le projectile l'avait atteinte elle-même. Enfin, elle était revenue devant le poêle et avait pleuré amèrement.

C'est le coup de téléphone de Toussaint, lui annonçant que Julien était lavé de tout soupçon et allait rentrer, qui l'avait redressée sur ses jambes. Il ne fallait pas que Julien sache ce qui venait de se passer.

Vers neuf heures, elle avait entendu du bruit dans la chambre. Julien était réveillé. Elle était montée. Il s'était seulement déshabillé pour se mettre entre les draps.

« Tu ne viens pas manger ?

— Je n'ai pas faim.

— Tu n'as rien avalé depuis ce matin.

— Je te dis que je n'ai pas faim, Liesbeth. »

Il était loin d'elle. Il s'était retiré quelque part où elle ne pouvait aller, dans une contrée obscure où il avait déjà vécu autrefois, à la mort d'Annelise.

Elle s'assit au bord du lit.

« Ton œil te fait mal ?
— Non.
— Qu'est-ce qui a pris à Mehdi ?
— Je me fiche de Mehdi.
— Tu as raison. Tu es bon, toi, mon Julien.
— Non, je ne suis pas bon. Si je le tenais, je le tuerais.
— Mehdi ?
— Mais non ! Walter. »

Dans son regard passa une lueur féroce qui ne lui appartenait pas. Est-ce qu'il était, lui aussi, gagné par la folie qui s'était emparée des autres ?

Elle était redescendue, avait endossé le caban de Julien et était sortie griller une cigarette dehors, sur le banc du jardin. La peur qu'elle avait ressentie l'après-midi lui serrait la gorge. Elle la sentait, elle ne savait comment s'en délivrer. La fumée du tabac ne l'en délogeait pas.

Toute la nuit, Julien resta couché sur le dos, comme un mort. Elle se tenait sur le flanc, un bras en travers de son ventre que sa respiration soulevait régulièrement quand il sombrait un moment dans le sommeil et que des soupirs secouaient quand il revenait à lui.

Le matin, il avait mangé plus que d'habitude, sans un mot. Il avait un air résolu et, après une dernière tasse de café, il avait déclaré qu'il partait faire un tour pour se changer les idées.

« Où vas-tu ?
— Je ne sais pas. Je verrai. Dans les bois peut-être. Ne t'en fais pas. J'ai besoin de respirer. À tout à l'heure. »

Il était parti sur sa Honda en direction du pont de la Sûre, comme l'indiquait le sillage sonore du pot d'échappement. Elle était restée seule, à réfléchir, les mains dans l'eau tiède de la vaisselle. Elle aurait voulu se confier à quelqu'un. Est-ce qu'elle essaierait de joindre David à l'École militaire ? Il appelait tous les dimanches soir, Julien et elle prenaient l'appareil à tour de rôle. Mais à quoi bon l'inquiéter ? Même tout à l'heure, elle ne ferait semblant de rien, et Julien pareil, c'est sûr.

Si seulement elle avait pu parler à Annelise ! Depuis la disparition de Bénédicte, Annelise était redevenue présente. La plaie de sa mort s'était rouverte. Pour Julien, Bénédicte était presque Annelise. Sa colère contre Walter, c'était parce que Walter, après lui avoir enlevé Annelise une première fois, la lui enlevait une deuxième fois en s'emparant de Bénédicte. Dans l'esprit torturé de Julien, il n'y avait de place que pour cette logique. Le coup de téléphone de Walter l'appuyait.

Et, elle, Annelise, au milieu de tout ce chaos, que pensait-elle ? Les morts savent peut-être des choses que nous ne pouvons savoir.

Assise sur la margelle de la tombe, la main sur les cailloux tièdes comme une chair, Liesbeth scrutait la photo de sa fille. Elle avait été prise la semaine avant sa mort, à l'école. Le même photographe passait chaque année. Il dépliait une toile de décor, un paysage de montagne couronné d'azur, devant lequel les enfants posaient l'un après l'autre, comme si Montange était dans le Tyrol ou en Savoie. Il y avait une photo de David dans le même paysage et certainement une aussi de Bénédicte chez Marie-Louise.

« Qu'est-ce qui nous arrive, Anneke, tu le sais, toi ? »

La petite voix d'Annelise – comment était-elle déjà ? – allait-elle lui répondre ? Liesbeth n'y comptait pas vraiment. Sa question sans doute était tombée au fond d'un gouffre au milieu des montagnes d'où Annelise la considérait. Son silence, peut-être, était sa réponse.

Les morts n'ont pas d'autre consolation à offrir. Tout ce qui vous arrive, à vous les vivants, ce n'est que péripétie, semblent-ils dire, eux qui appartiennent au monde de l'immuable. Leur lointaine bienveillance ressemble à celle de gens qui lisent des livres, qui regardent les personnages s'agiter au fil des pages. La vie n'est qu'une fiction, c'est l'ultime vérité.

Cette distance, Liesbeth la perçut au bout d'un long moment dans le regard d'Annelise. Elle la reçut comme une grâce que lui faisait sa fille et son cœur alors se sentit plus léger. Elle posa ses doigts sur ses lèvres, allongea le bras par-dessus l'étroite tombe, et lui donna un baiser.

« Ça fait longtemps que tu n'étais pas venue, Liesbeth. »

Liesbeth se retourna. Derrière elle, sans qu'elle l'ait entendue arriver, se dressait Mme Maca. Elle portait sa doudoune marron ouverte de haut en bas à cause de la chaleur et, dessous, un chandail jacquard sur une épaisse jupe en jean. À la main, elle tenait un tabouret pliant en toile. Liesbeth se leva.

« Je m'en allais, justement.

— Tu ne mets pas de fleurs à la petite ?

— Je n'y ai pas pensé.

— Si tu veux, j'ai apporté des œillets à Kevin, cette semaine. Je peux en reprendre quelques-uns pour ta fille.

— C'est gentil, Germaine, mais il ne faut pas dégarnir la tombe de votre neveu.

— Ça ne risque pas, tu sais, je lui en ai mis deux douzaines. Tiens-moi ça, je reviens. »

Elle lui fourra le tabouret dans les mains et repartit d'où elle venait, sans s'occuper des allées, en zigzaguant entre les tombes comme dans un labyrinthe.

Avec ça, Liesbeth était obligée de l'attendre. En dehors du cimetière, elles ne se parlaient jamais. Autrefois, elles s'y étaient souvent trouvées ensemble, du fait que l'accident de Kevin s'était produit un an seulement après la mort d'Annelise, alors que Liesbeth venait très souvent sur la tombe. Les théories sentimentales de Mme Maca sur le décès de son neveu, Liesbeth les connaissait par cœur. Mme Maca ne se lassait pas d'y revenir. Liesbeth tentait d'y échapper en évitant de passer le dimanche au cimetière comme sa confidente, qui avait conservé l'horaire des visites après l'office dominical du temps où il y en avait encore un.

Mme Maca réapparut avec deux œillets qu'elle déposa sur les cailloux blancs. Elle resta un moment recueillie avec quelques hochements de tête de réprobation à l'intention du destin, sans doute. Puis elle se retourna et reprit son siège pliant des mains de Liesbeth.

« Tu devrais en acheter un. C'est plus confortable que de se les geler sur la pierre, comme je t'ai vue.

— J'y penserai... Le plus souvent, je reste debout.

— Je n'en doute pas. Tu es une femme debout, toi, Liesbeth. Des pareilles à toi, ça ne se trouve pas à tous les coins de rue. Je t'aime bien.

— Merci, Germaine.

— Pas de quoi... J'en profite pour te dire que je n'ai pas cru une minute que Julien avait kidnappé la sauterelle à Marie-Louise, même si, hier après-midi, tous les crétins du village étaient déjà prêts à lui tomber sur le casaquin.

— Je le lui dirai.

— Te fatigue pas. Ce n'est pas pour lui que je te dis ça, c'est pour toi. Julien, il est comme les autres. Seulement, avec une femme comme toi, il n'oserait jamais quitter les rails. Ça lui ficherait trop la honte. J'y ai tout de suite pensé quand les deux gosses à Larondelle sont venus me dire qu'il avait enlevé Bérangère.

— Bénédicte.

— Oui, Bénédicte. Tu te rends compte que Larondelle a envoyé ses morveux faire le tour du village pour coller l'affaire sur le dos de ton homme ?

« “Papa a vu la police embarquer Julien.

« — Ah oui, que je leur ai retourné, même avec la chiasse qu'il a dans les yeux ?”

« Ils n'ont pas compris, mais ils n'ont pas demandé leur reste, j'aurais pu leur flanquer une torgnole.

— Mais pourquoi Larondelle a-t-il fait ça ?

— Parce qu'il n'aime pas Julien !

— Julien ne lui a rien fait.

— Sauf que cet abruti pense que c'est ton mari qui l'a dénoncé à la police quand il battait sa femme.

— Quoi ! Julien, dénoncer ? Ce n'est pas son genre.

— Je le sais bien, va. Il n'y a même personne qui le sait mieux que moi, vu que c'est moi qui l'ai balancé.

— Vous ?

— Ben oui, moi. Marion est accourue un soir chez moi. Larondelle l'avait battue comme plâtre. Elle voulait parler à Constant, en tant qu'ancien gendarme, tu comprends. Elle ne savait pas que je venais de le caser au Soir tranquille. Donc, j'ai appelé la police, puis j'ai craché le morceau, à cause de cette pauvre cruche de Marion. Elle me faisait pitié. Et Larondelle, je le hais, pas besoin de te faire un dessin. Si encore il s'était marié avec la Laura quand elle se moquait de Kevin dans ses bras, derrière le cul des vaches ! Celle-là, je te jure, il aurait pu lui faire sa fête tous les jours avec ma bénédiction, je n'aurais pas cafté.

— Germaine, vous êtes injuste avec Laura. Elle a fait des bêtises autrefois, mais elle a changé, elle n'est plus la même.

— Ah oui ? Et comment tu le sais ? Personne ne l'a plus vue depuis la mort de Kevin.

— Je lui ai parlé pas plus tard qu'hier.

— Elle fréquente ton bistrot à Arelborn ?

— Non.

— Où tu l'as vue alors ?

— Ici, chez elle. Enfin, chez sa mère. »

Si Mme Maca n'avait pas tenu son tabouret à la main, elle se serait certainement croisé les bras en travers de son tricot jacquard, comme elle le faisait habituellement devant une situation qui réclamait sa réflexion. Elle amorça d'ailleurs un mouvement dans cette intention, mais dut se contenter, signe subsidiaire de perplexité, de crisper les sourcils. Elle avait un flair infaillible pour détecter la moindre bizarrerie autour d'elle et, quand elle l'avait humée, elle n'avait de cesse qu'elle n'ait pris le lièvre au corps.

Liesbeth, de son côté, aurait donné cher pour prendre congé mais, maintenant, c'était impossible. Elle se mordait la langue. Évidemment, elle en avait dit trop ou pas assez. Mme Maca la dévisageait si intensément qu'elle sentit le rouge lui monter aux joues.

« Je n'aurais jamais pensé que tu fréquentais cette dévergondée. Tu m'étonnes.

— D'abord je ne la fréquente pas. Ensuite, ce n'est pas une dévergondée, comme vous dites.

— Tu sais bien qu'elle a provoqué la mort de Kevin. Ce n'est qu'une traînée. On m'avait dit pourtant que Walter l'avait fichue à la porte.

— Eh bien, non, apparemment, puisqu'elle était chez lui. Maintenant, Germaine, vous voudrez bien m'excuser, il faut que je rentre préparer ma soupe de midi.

— Je ne te retiens pas. »

Liesbeth fit quelques pas vers la grille du cimetière, mais Mme Maca ajouta dans son dos :

« Tu diras à Walter que je suis bien déçue qu'il lui ait pardonné, s'il lui a pardonné. Il était comment avec elle quand tu l'as vue ?

— Il n'était pas là.

— Ah ! je comprends, elle vient voir sa mère qui ne vaut pas mieux qu'elle, quand Walter n'est pas là. J'aime mieux ça ! Parce que Walter, j'ai de l'estime pour lui, figure-toi. C'est un type honnête, droit. Ce n'est pas lui que les flics auraient soupçonné, par exemple. »

Liesbeth s'arrêta. Elle avait cru un moment que Mme Maca, malgré ses lubies, était plutôt de son côté, qu'elle ne hurlait pas avec les loups. Maintenant, elle voyait bien qu'elle aussi faisait partie de la meute. L'angoisse, de nouveau, dont Annelise l'avait un moment libérée, lui serrait la gorge, mais elle ne pouvait laisser passer la comparaison absurde que Mme Maca venait de faire entre Julien et Walter. Elle prit sur elle et articula :

« Écoutez, Germaine, vous croyez que vous comprenez toujours la situation mieux que tout le monde. Eh bien, je peux vous dire que votre Walter si honnête est en fuite depuis deux jours, qu'il a très probablement enlevé Bénédicte et que sa fille Laura se fait drôlement du souci pour lui, comme une bonne fille doit le faire pour son père. Bref, vous avez tout faux, Germaine. Dites-vous bien que Julien n'aurait jamais dû être soupçonné de quoi que ce soit, et, tant que vous y serez, demandez-vous si votre Kevin ne s'est pas fichu à l'eau pour être quitte de vos sales caresses ! »

18

Toute la nuit, Laura avait espéré voir son père arriver à son appartement de Charleville. Et maintenant, dimanche était là, sans qu'il se soit manifesté d'aucune façon. Elle s'était endormie à l'aube et réveillée en nage presque à dix heures, comme si elle avait pris la fièvre. Sa chemise collait à ses épaules.

Debout, les nausées lui levèrent l'estomac. Elle se fit couler un bain, s'y allongea, la nuque posée contre la tête de la baignoire. Elle sentait son cœur battre plus fort, comme si, dans l'eau, il remontait contre sa peau. Elle était malade d'inquiétude.

Deux nuits d'absence déjà et aucune nouvelle de son père. S'il était rentré à Montange, sa mère aurait téléphoné. Sa mère, au mieux ; la police peut-être.

La veille, à son retour à Charleville, elle avait trouvé le billet qu'elle avait laissé pour Walter à la même place, sur la table, un peu recroquevillé seulement sous l'effet de la lumière de printemps qui tombait de la lucarne du plafond. En le voyant, son cœur aurait pu se recroqueviller tout pareil.

Un certain inspecteur Toussaint l'avait appelée.

Walter, lui avait-il dit, était le principal suspect de l'enlèvement de Bénédicte. Liesbeth avait donc informé la police de ce que son mari avait vu au carrefour de la Barrière. Toussaint avait interrogé Julie qui, comme le matin devant Liesbeth, lui avait prétendu que son mari était en virée avec une cocotte. Toussaint n'en croyait pas un mot. Par ailleurs, il voulait savoir si Walter avait une relation particulière avec la ville de Haanzee. Laura n'en voyait pas. Le ravisseur avait téléphoné de cet endroit et évoqué Annelise, la petite fille décédée de Liesbeth. Pourquoi ? Une idée ? Non, elle n'y comprenait rien.

Elle ne pouvait être d'aucun secours aux enquêteurs. Toussaint l'avait bien compris, il ne voulait pas insister. Inutile de la convoquer en Belgique. Avant qu'il ne raccroche, elle lui avait demandé, à plusieurs reprises, qu'il la tienne au courant.

Dans la soirée, coup de sonnette. Son père, enfin ! Elle en était certaine. Mi-joyeuse, mi-terrorisée, elle s'était précipitée sur l'interphone. C'était la police de Charleville.

Un homme et une femme. Ils venaient visiter les lieux. Simple routine. La femme avait examiné la chambre, la salle de bains, s'était mise à quatre pattes pour jeter un coup d'œil sous le lit. Plutôt gênée, mais c'était la procédure. Ils avaient laissé un numéro de téléphone au cas où le suspect se manifesterait d'une façon ou d'une autre. Ils repasseraient le lendemain dans la matinée.

Peut-être allaient-ils se présenter d'un instant à l'autre, alors qu'elle était dans son bain. Tant pis : elle n'avait pas la force de se dépêcher. Elle avait besoin de réfléchir, l'esprit débrouillé des fantasmes affreux qui s'insinuaient dans ses pensées quand elle était dans son lit.

Il ne s'agissait pas seulement de son père. Elle-même, sa mère, comment auraient-elles pu se laver les mains de ce qui était arrivé ? Tous les trois, ils avaient formé une famille si bizarre. Les germes du drame étaient-ils déjà là, entre eux, quand ils vivaient ensemble ? Avaient-ils trouvé le milieu de culture propice à l'infection qui avait ensuite couvé dans le cœur de Walter ?

Qu'est-ce qui se passait entre son père et sa mère ? Julie : un tissu de contradictions. Elle savait parfaitement que Walter avait enlevé Bénédicte, elle l'avait toujours considéré comme un obsédé. Elle en tenait la confirmation en quelque sorte, mais maintenant elle le défendait devant la face de la terre, sans s'épargner elle-même, puisqu'elle n'hésitait pas à lui inventer une aventure avec une autre femme.

Tournant la tête, Laura revit Julie, maman, agenouillée contre la baignoire, où elle se tenait autrefois, les manches retroussées, le visage luisant de buée et de bonheur. Elle avait toujours aimé la baigner, pas seulement quand elle était petite mais aussi, une fois devenue adolescente. Elle fermait la porte à clé, pour qu'on ne les dérange pas, disait-elle. Walter n'aurait jamais eu l'idée d'entrer dans la pièce. Pourtant, elle la verrouillait, même s'il n'était pas revenu de son chantier. Elle ne souriait qu'ensuite.Elle imbibait l'éponge de la mousse à la surface de l'eau, puis la promenait délicatement sur le corps de sa fille. Elle lui murmurait des douceurs : « Comme t'es belle, mon trésor, ma poulette, mon p'tit cœur ! » Et bien d'autres mièvreries, comme les mères en trouvent pour leurs bébés.

Tout à coup, de sombres pensées la traversaient. Elle mettait Laura en garde. Les hommes sont méchants. Ils ne respectent rien. Tout ce qu'ils racontent pour flatter les femmes, ce sont des mensonges. Des « carabistouilles » : c'était son mot. Ils n'attendent que le moment pour piétiner notre beauté. Pas un pour racheter l'autre.

Un jour que Laura protestait que papa au moins n'était pas ainsi, elle lui rétorqua, la voix étranglée par un sanglot : « Même un père peut devenir une bête. Je le sais, Laura. Tu peux me croire. » Et soudain ses yeux s'étaient voilés, des larmes accoururent qu'elle essuyait avec le poignet, tandis que l'eau du bain dégouttait de ses doigts sur son chemisier.

Laura avait cru qu'elle parlait de Walter. Mais qui sait maintenant si elle ne parlait pas d'un autre père, le sien peut-être, un type mal fichu, à qui on rendait une brève visite le jour de l'an, à Spa, rue Delhasse, où il vivait dans un logement social avec sa « poule », comme disait Julie, une femme triste, avachie, toujours en retard d'une demi-coloration ?

Peut-être Julie aurait-elle voulu se confier ? Malheureusement, les confidences des parents sont insupportables aux enfants. Laura s'était redressée, elle avait enjambé la baignoire en achevant d'éclabousser le chemisier de sa mère. Elle était restée avec cette demi-confidence. La moitié de la vérité est pire qu'un mensonge entier.

Le bain refroidissait. Avant de se sécher, elle resta un moment, frissonnante, devant la glace. Une femme peut-elle vraiment imaginer ce qu'un homme ressent à cette vue ? Longtemps, à une fille, chaque parcelle d'elle-même semble aussi innocente que sa main ou que son pied. Jusqu'au jour où le regard hébété des garçons lui révèle le double sens de sa chair. Comme si son corps, dont elle connaissait la langue familière, s'adressait tout à coup à l'autre dans un idiome nouveau qu'elle ne maîtrise pas. C'est parti pour le grand malentendu.

Peut-être y a-t-il des moments où l'homme le plus bienveillant n'arrive plus à percevoir dans la femme le simple être humain, son semblable. Il n'entend plus que l'idiome sauvage qui le rend sourd à toute autre langue. Était-ce cela qui était arrivé à Walter en présence de Bénédicte ? Une malheureuse interférence ? Et après, une fois dissipée, il avait pris peur, il s'était enfui n'importe où, il se cachait, comme elle-même s'était sauvée le jour où Kevin avait basculé du haut du pont dans la rivière. Comme elle avait couru, couru, sur le chemin forestier le long de la Sûre jusqu'à la cabane de pêche de Walter !

Brusquement, elle murmura : « La cabane ? La cabane ? Mais c'est là que papa se trouve ! Quelle idiote ! »

En quelques instants, elle fut habillée – jean, pull, baskets. Elle descendit l'escalier quatre à quatre. Les nausées ? Quelles nausées ? Elle ouvrit la porte sur la rue et se trouva nez à nez avec la policière.

« Vous partez ?

— Oui.

— Pas de nouvelles de votre père ?

— Non.

— ... Je peux monter voir ?

— Allez-y si vous voulez, voilà les clés. Remettez-les dans ma boîte aux lettres. Je ne peux pas vous accompagner, je vais chez ma mère, elle a besoin de moi. »

La femme avança la main, puis la retira. Finalement, elle ne prit pas les clés.

« C'est bon, je vous fais confiance. »

Une heure plus tard, elle traversait le pont de la Sûre et s'engageait sur le chemin forestier qui suit la rive vers l'amont. À l'ombre des taillis, le passage était encore détrempé de la récente fonte des neiges. Elle ne fit que quelques mètres. Les ornières étaient trop profondes pour sa 206, le plancher raclait déjà les herbes rabougries du milieu de la route. Elle continua à pied.

À cinq minutes se trouvait l'entrée d'une ardoisière abandonnée, un terre-plein envahi par les ronces. Le break Opel était parvenu jusqu'à cet endroit.

Il lui fit l'effet d'un coup de poing dans la poitrine. Elle avait marché très vite, presque couru le plus souvent. Elle ralentit. Elle était certaine à présent que son père se terrait dans la cabane, elle avait peur.

Elle se remit en marche. Un point de côté lui vrillait le flanc. La masure apparut. Elle ne l'avait pas vue depuis bientôt dix ans. Le bois avait noirci, un pan était dévoré par un lierre qui s'était hissé sur la toiture, de gros buissons s'étaient rapprochés. Il lui semblait que l'édifice entier avait rapetissé ou alors qu'il s'était enfoncé dans la terre. Elle s'arrêta.

Elle regarda autour d'elle, s'attendant presque à repérer des policiers cagoulés, embusqués, armés jusqu'aux dents. Mais il n'y avait absolument personne. Elle était seule avec son père dont elle sentait la présence, à quelques pas, dans l'abri ratatiné. Le sang battait à ses tempes. Elle alla jusqu'à la porte, la poussa...

Walter se tenait debout au milieu de la pièce, face à l'ouverture, comme s'il attendait une visite.

« Ah, c'est toi ! » fit-il, étonné.

Elle se jeta dans ses bras. Longuement, il la serra contre lui. Une odeur aigre imprégnait ses vêtements, sa joue râpait. Elle ne savait pas qu'il avait le poil si gris, elle ne le remarqua qu'en se dégageant. Walter était vieux ; en trois jours, il était devenu vieux. Ils se posèrent sur le banc.

« J'avais entendu que quelqu'un s'approchait. J'ai pensé que ta mère avait deviné où j'étais, qu'on venait m'avertir. Alors, on a retrouvé Bénédicte ?

— Non... Où... l'as-tu mise ?

— Où je l'ai mise ! Mais je ne sais pas où elle est passée !

— Quoi ?... Papa, je t'en prie, explique-moi ce qui est arrivé.

— Eh bien, elle est à la mer, je l'ai emmenée à la mer.

— À la mer ?

— Oui, je sais, c'est ridicule. Seulement voilà, elle était tellement gaie, tellement spontanée... Je me suis laissé entraîner. Elle devait se rendre à la Côte, je l'y ai emmenée.

— Et ensuite ?

— Ensuite, je l'ai laissée là-bas, à Haanzee, elle devait retrouver sa correspondante flamande, et je suis rentré. Le lendemain soir, j'ai appris qu'on la recherchait, qu'elle avait disparu. Alors, j'y suis retourné, j'ai essayé de la retrouver. Pas moyen. J'étais découragé, j'ai abandonné. Avant de revenir, j'ai téléphoné à Marie-Louise, pour la rassurer.

— C'est bien toi qui as téléphoné de Haanzee ?

— Oui.

— Pourquoi as-tu dit cette horreur, que Bénédicte était allée rejoindre cette petite fille morte, la fille de Julien et de Liesbeth ?

— Je n'ai jamais dit ça !

— Tu as dit qu'elle était allée rejoindre Annelise.

— Annelise ? Mais ce n'est pas la fille de Julien. Annelise, c'est le nom de la correspondante de Bénédicte, la fille avec qui elle devait passer le week-end à la Côte.

— Quoi !

— Le problème, apparemment, c'est que Bénédicte n'a pas averti sa mère. Elle a oublié sans doute. Est-ce qu'elles se voient seulement avec Marie-Louise ? Elle travaille de nuit très souvent.

— Mon Dieu, je comprends tout maintenant ! »

Elle se plaqua une main sur la bouche, des larmes tremblaient dans ses yeux.

« Si tu savais, si tu savais ce que j'ai eu peur ! »

Elle l'enlaça de nouveau, elle s'écorcha les lèvres à l'embrasser.

« Mais pourquoi te caches-tu si tu n'as rien fait de mal ?

— J'attendais que Bénédicte soit rentrée. Tu comprends, on va m'accuser de tout et n'importe quoi. Ta mère, pour commencer ; elle voit le mal partout. Il faut d'abord que Bénédicte raconte ce qui s'est vraiment passé à Marie-Louise.

— Oui, oui, je te comprends.

— J'étais sûr, moi, que Marie-Louise saurait où se trouvait Bénédicte après mon coup de téléphone.

— Elle a cru que tu parlais de la petite Annelise, c'est ça, le drame. Sans doute qu'elle ne connaît pas le nom de la correspondante de Bénédicte. Bénédicte ne le lui a jamais dit ou elle n'y a pas pris attention. Il faut aller lui expliquer. Elle pourra trouver l'adresse de cette fille, il suffit de téléphoner à l'école, au prof qui a organisé l'échange.

— Ce professeur, s'il y avait un week-end organisé, pourquoi n'a-t-il pas rassuré Marie-Louise ?

— Je ne sais pas. Tout le monde n'a pas vu les avis de recherche. Allons-y, papa ! Il faut tranquilliser tout de suite Marie-Louise.

— Vas-y, toi. Moi, je ne peux pas. »

Il se détacha d'elle, qui lui pressait le bras. Il se leva péniblement, en creusant les reins avec une grimace de douleur, et il alla jusqu'au carreau sale qui donnait sur la rivière. On entendait le murmure de l'eau, Laura le remarqua seulement à ce moment. Il lui tournait le dos.

« Papa ! »

Il pivota. Il grimaçait un sourire. Il frotta le sol devant lui, du bout de sa chaussure.

« Tu te rappelles ? »

L'inscription « PAPA + LAURA, 1987 » venait d'émerger de la poussière.

« Oui, oui, très bien.

— Pars sans moi. J'ai honte, tu comprends. De quoi aurais-je l'air devant Marie-Louise ? J'ai emmené sa fille comme un vieux satyre. Je lui ai infligé trois jours de frayeur, à cette pauvre femme.

— Rentre à la maison, au moins.

— Non. Pas maintenant. Ta mère...

— Elle t'a défendu, tu sais, même devant les inspecteurs. Ils m'ont raconté.

— Ah...

— Vous pourriez vous réconcilier. Ce serait l'occasion.

— Je ne crois pas, Laura. Il y a quelque chose de détraqué chez Julie, quelque chose qui ne se remettra pas. Ça lui est arrivé il y a longtemps. J'ai pensé que ça pouvait guérir, qu'en la tirant de son milieu, j'y arriverais parce que je l'aimais. Il y a des blessures qui ne guérissent pas. La vérité, c'est que je n'aurais jamais dû l'épouser.

— Ne dis pas ça...

— Comme départ pour vivre à deux, la pitié, ça ne vaut rien, tu sais. Vas-y, vas-y sans moi. Ne dis à personne que je suis ici. Reviens quand tout sera fini. »

Allait-elle s'en aller ainsi, laisser là cet homme abattu, son père ? Que faire ? Elle se promit, comme nous le faisons tous devant la désagréable souffrance des autres, d'y revenir plus tard, quand la douleur sera moins effrayante, rentrée dans son repaire secret, quand nous pourrons l'évoquer comme une chose lointaine, moins terrible. Et elle s'en alla.

En marchant, bientôt, elle n'éprouva plus que le soulagement de savoir Walter innocent. Elle se sentait légère. Elle s'imaginait déjà quand elle allait entrer chez Marie-Louise pour mettre fin d'un seul coup à son tourment. Jamais encore elle n'avait connu l'ivresse des porteurs de bonnes nouvelles. Leur cœur bée par avance à la gratitude qui les attend. Elle se trouvait merveilleusement bonne, secourable, généreuse. Elle voltigea ainsi jusqu'à sa voiture.

Il fallait faire demi-tour sur l'étroit chemin forestier. D'abord, reculer. Les roues arrière franchirent l'ornière en diagonale, mais les roues avant, réalignées, tout à coup s'y enfoncèrent l'une et l'autre. Choc sous le capot : carter échoué ! Elle eut beau faire rugir le moteur, elle patinait. Rien à faire. Elle tapa des poings sur le volant, sortit, claqua la portière. Seule solution : continuer à pied jusque chez Marie-Louise.

Quand elle déboucha dans la dernière perspective avant le pont sur la Sûre, au loin, devant elle, elle aperçut une femme et deux chiens qui gambadaient à ses côtés. Les molosses levèrent le museau et, d'un seul coup, bondirent en avant. Ils piquaient vers elle qui s'était figée, mais la femme cria : « Quick ! Flupke ! Au pied ! » Aussitôt, ils s'immobilisèrent et retournèrent près d'elle en gémissant.À la voix, Laura avait reconnu Mme Maca. C'était bien la dernière personne qu'elle aurait voulu croiser. Elle se porta à sa rencontre, les yeux baissés, ne soulevant les paupières qu'une ou deux fois, assez toutefois pour constater, à mesure qu'elle s'approchait, que ses traits avaient quelque peu changé : toujours lisses, pas une ride, pâles, mais comme tirés vers le bas dans une grimace de dégoût. Un masque de tragédienne. Elle s'était arrêtée, elle avait passé la laisse aux chiens.

« Tiens donc, ce ne serait-y pas notre Laura ? Si je m'attendais !

— Bonjour, madame Maca.

— Et d'où sort-elle, notre polissonne ?

— Je... je me promène. Au revoir, madame.

— Tu rentres chez tes parents ? »

Laura ne répondit pas. Elle n'avait qu'une envie : s'éloigner.

« Bonjour à ton papa ! »

Elle fit volte-face. La tête de la sorcière, qu'est-ce qu'elle montrait : ironie ? menace ? Mais elle n'eut droit qu'à son dos. Mme Maca poursuivait son chemin avec ses chiens rendus à la liberté, comme si elle s'était fendue d'une simple politesse. Irait-elle loin de cette façon ? Jusqu'à sa voiture en panne ? Jusqu'au break de Walter ? Jusqu'à la cabane... ?

Après tout, si elle découvrait Walter, quelle importance ? Il n'avait rien à se reprocher. Dans une heure, deux tout au plus, toute la vérité serait faite. Le plus urgent, c'était de parler à Marie-Louise.

C'est Ferdi qui lui ouvrit. Elle le supposa. Elle ne le reconnaissait pas, elle n'avait jamais fait attention à lui quand il était enfant.

« Je suis la fille de Walter Holz. Marie-Louise est là ? »

Elle était dehors, près du pommier, sur le carré d'herbes rases où elle avait apporté une chaise de la cuisine au soleil.

« Marie-Louise, vous me reconnaissez ?

— Oui, oui... Laura ? »

Elle s'était levée. Peu importe qui était Laura, ce qu'elle faisait tout à coup à Montange, elle avait compris qu'elle apportait du nouveau, pas mauvais, elle voulait le croire, la jeune femme semblait survoltée.

« Écoutez, Marie-Louise, je viens de voir mon père, c'est lui qui a emmené Bénédicte.

— Ton père ? Walter ?

— Oui.

— Où est-elle ?

— Connaissez-vous l'adresse de la correspondante flamande de Bénédicte ?

— Quelle correspondante ?

— Annelise !

— Annelise ? Mais je ne comprends pas...

— La fille avec laquelle elle correspond pour son cours de néerlandais. Elle s'appelle Annelise.

— Bénédicte ne suit pas de cours de néerlandais. Elle a choisi l'anglais.

— Quoi ?

— Oui, elle fait anglais et allemand, pas néerlandais. »

Elles se regardaient toutes les deux, interdites. Trois pas derrière, Ferdi écoutait, tout aussi abasourdi.

Marie-Louise reprit craintivement :

« C'est ton père qui l'a enlevée ?

— Il ne l'a pas enlevée. Emmenée en voiture seulement, en stop.

— Est-ce qu'il... est-ce qu'il lui a fait du mal ?

— Non, non ! Rien ! Je vous le jure. »

Elle soupira. Ses épaules s'affalèrent.

« Si on rentrait ? » proposa Ferdi en prenant Marie-Louise par le bras, comme s'il craignait qu'elle se sente mal.

Ils prirent place autour de la table de la cuisine où se trouvaient encore sur leurs soucoupes deux tasses avec un fond de café froid.

« Explique, s'il te plaît, Laura.

— Papa a emmené Bénédicte. Elle lui a dit qu'elle se rendait chez une certaine Annelise pour le week-end, sa correspondante flamande. »

Marie-Louise interrogea Ferdi du regard. Il ne put lui retourner qu'une moue d'incompréhension.

« Où l'a-t-il emmenée ?

— À la Côte.

— À la Côte ! Où ça ?

— Haanzee, je crois.

— Haanzee ?

— Oui, il me semble que c'est ce qu'il a dit.

— Seigneur... Serait-il possible que...

— Quoi ? »

Marie-Louise n'entendait plus. Elle quitta la cuisine, passa dans le corridor, le salon. Ferdi la suivit. Il la vit décrocher le téléphone, composer un numéro. Le timbre des tonalités retentit, se répéta. Elle renversa la tête, le cou en extension, les yeux fermés. Puis, enfin, une voix gargouilla dans l'appareil. Elle inspira longuement, puis articula :

« C'est Marie-Louise... Est-ce que Bénédicte est chez toi ? »

Nouveau gargouillement.

Elle ne répliqua pas immédiatement. Elle posa le combiné contre son cœur, d'abord, reprit sa respiration et murmura : « Mon Dieu, mon Dieu... »

19.

« Julie, ouvre-moi ! »

Mehdi recommença à cogner contre la porte d'entrée. Il avait évidemment essayé de l'ouvrir, mais elle était fermée à clé. Il avait fait le tour du bâtiment, était allé à l'arrière, où se trouve la porte habituelle vers le potager dans les maisons de Montange. Tout était bouclé. À l'intérieur, il y avait quelqu'un pourtant. Alors qu'il reculait de quelques pas pour examiner l'étage, il avait bel et bien vu un rideau s'agiter. Il était repassé devant et s'était mis à crier :

« Julie, je sais que tu es là ! Ouvre ! »

Aucune réponse, pas le moindre mouvement. Elle avait dû entendre le pick-up arriver, elle s'était barricadée.

« Dis-moi où est Walter, et je m'en vais. »

Cela déjà un demi-ton plus bas. Il se doutait bien qu'elle n'allait pas lui répondre. Dans le pick-up, il avait un jerrican d'essence. Un instant, il pensa qu'il pourrait fiche le feu à la baraque, enfumer Julie comme un renard, ou enfoncer la porte d'un coup de bélier, avec le treuil arrimé au pare-chocs avant. Mais il avait fait assez de boulettes comme ça. Toussaint lui avait conseillé de se tenir à carreau. Il s'était tenu à distance seulement.

La veille, après le flop de la manifestation du comité blanc, il avait guetté de loin le Transporter des policiers d'Arelborn descendu chez Walter. Son pick-up dissimulé derrière une haie d'aubépine, il avait attendu qu'ils repartent.

Julie lui avait ouvert. Quelque chose n'allait pas, il l'avait vu tout de suite. Elle avait les yeux bouffis, les lèvres pleines de morsures, les cheveux pas soignés, plaqués sur le crâne.

« Walter est là ?

— Non.

— Où est-il ?

— Ça te regarde ? »

Elle repoussait les questions, comme si Mehdi les lui avançait au bout d'une pique.

« Qu'est-ce qui se passe, Julie ? Les flics, qu'est-ce qu'ils vous veulent ?

— Il ne se passe rien du tout. Fiche-nous la paix, espèce de bougnoul ! »

Elle lui avait claqué la porte au nez. C'était la première insulte raciste qu'il essuyait à Montange. Elle l'avait tellement estomaqué qu'il était reparti.

Chez lui, il avait passé la nuit sur le sofa, dans son bureau. Sandra était descendue. Qu'est-ce qu'elle avait dit ? Aucun souvenir. Elle l'avait laissé. Toute la nuit, il avait pensé à Walter. La piste très sérieuse dont lui avait parlé Toussaint, ça ne pouvait être que lui. Il le voyait avec Bénédicte, il se relevait pour chasser en marchant en rond les images atroces qui le hantaient.

Au matin, il avait regardé à nouveau la photo de l'avis de recherche. C'est seulement alors qu'il avait remarqué le Timberjack dans le coin supérieur droit. Un coup de massue...

Bénédicte connaissait Walter. Elle le rejoignait sur les chantiers. Ce salaud l'avait attirée dans ses filets depuis longtemps...

Où était-il ? Où travaillait-il en ce moment ? Il avait téléphoné à un certain Lebeau, un garde forestier pour qui Nord-Construction avait fabriqué des auges en bois destinées au nourrissage des sangliers. Lebeau l'avait rappelé dans la matinée, il lui avait indiqué la coupe où Walter était occupé.

Sur place, le Timberjack était abandonné, la cabine même pas fermée et, dedans, il avait trouvé, passé autour d'un levier, le foulard de soie qu'il avait rapporté du Maroc à Bénédicte, avec le blouson à feuille de palmier. C'est alors qu'il était revenu chez Julie, tremblant de frayeur et de rage devant sa porte fermée.

Il remonta dans le pick-up, décidé à rentrer à Arelborn, à foncer au commissariat, à exiger des informations. Mais, en arrivant à l'embranchement de la rue du Prévôt, il dut stopper pour laisser passer Mme Maca et ses chiens, qui remontaient du bas du village. Elle passa devant lui sans tourner la tête puis, soudain, elle s'immobilisa et revint jusqu'à sa portière. Il fit descendre la glace.

« Dis donc, Mehdi, des fois que ça t'intéresserait, je viens de voir le break de Walter à l'ardoisière, sur le chemin de Sberville. »

Son cœur déjà si disloqué aurait pu tomber en morceaux.

« Quoi ? Et lui, vous l'avez vu ?

— Lui non, j'ai pas poussé au-delà. Il doit être dans sa cabane.

— Quelle cabane ?

— Sa cabane de pêche, un peu plus loin. Je ne m'y suis pas risquée, tu comprends, avec ce qu'on raconte... »

Ainsi, Walter avait une cabane dans les bois... La planque idéale pour séquestrer ses victimes.

« Elle est où, cette cabane ?

— Je viens de te le dire, un peu plus loin, vers Sberville, au bord du chemin.

— Vous la connaissez ?

— Comme ça. Je l'ai vue une fois ou l'autre avec mes chiens. Je leur fais faire une promenade le dimanche, mais mes jambes ne suivent plus, je ne vais plus si loin. »

Les deux chiens rôdaient autour du pick-up. Ils reniflaient les pneus.

« Et il n'y a personne d'autre qui la connaît ?

— Je ne sais pas. Lui, tiens, peut-être. »

Elle leva le menton vers le bas de la rue, où la pétrolette de Julien venait d'entonner le vrombissement douloureux des montées. Medhi sauta à bas du pick-up. Julien avait peut-être déjà trouvé Walter ! Il se planta au milieu de la route. Quand il le vit, Julien amorça un crochet, mais Mehdi se déporta comme s'il était décidé à l'intercepter. Julien mit pied à terre. Il tendait le menton.

« Qu'est-ce que tu me veux encore ? Un autre coup sur ma gueule ?

— Walter est dans sa cabane de pêche.

— Hein ?

— Sa cabane, tu la connais ?

— Oui.

— On y va ? »

Julien hésita. Le matin, il était parti sans but, sauf celui de s'éloigner de Montange. Machinalement, il avait suivi l'itinéraire de son bus, qui l'avait conduit à Brédange, un gros village où il y avait un arrêt devant l'église. Des gens se présentaient pour l'office, quelques vieux, des femmes surtout. Il était entré à son tour avec un vague espoir de réconfort. Il n'avait plus mis les pieds dans une église depuis les funérailles d'Annelise. Il était resté au dernier rang.

Brédange avait encore son curé, un prêtre usé jusqu'à la corde. Il débita la liturgie comme une récitation qui n'avait pas plus de sens pour lui que pour ceux qui l'écoutaient. Mais les derniers croyants se mêlaient-ils vraiment de comprendre ? Ils avaient renoncé sans doute. À travers cette cérémonie obscure, ils se contentaient de célébrer l'absurdité du monde, agenouillés humblement devant le mystère de leur vie. Leurs dos ronds, leurs nuques de flagellés, Julien aurait pu se lever pour les baiser fraternellement.

Les fidèles lui sourirent en sortant, le curé s'éclipsa par la sacristie, il resta seul devant les statues en bois polychrome des martyrs, qui exhibant un glaive au travers de la gorge, qui dévoilant un ulcère à la jambe, qui offrant un jeune sein à la serpe du bourreau. Bref, la souffrance, le lot commun de l'humanité. Le sien.

Il était reparti un peu étourdi mais, maintenant, devant Mehdi, il sentait la colère contre Walter affluer de nouveau.

« Allons-y », dit-il.

Il descendit de sa mobylette. Il allait la laisser sur

l'accotement, mais Mehdi fit un signe en direction du pick-up. Ils la chargèrent dans la benne.

« Faites monter les chiens, tant que vous y êtes », ajouta soudain Mme Maca. Elle tapota la plate-forme et, aussitôt, les deux bêtes sautèrent à côté de la machine de Julien. Mehdi verrouilla le panneau arrière. Ils se retrouvèrent tous les trois dans la cabine, évitant de se regarder, ainsi que des complices en partance pour un mauvais coup qui leur fait déjà honte.

Le pick-up passa devant la maison de Marie-Louise. Si Marie-Louise ou Ferdi l'avaient aperçu ou seulement entendu, certainement, ils l'auraient arrêté. Ferdi aurait bondi jusqu'à la portière de Mehdi, il aurait crié : « Ça y est, on l'a retrouvée ! On a retrouvé Bénédicte ! Viens vite ! » Marie-Louise serait accourue sur le pas de la porte. Mehdi, incrédule d'abord, en voyant son visage bouleversé, se serait précipité vers elle et là, sous le regard de Mme Maca et de Julien restés dans le pick-up, il l'aurait prise dans ses bras, ils n'auraient pas pu s'épancher comme ça, tout de suite, mais ils auraient donné libre cours à leurs larmes, des larmes de joie, enfin.

Puis ils seraient rentrés jusqu'à la cuisine où, par discrétion, serait restée Laura. Marie-Louise aurait dit : « C'est la fille de Walter, Laura, tu te souviens ? C'est grâce à elle qu'on a retrouvé Béné. » Et elle aurait repris pour Mehdi l'explication qu'elle venait de donner à Laura.

Pour préserver leur enquête, ni à elle ni à Mehdi les enquêteurs n'avaient jamais mentionné Haanzee, l'endroit d'où le coup de fil du ravisseur avait été donné. Sinon, évidemment, Marie-Louise aurait immédiatement pensé à son père qui habitait là-bas ! Il était veuf, il n'avait jamais aimé Arelborn. Il y avait accompli une carrière de fonctionnaire aux archives de l'État. La maison familiale sans sa femme lui était devenue insupportable. Il l'avait vendue contre une petite villa à la Côte. Depuis, il avait pratiquement coupé les ponts. Le mariage de Marie-Louise avec Mehdi quelques années avant, puis son divorce, lui restaient sur l'estomac. Il n'avait rien contre les étrangers, sauf pour marier sa fille. Ils se téléphonaient pour la forme. Son seul vrai contact était la carte postale pleine de mots affectueux qu'il envoyait à la seule Bénédicte pour son anniversaire. Il avait toujours eu un faible pour sa petite-fille. Il ne l'avait pas vue depuis deux ans. Elle lui manquait. Le 12 mars, la semaine avant qu'elle disparaisse, il lui avait envoyé la carte annuelle, qu'elle avait fourrée dans son sac de cours.

Quand Marie-Louise lui avait demandé au téléphone si Bénédicte était chez lui, il avait répondu gaiement. Bien sûr qu'elle était là ! À la plage, pour l'instant.

« Pourquoi ne m'as-tu pas avertie ?

— Avertie de quoi ?

— Qu'elle était chez toi !

— Mais... mais je pensais que tu le savais !

— Bénédicte t'a dit que j'étais au courant ?

— Euh... non, ça me paraissait aller de soi. »

Sur le moment, elle ne trouvait plus ses mots. Elle avait bredouillé le reste, l'avis de recherche, la police, tandis que son père arrivait seulement à répéter « Ah bon, ah bon... », puis elle avait dit qu'elle rappellerait plus tard.

C'est cela qu'elle aurait raconté à Mehdi s'il s'était arrêté. Mais Mehdi filait droit où le destin avait résolu de l'emporter.

Tandis que le pick-up descendait vers le pont sur la Sûre, Laura, pour sa part, n'avait qu'une idée en tête : y aller elle aussi, retrouver Walter, le délivrer. Avant, toutefois, il fallait prévenir la police.

Ce n'est pas Toussaint qui lui répondit au téléphone. Il n'était pas de service. On la mit en contact avec un inspecteur de la police fédérale, Léonard. Il promit d'être là dans une heure au plus. Il viendrait la chercher chez Marie-Louise et, de là, ils se rendraient à la cabane.

À quel point, là-bas, Walter espérait son retour, elle n'aurait pu se le représenter. Depuis qu'elle s'en était allée, il n'arrêtait pas d'entrer et de sortir de son refuge. À l'intérieur, il ne pouvait s'empêcher de penser à l'effet désastreux que son coup de téléphone avait provoqué chez Marie-Louise. « Bénédicte est allée rejoindre Annelise ! » Elle avait cru sa fille aussi morte que la fille de Julien et Liesbeth... Il se mordait les poings, les abattait sur la table. Son dos lui faisait mal. Il ne tenait plus sous le plafond écrasant de cette pièce obscure. Il fallait qu'il sorte.

Il allait jusqu'au chemin. Il scrutait le détour où Laura avait disparu. Naturellement, elle n'avait pas eu le temps d'aller jusque chez Marie-Louise et de revenir. Il s'en rendait bien compte. Il rentrait, ressassait, ressortait.

Tout à coup, le bruit d'un moteur ! La Peugeot de Laura ? Non. Un autre véhicule s'avançait à vitesse réduite dans les ornières bourbeuses. Il se dressa sur les jarrets pour l'apercevoir.

Un pick-up apparut. Le pick-up de Mehdi ! Il le reconnut aussitôt à la couleur jaune de Nord-Construction. Mehdi aussi l'avait repéré. Il bloqua, ouvrit la portière, se hissa par-dessus, un coude sur le toit, une clé anglaise à la main gauche.

« Walter, tu es fait ! Ne bouge pas de là ! J'arrive ! »

Il était hors de lui. Qu'est-ce qui s'était passé ? Une mauvaise nouvelle ? Bénédicte... ? Quoi faire ? Attendre stupidement, sans broncher, se livrer ?

Ses jambes décidèrent pour lui. Il avait déjà pivoté sur lui-même, il courait. Dans le pick-up, Mehdi se mit à klaxonner par à-coups rageurs, puis en continu. C'était comme le beuglement de trompe que les traqueurs font résonner quand ils ont levé un chevreuil. La bête sait qu'elle a la mort aux trousses. Elle fonce à l'aveuglette.

Le pick-up avançait, mais, arrivé à hauteur de la cabane, Mehdi stoppa. Bénédicte devait être à l'intérieur, ligotée, bâillonnée sûrement. Il devait s'occuper d'elle d'abord. Il sauta par terre. Julien descendit de son côté. Mme Maca ne bougea pas, elle lui cria : « Lâche les chiens, Julien ! »

Julien bascula le panneau arrière sans hésiter. Il était gagné par la frénésie de Mehdi, les ordres de Mme Maca l'excitaient, il aurait obéi au diable.

Les chiens se précipitèrent. Ils étaient énervés. Dans leur cervelle obscure, les cris, les menaces, l'agitation des humains avaient ranimé les instincts de la horde.

« Allez, allez, attrapez-le ! » clapit Mme Maca à son tour posée sur le sol. Elle leur désignait la longue ligne droite du chemin au bout de laquelle Walter cavalait. Ils ne comprirent pas tout de suite. D'abord, ils se jetèrent sur les talons de Mehdi qui venait de franchir la porte de la cabane.

« Mais pas là, bougres d'abrutis ! Quick ! Flupke ! Au pied ! Au pied ! »

Elle amorça quelques pas sur le chemin en tricotant des chevilles du mieux qu'elle pouvait.

« Là ! Là ! »

Alors, enfin, ils la laissèrent sur place et piquèrent droit devant. S'ils avaient repéré Walter, c'était peu probable. Il était trop loin. Mais ils avaient l'habitude en promenade qu'elle les ameute après un lapin ou un renard visibles seulement pour elle, à hauteur de ses yeux. En général, ils revenaient bredouilles. Le seul gibier qu'ils aient jamais attrapé, c'étaient quelques poules faisanes occupées à couver. Elle les fourrait vite fait dans son cabas. Du braconnage. Pas joli pour une femme de gendarme, mais quelle importance ! Si on savait ! Elle avait fait pis que ça, quand, autrefois, elle avait fichu le feu à la grange de Larondelle où il s'était vautré avec la fille à Walter. Bien fait pour ce saligaud !

La fille, elle n'avait pas pu s'en venger jusque-là. Le jour était venu. C'est son père qui allait déguster pour elle. Elle n'aurait jamais pensé que Walter aurait pu abuser d'une gamine. Elle croyait que Laura ne devait ses vices qu'à sa mère. Trop naïve, trop bonne, évidemment. En fait, ils étaient les mêmes, tous les trois, un panier de crabes, des pervers. Walter, ce faux jeton, allait payer l'addition dès que les chiens l'auraient rattrapé, que Julien l'aurait rejoint.

Elle le regardait courir à sa poursuite, déjà dépassé par les chiens, en se déhanchant lourdement, elle en aurait souri presque, tandis que Mehdi, sorti de la cabane vide, descendait vers la rivière en appelant : « Bénédicte ! Bénédicte ! » Mme Maca se retourna vers lui. Les vieilles rancœurs qui ravageaient son âme, à son propre étonnement, le cédèrent un moment à la pitié la plus déchirante pour ce père qui invoquait le nom de son enfant.

Walter n'avait pas couru depuis des années. Tous les efforts que l'on imaginerait dans son métier de forestier étaient accomplis par le Timberjack. Lui, assis dans la cabine, se contentait de manipuler les manettes du bout des doigts. Bientôt, il fut à bout de souffle. Il ne pensait plus à son mal de dos, une autre douleur insistante montait en vrille de son ventre à ses épaules. Il la reconnut. C'était celle qui l'avait déjà harponné près du pont de la Sûre, vendredi soir, quand il avait découvert les avis de recherche de Bénédicte. Ses bras repliés se balançaient pour la rejeter, mais en vain.

Les chiens aboyaient gaiement, comme s'ils s'amusaient à lui faire peur. Il aurait pu s'arrêter. Sur le talus, un chêne avait profité des vents printaniers pour se débarrasser de quelques branches mortes. Un gourdin à la main, il pouvait faire front, il savait où frapper, sur la truffe, ils ne demanderaient pas leur reste.

Mais il lui aurait fallu se battre. Contre les bêtes et, ensuite, plus encore, contre les humains. C'était trop. La douleur toujours plus pressante en lui prétendait qu'elle pouvait résoudre tous ses problèmes. Il lui suffisait de s'en remettre à elle.

Il la fit monter en accélérant une dernière fois jusqu'à ce que le sol du chemin soudain vienne à sa rencontre. Son front heurta une pierre en saillie, tandis qu'en lui-même quelque chose se déchirait comme un tissu que l'on tire à deux mains. Alors la douleur s'anéantit, et l'univers avec elle.

Léonard se présenta chez Marie-Louise dans la demi-heure après le coup de téléphone de Laura. Il avait juste pris le temps de prévenir Schuurman à Haanzee qu'on avait retrouvé Bénédicte chez son grand-père. Histoire de s'accorder un menu plaisir, en raccrochant, il conclut qu'il aurait été fort étonné que le pépé soit mêlé à la disparition d'Annelies Vandamme. Puis, il avait foncé jusqu'à Montange, gyrophare clignotant, bien qu'à la réflexion, il n'y eût plus rien de si pressé désormais.

Ceux qui s'imaginent déjà qu'il trouva Marie-Louise en pleine euphorie n'ont jamais vécu ce genre de situation. Marie-Louise lui adressa à peine la parole. Elle avait fait une crise de larmes qui s'était terminée en hoquets effrayants, puis elle était restée prostrée, les coudes sur la table, la tête entre les mains. Si on lui avait annoncé la mort de Bénédicte, sûr que le chagrin aurait rameuté en elle tout l'amour qu'elle lui avait prodigué depuis sa naissance. Mais, là, tout à coup, elle lui en voulait terriblement du mauvais tour qu'elle lui avait joué. Si elle avait pu la tenir à portée de main, elle lui aurait retourné une paire de gifles. La seule sur qui elle pouvait s'apitoyer dans l'instant, c'était elle-même. Son amour de mère, elle tâcherait de le retrouver plus tard. Dans quel état, elle préférait ne pas y songer.

Léonard demanda si on avait averti le père. Ferdi avait essayé, il n'avait trouvé que Sandra à la maison. Mehdi était parti dans la matinée. Son portable ne fonctionnait pas : il devait se trouver dans une zone sans réseau.

En attendant, il ne restait qu'à récupérer Walter. Quand Laura fut dans la voiture avec l'inspecteur, elle demanda tout de suite si son père risquait des ennuis.

« Comme vous m'avez raconté l'affaire, je présume que non. Il faudra tout de même une déposition. Puis, une décision du parquet. »

Léonard était un peu mal à l'aise, comme toujours en présence d'une jeune femme. Il adoptait un ton aussi flic que possible pour dissimuler Léopold Léonard, l'homme timide qu'il était le seul à connaître, qui s'était toujours trouvé un peu ridicule.

« C'est par où ?

— On pourrait descendre du côté du pont sur la Sûre, mais c'est très humide. J'ai laissé ma voiture dans une ornière tout à l'heure. Il vaudrait mieux passer par l'autre côté, à partir de Sberville. Le chemin s'écarte de la rivière, ce sera plus sec. »

Ils trouvèrent le chemin comme elle l'avait dit, en effet, bien ressuyé. Il ne fallut que quelques minutes avant qu'ils arrivent à Walter.

Il était allongé sur le dos, à même le sol, au milieu de la route. Couchés à côté de lui, tranquilles, les deux chiens de Mme Maca. Ils levèrent la tête en entendant la voiture s'approcher. Pourtant, ils ne s'agitèrent pas davantage que s'ils montaient la garde. Sur la poitrine de Walter, un caban était posé comme une couverture. C'était celui de Julien. Lui était agenouillé près de la tête de Walter. Il se redressa, il fit un geste parfaitement inutile pour attirer l'attention.

Léonard s'arrêta à quelques pas. Laura sortit, elle se précipita.

« Papa ! Papa ! »

Elle se jeta par terre, elle embrassait le visage de son père, exsangue, marqué d'une entaille bleuie au front, elle le suppliait d'ouvrir les yeux.

Léonard s'approcha de Julien.

« Est-ce qu'il est... ?

— Non, non... Il courait. Le cœur, je suppose. Il respire, mais tout juste. Il faudrait qu'on s'occupe de lui très vite. Mehdi...

— Mehdi ?

— Oui, j'étais avec Mehdi. On voulait... Il est parti chercher les secours. »

Julien balbutiait. Il aurait dû expliquer mais, pour le moment, il ne pouvait pas, il ne comprenait pas lui-même ce qui lui était arrivé. Quand il avait rattrapé Walter, il était par terre. Les chiens de Mme Maca lui léchaient la nuque. Il l'avait retourné. Walter était inconscient, affreusement pâle. Les chiens gémissaient. Était-ce à cause de leurs plaintes que la hargne qui l'habitait s'était évanouie ?

Il s'était penché sur Walter, il lui avait tapoté les joues, il avait senti le filet de souffle qui sortait de sa bouche entrouverte. Alors le souvenir de l'homme, pareillement étendu de tout son long sur le trottoir devant sa maison, quand il l'avait bousculé à la mort d'Annelise, avait fondu sur lui. La pitié l'avait pris à la gorge. Elle était en lui depuis cette époque-là mais, avant ce moment, jamais il ne l'avait acceptée.

Il avait enlevé son caban et il l'avait posé sur la poitrine de Walter. Il murmurait : « Tiens bon, Walter, tiens bon, mon vieux ! Tiens bon, mon camarade ! »

Il s'était relevé et il avait appelé Mehdi, les mains en porte-voix. Mehdi était accouru presque aussitôt, la respiration courte, le cœur plein de rage. Il avait cherché Bénédicte partout dans les parages de la cabane, sans la trouver. Julien était courbé sur Walter. Il lui tenait la main, il avait arrêté Mehdi.

« Ce n'est pas lui qui l'a enlevée, Mehdi. Ce n'est pas possible. Je suis sûr qu'on s'est plantés. Va chercher les pompiers, une ambulance, un docteur. Vite ! »

Personne ne pouvait mesurer mieux que lui les conséquences d'un retard des secours.

Devant le visage cadavérique de Walter, Mehdi avait hésité puis, finalement, il était reparti, lentement d'abord, et enfin il s'était remis à courir.

Léonard s'inclina sur Walter à son tour. Il releva Laura doucement, par les épaules. Puis, comme s'il avait omis un détail, il lança à l'adresse de Julien : « À propos, on a retrouvé Bénédicte. Chez son grand-père, à la Côte. »

Une grimace affreuse plissa les joues de Julien jusqu'à l'aréole de son œil au beurre noir et il murmura : « Quel gâchis ! Mais quel gâchis ! »

20

Juste au moment où, après Bruxelles, le train quitta la Flandre, la nuit descendit. Peu à peu, le paysage s'effaça des vitres, Bénédicte n'y distingua plus que sa propre figure. Elle esquissa un sourire à l'adresse de son reflet, comme si elle avait voulu se réconforter elle-même. Elle soupira. Puis elle appuya la nuque contre le dossier de la banquette esseulée où elle s'était assise et ferma les yeux en essayant de ramener ses pensées à son grand-père.

Tout à l'heure, il l'avait accompagnée sur le quai de la gare de Haanzee. Il l'avait serrée dans ses bras, avait pressé sa tête contre lui si fort qu'elle entendait son souffle étroit ramoner sa poitrine. Il n'était pas en bonne santé, elle n'y avait guère prêté attention jusque-là.

« Ne te fais pas trop de soucis. Ta mère passera l'éponge. Ça va s'arranger. »

Sa voix, si ferme jusqu'alors, chevrotait un peu.

« Tu sais, Béné, je n'oublierai jamais les trois jours qu'on a passés tous les deux. Ça m'a rappelé...

— Quoi donc ?

— Oh, rien... Tu vois, j'aurais tellement voulu avoir quelques jours comme ça avec ta maman autrefois.

— Mais il fallait !

— Ça ne s'est jamais fait. C'est quand c'est trop tard qu'on y pense.

— Je reviendrai te voir.

— Mais oui, bien sûr... »

Il n'y croyait pas, cela sautait aux yeux. Pourtant, elle s'était abstenue d'en rajouter, elle aurait craint que les usuels serments de départ ne gâchent leur entente, qui n'avait pas eu besoin de phrases. Elle avait coiffé sa casquette de baseball et était montée en voiture. Quand elle regarda par la vitre, il avait déjà disparu.

Depuis jeudi, tout s'était passé de la même manière. Pas de questions, pas d'explications. Elle avait débarqué chez lui, avait annoncé qu'elle venait passer la fin de semaine, et il avait trouvé cela tout naturel. Il s'embrouillait dans les congés scolaires. Bénédicte n'avait pas de valise, cela ne se faisait plus, bien sûr, ses affaires devaient se trouver dans son sac de cours. La semaine précédente, pour son anniversaire, il lui avait envoyé une carte qui se terminait par la formule rituelle : « Quand viendras-tu me voir ? » Il n'aurait même pas rêvé qu'elle viendrait vraiment. Eh bien, il avait eu tort. Elle était plus gentille encore qu'il ne le pensait.

Chez lui, elle n'était passée qu'une seule fois, deux ans plus tôt. C'était un peu avant le divorce de ses parents. La famille s'offrait quelques jours à la mer. Une location en appartement à Ostende. Le dernier jour, Marie-Louise n'avait pas voulu rentrer sans aller saluer son père à Haanzee.

Émile n'avait jamais pu encadrer Mehdi. Mais ils savaient se tenir, l'un et l'autre. Mehdi offrit le restaurant, histoire de montrer à Émile que sa fille n'avait pas épousé le plouc qu'il s'entêtait à voir en lui. Menu « Grand Gourmand » pour tout le monde ! Émile avait refusé. Une salade lui suffisait, n'importe laquelle, la moins chère, il n'avait pas faim. Tout le repas, il les avait regardés manger avec un air de réprobation, de dégoût presque.

Au moment du départ, il n'avait accordé qu'une main molle à Mehdi, une bourrade à Ferdi et des lèvres pincées sur la joue de Marie-Louise. Pris de remords, sans doute, il avait écrasé Bénédicte de baisers, comme s'il la chargeait de les redistribuer plus tard. Après ça, Mehdi avait ruminé pendant tout le trajet de retour. Peut-être était-ce là, sur l'autoroute, qu'il s'était accordé une dernière et fatale consolation sur l'oreiller de sa secrétaire.

Vendredi matin, Bénédicte trouva un petit-déjeuner d'ogre sur la table de la cuisine. Le temps était superbe. Émile proposait une partie de pêche à la crevette grise. Il avait déniché une paire de bottes pour elle, une seconde épuisette dénommée « bichette », et ils avaient passé la matinée à pousser chacun la leur dans l'eau verte, au bord de la mer. Ils étaient rentrés lestés d'une belle récolte de crevettes, de crabes et autres menues prises. Émile avait ébouillanté les crevettes vives, accommodé le reste, et ils s'étaient régalés avec le premier verre de muscadet qu'elle eût jamais goûté.

Le grand jour, cependant, ce fut samedi. Ils avaient pris le *kusttram* jusqu'à la frontière hollandaise, étaient passés en Zélande. Finies les affreuses barres de buildings du littoral flamand. La mer semblait libérée, la coupole du ciel rétablie sur les eaux et sur les dunes. Promenade, char à voile, poisson frit acheté dans une baraque ambulante, emballé dans du papier paraffiné, mangé en secouant les doigts, sur un banc. Peu de conversation, à cause du vent qui refoulait les mots dans la bouche. Émile l'avait dispensée de la curiosité convenue des adultes – ses études, ses projets d'avenir, comment ça se passait entre son père et sa mère. Des questions qui vous repoussent chez les enfants, en attente de la vraie vie. Elle n'était pas sa petite-fille, elle était sa complice.

Le soir, elle n'en pouvait plus. Après avoir lavé son linge dans le lavabo de la salle de bains, elle s'endormit comme une souche. Au réveil, Émile lui avait offert des tee-shirts qu'il venait d'acheter en allant chercher du pain. Il avait exhibé triomphalement l'inscription du premier : « *I am a magic girl* ». Un instant, elle y avait cru mais, une fois seule, quand elle le passa devant la glace, elle se trouva devant les lettres inversées, illisibles. Tout à coup, elle comprit qu'elle s'était étourdie quelques jours dans une espèce de rêve éveillé, mais que tout était faux.

L'aventure était terminée. Elle devait rentrer à la maison maintenant. Est-ce qu'il fallait dire la vérité à Émile ou lui laisser l'illusion qu'elle était là par un coup de baguette magique, comme il l'avait cru certainement en choisissant le tee-shirt ?

Elle sortit sur la plage pour prendre une résolution. Quand elle revint, le téléphone avait sonné. Marie-Louise avait appris à Émile qu'on la cherchait partout, qu'elle était portée disparue.

« Tu n'avais pas dit à ta mère que tu venais me voir ?

— Non.

— Pourquoi ?

— ... Je n'y ai plus pensé. »

Cette réponse avait l'air complètement stupide, mensongère, même. Et pourtant, c'était la stricte vérité. On voudrait tellement que les choses se passent avec une impeccable rigueur, que la vie avance comme ce train dans lequel elle remâchait sa conduite. Tout devrait être réglé conformément à l'horaire, aux aiguillages, aux feux de signalisation, en liaison permanente avec le dispatching central. Désolé, ça ne marche pas comme ça.

Jeudi matin, quand Walter l'avait interpellée dans le ravin près du pont où elle essayait de rattraper Silvio, c'était comme si la main qu'il lui avait tendue pour la ramener sur la route l'avait extirpée de la vie ordinaire. Et le visage de Walter, d'abord si inquiet en la voyant près de glisser dans la rivière comme une écervelée ou peut-être une désespérée, s'était tellement rasséréné quand elle s'était hissée à ses côtés, qu'elle avait senti son cœur défaillir de gratitude pour cet homme presque inconnu. Elle avait accepté de monter dans sa voiture. Dans quel but ? Pour le rassurer complètement, peut-être.

Ensuite, chaque moment s'était emboîté au précédent, comme aux dominos, avec une logique parfaite à chaque coup que le hasard introduit. Elle demanda à Walter de la déposer à la gare pour ne pas s'exposer aux vannes des autres s'ils la voyaient sortir de sa voiture à l'entrée du collège. Pourquoi la gare ? Parce que... parce qu'elle partait ! Où ça ? Rencontrer sa correspondante. Elle avait bel et bien une correspondante, mais, un peu loin, à Édimbourg. Elle s'en était vite inventé une autre accessible par chemin de fer depuis la gare d'Arelborn, une flamande, par exemple.

Et ainsi, le nom d'Annelise, son amie d'autrefois, s'était offert spontanément à elle. Il était toujours là, au fond d'elle-même, comme le prononçait Liesbeth, avec son accent qui scandait les syllabes. Les adultes s'imaginent que les enfants oublient les morts. Si les enfants n'en parlent plus, c'est seulement qu'ils ne veulent pas faire honte aux grandes personnes, tellement oublieuses. Bénédicte pensait souvent à Annelise. Dans un coffret dont elle gardait la clé à une chaînette autour de son cou, elle conservait la carte postale que Marie-Louise lui avait envoyée pour la consoler, avec la fausse signature enfantine de son amie soi-disant en voyage. L'illustration montrait la mer étale sous un ciel ponctué de nuages blancs comme des moutons broutant l'azur.

En route donc vers la mer puisque Walter était d'humeur buissonnière ! Après Bruges, quand il avait fallu préciser la destination, elle choisit Haanzee. Où aurait-elle pu échouer ailleurs ? Sur place, une fois Walter reparti, elle s'était rendue chez Émile.

Il était encore temps de téléphoner à sa mère. Mais comment lui expliquer qu'elle était là ? Marie-Louise allait lui passer un fameux savon. Puis, quelle déception pour Émile qui croyait vraiment qu'elle était venue tout exprès pour lui ! Elle s'était promis d'appeler le lendemain et, le lendemain, elle avait préféré ne plus y penser.

Le train arrivait à Arelborn. Dans le wagon, il ne restait que deux voyageurs déjà debout, dont un embouchait une cigarette. Bénédicte les suivit dans le couloir, en boutonnant son blouson jusqu'au col sur l'imprimé « *magic girl* ». À l'idée de la scène des retrouvailles, son cœur à présent se serrait. Papa et maman devaient être sur le quai. Ses larmes se tenaient prêtes au coin des paupières, ses « Pardon, pardon » prenaient la file dans sa gorge. Elle frémissait.

Descendue, elle fit quelques pas en jetant des regards autour d'elle. Et, soudain, une silhouette de femme sous les lampadaires orange leva le bras et vint prestement à sa rencontre.

Sandra !

Bénédicte s'immobilisa. Sandra accourut jusqu'à se trouver à deux doigts, une savante composition de douleur et de soulagement sur les traits. Certainement, elle avait projeté d'embrasser Bénédicte sur-le-champ, mais l'étonnement sur son visage brisa son élan. Pas plus d'une seconde, d'ailleurs, au bout de laquelle elle s'empara de Bénédicte et la pressa contre sa poitrine si fort que cela ne pouvait que paraître exagéré.

« Béné, Béné, enfin, enfin, ma chérie ! »

Elle relâcha son étreinte pour pouvoir la contempler, les yeux remplis de larmes. Bénédicte était raide comme un balai.

« Ah, Bénédicte, tu peux te vanter de m'avoir fait une belle peur !

— Où est papa ? demanda Bénédicte – elle ne pouvait imaginer que Sandra était seule.

— Il n'a pas pu venir. Je t'expliquerai.

— ... Et maman ?

— Non plus. Ne restons pas là. J'ai ma voiture devant la gare. »

L'esprit confus, Bénédicte lui emboîta lentement le pas. Sandra se pressait devant elle et se retournait en répétant : « Viens ! Viens ! » comme si elle l'emmenait à une fête.

Dans le hall, soudain, elle lui demanda : « Au fait, as-tu mangé ?

— Non.

— Tu veux un pistolet au jambon ? Le buffet est encore ouvert.

— Non, je n'ai pas faim.

— Tu vas tout de même boire quelque chose. Tu dois être déshydratée.

— Franchement...

— Si, si. Comme ça, on pourra causer tout de suite. »

Elle poussa la porte et la fit asseoir à un des petits guéridons. Sur les vitres et sur le panneau destiné aux publicités touristiques étaient punaisés quatre ou cinq avis de recherche que Mehdi avait apportés. Bénédicte n'en avait encore jamais vu. Sur le coup, elle ne put croire qu'il s'agissait d'elle. Pourtant, c'était bien son nom, sa photo. Sandra l'observait, elle s'amusait.

« C'est moi qui les ai photocopiés, dit-elle sur le ton qu'elle aurait pris pour lui faire part d'une plaisanterie et, comme le garçon venait prendre la commande, d'un air espiègle, elle demanda : Vous ne remarquez rien ?

— Non. Quoi ?

— Mademoiselle, en face de moi ? »

Le garçon, un type d'un certain âge, la lippe désabusée, dévisagea Bénédicte, déjà honteuse et prête à essuyer son cri de surprise. Elle regrettait d'avoir rangé sa casquette de baseball dans son sac. Mais il se contenta de gouailler : « Mademoiselle est très jolie, en effet. Votre fille ?

— Presque. Ma belle-fille.

— Compliments, madame. Qu'est-ce que je vous sers ?

— Regardez donc les avis de recherche ! »

Légèrement agacé, le garçon leva les yeux vers les affiches. « Alors ? » demanda Sandra. Son menton dirigé vers Bénédicte s'efforçait de lui refiler un indice. Le garçon plissa les sourcils, eut l'air de comprendre enfin et concéda : « Ah oui ! Un air de ressemblance. Mais mademoiselle n'est pas du genre à faire une fugue. Ça se voit tout de suite. »

Sandra se résigna à commander deux Coca.

« Alors, on me recherchait vraiment ? souffla Bénédicte dès que le garçon s'éloigna.

— Et comment ! Je dois te conduire au commissariat.

— Moi ?

— Oui, toi ! »

Sandra semblait aussi enchantée que si elle avait escorté une vedette.

« Mais pourquoi ?

— Ils veulent savoir s'il ne t'est rien arrivé.

— Qu'est-ce qui me serait arrivé ?

— Avec l'individu qui t'a enlevée.

— "Enlevée" ? Personne ne m'a enlevée !

— Ce Holz. Walter Holz.

— Il ne m'a pas enlevée, il m'a emmenée à Haanzee, c'est tout.

— Et il ne s'est rien passé ?

— Je ne comprends pas.

— Il ne t'a pas... Enfin, tu es une fille tout de même, tu vois bien ce que je veux dire.

— Ah, ça... Walter ne ferait pas de mal à une mouche, si tu veux le savoir. C'est l'homme le plus...

— Tant mieux, tant mieux ! »

Elle leva les mains comme pour se débarrasser de ces questions qui, malgré tout, semblaient la laisser perplexe, pour ne pas dire déçue.

« Tu expliqueras tout ça aux policiers. Ton père nous attend au commissariat.

— Papa ?

— Oui. Il y a eu un problème dans la journée, avec Holz précisément. Ton père avait découvert que c'était Holz qui t'avait... emmenée. Il a voulu aller lui parler, mais Holz a fait un malaise cardiaque.

— Walter ?

— Oui.

— C'est grave ?

— Il est à l'hôpital.

— Comment va-t-il ?

— Eh bien... pas trop bien, je crois. »

Walter si gai, si chaleureux, sur un lit d'hôpital ! C'était complètement insensé. Bénédicte se sentait comme quelqu'un qui, sans le vouloir, a accroché en passant le cordon d'une lampe et entend tout à coup derrière lui le fracas de la chute.

« Ton père m'a fait venir au commissariat tout à l'heure, il m'a expliqué. Il m'a demandé de m'occuper de toi.

— Mais... et maman ?

— Trop choquée pour prendre le volant. Mehdi n'a pas voulu. Je te déposerai à Montange tout à l'heure. »

Le garçon apporta les boissons. Il servit Sandra avec une certaine raideur mais, quand il se pencha vers Bénédicte, il la gratifia d'une moue attendrie. Il était méditerranéen, portugais ou sicilien, de ces contrées où l'on vénère encore la famille, et il la plaignait sans doute d'être affublée d'une fausse mère doublée d'une tête de linotte.

Sandra avala une petite gorgée, puis, soudain, elle étendit la main à la rencontre de la main de Bénédicte. Bénédicte la lui abandonna, quelques instants, à contrecœur.

En fait, Walter était mort pendant son transfert vers Saint-Christophe. Les secours avaient été retardés à cause de l'état du chemin forestier du côté du pont de la Sûre. Sandra le savait. Elle n'avait pas le courage de le dire à Bénédicte. Maintenant qu'elles étaient là, toutes les deux, elle sentait monter en elle l'amour qu'elle aurait toujours voulu éprouver pour la fille de Mehdi et qu'elle n'avait jamais pu ressentir.

« Pourquoi es-tu partie comme ça ? » demanda-t-elle, douloureuse tout à coup.

Bénédicte haussa les épaules. Jusque-là, elle n'avait réfléchi qu'à la manière dont les choses s'étaient enchaînées. Comment elles étaient arrivées, elle aurait pu l'expliquer, mais pourquoi, elle l'ignorait. Pourquoi n'avait-elle opposé aucune résistance aux événements, pourquoi ne s'était-elle pas ressaisie quand ils avaient pris une tournure complètement loufoque, par exemple au moment où Walter avait obliqué vers l'autoroute, direction la Côte ? Mystère... Ce qu'elle pouvait plaider seulement, c'était qu'elle ne regrettait rien.

« Tes parents ? Tu as pensé à leur angoisse ? Ton père était comme fou. »

La souffrance de ses parents, le sort de Walter, d'autres bouleversements peut-être qu'on ne lui avait pas encore appris, tout cela ne changerait rien. Elle n'avait pas de remords. Si elle s'en était trouvé, elle aurait certainement cherché des explications, elle en aurait déniché. Le divorce, la figure paternelle brisée, le flirt de sa mère, autant de prétextes qui lui tendaient les bras. Mais ces raisons lui paraissaient dérisoires, elle n'en avait pas besoin.

Si elle était partie, c'était sans doute que quelque chose en elle-même, qu'elle ne pouvait connaître à ce moment-là, savait qu'une fois son escapade terminée, il y aurait ce sentiment de joie, d'accomplissement. Enfant, le chagrin de ses parents l'aurait affligée. Maintenant, il lui semblait qu'il était inévitable. Pas la peine de se flageller. Les parents sont destinés à avoir du chagrin parce que les enfants doivent s'arracher à leur amour. Elle était vivante, elle n'était pas comme Annelise, à jamais la petite fille de Liesbeth et de Julien.

Elle allait rentrer chez sa mère pour quelques années encore. Elle ne s'évaderait plus de cette façon. Elle reprendrait sa vie d'avant, qui lui convenait très bien. Son instinct l'avait poussée depuis longtemps à faire les choses à sa façon, sans s'occuper des autres. Pas de covoiturage, pas d'e-mails, pas de portable. Libre. Elle était bien tranquille. Elle savait que, le jour venu, elle pourrait s'envoler de nouveau.

« Tu aurais pu tomber sur un pervers, un pédophile. C'était dangereux, tu sais ! »

Elle aurait bien répliqué que la vie est dangereuse, de toute façon. Mais elle était trop jeune pour ce genre de formule. Elle se contenta d'acquiescer d'un petit balancement de la tête. Sandra soupira.

« Tu as eu de la chance. »

Ce n'était plus vraiment un reproche. Le regard de Sandra avait changé. Il s'était fait humble tout à coup. Il implorait un peu d'attention pour elle-même. Bénédicte le remarqua.

La chance dont Sandra parlait, était-ce d'avoir échappé au danger qui pèse sur les filles en fugue ? Ou la chance tout simplement, comme elle aurait dit le bonheur ? Cette chance, Bénédicte l'avait eue, tandis qu'elle, Sandra... Un jour aussi, elle avait sauté le pas, quand elle avait cru à l'amour de Mehdi. Ce n'était pas moins périlleux que de monter à bord de la voiture d'un inconnu. Mehdi lui avait fait miroiter des horizons infinis dans le pare-brise. En réalité, il voulait seulement se payer une petite échappée hors du train-train conjugal. Et maintenant, ils tournaient en rond tous les deux.

Sandra déposa quelques pièces de monnaie sur la table.

« On y va ? »

Elles quittèrent la salle. Sandra franchit la porte la première, puis elle attendit Bénédicte. Quand elle fut à sa hauteur, elle lui passa le bras autour des hanches. Pour la première fois depuis qu'elles se connaissaient, Bénédicte accepta, sans réticence. Elles firent quelques pas. Alors, Bénédicte passa elle aussi son bras autour de la taille de Sandra.

Sandra inclina la tête.

« Tu sais que tu peux compter sur moi, maintenant ? »

Elle contenait ses larmes avec peine.

Bénédicte approuva d'un sourire. Sandra murmura : « Eh bien, il s'en sera passé, des choses, en ton absence... »

Elles s'éloignèrent ainsi, enlacées, comme les femmes le font quelquefois pour s'épauler entre elles, face à leur vie.

POCKET N° 15409

« Loin des mosquées *devrait être une lecture obligatoire dans les écoles.* »

RTL

Armel JOB

LOIN DES MOSQUÉES

À la Tannerie, le quartier turc de cette ville des Ardennes belges, on marie Evren, l'ancien gardien de but du Sporting. Étrange et grave cérémonie que ce mariage arrangé où le bonheur, comme le soleil, semble absent. C'est qu'Evren, le marié, rêve encore de sa cousine Derya – Derya la farouche, la sauvage, Derya la sultane qui l'a refusé...

Les traditions et l'honneur familial sont saufs. Mais, malgré l'interdit, la liberté n'a pas dit son dernier mot...

Retrouvez toute l'actualité de Pocket sur :

www.pocket.fr

Faites de nouvelles rencontres sur pocket.fr

- Toute l'actualité des auteurs : rencontres, dédicaces, conférences...
- Les dernières parutions
- Des 1ers chapitres à télécharger
- Des jeux-concours sur les différentes collections du catalogue pour gagner des livres et des places de cinéma

Un livre, une rencontre.

La photocomposition de cet ouvrage
a été réalisée par
GRAPHIC HAINAUT
59410 Anzin

Imprimé en France par

Maury Imprimeur
à Malesherbes (Loiret)
en janvier 2018

POCKET – 12, avenue d'Italie – 75627 Paris Cedex 13

N° d'impression : 224016
S28129/01

1416 1-

GW01606223

THE]
KIDNA
CYRIL BONHAMY

Cyril is very good at reading, writing and buying books, but he isn't much good at anything else—especially anything electrical. Kidnapped one day by three Arabs, Assif, Yassif and Massif, who think he is someone else, Cyril finds himself whisked off to a desert somewhere in Africa and forced by the giant hand of Massif to take part in their plan to free their friends from prison. How Cyril finally escapes from his terrifying ordeal makes thrilling and explosive reading.

Other titles by Jonathan Gathorne-Hardy:

Novels for Children
Jane's Adventures In and Out of the Book
Jane's Adventures on the Island of Peeg
Jane's Adventures in a Balloon

Novels
One Foot in the Clouds
Chameleon
The Office

Social Studies
The Rise and Fall of the British Nanny
The Public School Phenomenon

THE TERRIBLE KIDNAPPING OF CYRIL BONHAMY

Jonathan Gathorne-Hardy

Illustrated by ffolkes

Evans Brothers Limited London

© 1978 Jonathan Gathorne-Hardy
Illustrations © 1978 Evans Brothers Limited

First published 1978 by Evans Brothers Limited,
Montague House, Russell Square,
London WC1B 5BX

All Rights Reserved. No part of this publication may be reproduced, stored in a retrieval system, or transmitted, in any form or by any means, electronic, mechanical, photocopying, recording or otherwise, without the prior permission of Evans Brothers Limited.

Gathorne-Hardy, Jonathan
The Terrible Kidnapping of Cyril Bonhamy.
—(Jesters).
I. Title
823'.9'1J PZ7.G225

ISBN 0-237-44924-2

HAMPSHIRE COUNTY LIBRARY
J 4964439

PRA 6159

Printed in Great Britain
by William Clowes & Sons Limited

Contents

For
Jenny and
Laura and
Ben and Aubone
and Ivan

Cyril Has a Nasty Shock

Cyril Bonhamy lived with his wife, Deirdre, in a large, untidy, old house with a large garden in Wimbledon, London. He was a small, round man, with a bald head, crinkly eyes and very soft, white, plump hands. His wife, Deirdre, was very tall and thin. She liked Cyril, but just recently she had been rather cross—especially with Cyril.

The house was untidy because it was completely full of books. Cyril was really only interested in books. He wrote books, he wrote about books in newspapers, he talked about books on the radio, he read books, bought books; sometimes, very reluctantly, he sold books. Deirdre used to say that if it had been possible he would have eaten books. Not only did every room in the house have books on shelves, but there were books piled on the floor, on chairs, on mantelpieces, in cupboards and under the beds. The corridors were full of books; they were piled on the stairs and in the hall. Sometimes books even crept into the kitchen. Deirdre threw them out at once.

Even at the best of times they couldn't really afford to live in such a big house. Deirdre used to say, "Please can't we move to a flat, Cyril?"

"Yes—but what would we do with the books?" Cyril would ask.

"We could sell some of them—or throw them away," Deirdre would answer.

"Oh ha ha," Cyril would say crossly, and stump off to his study, which was so full of books you had to get in through the door sideways.

But recently a terrible thing had happened. The newspaper which used to pay Cyril to write about books had suddenly run out of money and closed down. So Cyril had had no job for six weeks. It wasn't so bad for him. He could just slip away to his study and read or write all day. But Deirdre had no money to pay for their food, no money to pay the electricity bills—and all the shops were saying, "You'll have to settle the account soon, Mrs Bonhamy." What made it particularly difficult was that Cyril was extremely greedy. He liked large meals, and lots of them—at least three a day. He often slipped into the kitchen for a little snack.

One morning in September, seven weeks after Cyril had stopped getting any money, Deirdre suddenly felt she'd had enough. There was a strike on, and none of the dustbins had been emptied for ten days. The milkman had said that morning, "You'll have to settle the account soon, Mrs Bonhamy." And just as they were finishing breakfast (Cyril had had two helpings of porridge and cream, three fried eggs, six sausages and five slices of toast and marmalade), the light in the kitchen went out.

"Oh, *no*," said Deirdre, "there goes a fuse."

"A fuse?" said Cyril, wondering what on

earth a fuse was doing in the house. Was it attached to a bomb? He got up, planning to slip quietly away to his study while Deirdre got rid of this fuse.

But Deirdre, who knew quite well that Cyril was very bad at everything except books, and who usually said to herself it wasn't really his fault the paper had closed down, all at once felt irritated.

"Why can't you mend it?" she said crossly. "Why can't we have some money? Most men—in fact all other men—would mend their wives' fuses."

Normally, Cyril didn't mind admitting he only knew about books. In fact he was quite proud of it. But he recognized the tone of Deirdre's voice. It was her well-why-can't-we-sell-some-books-then tone of voice. So instead he said carelessly, "Well why didn't you ask me? I can mend fuses. Any fool can mend fuses. Where are the fuses anyway? Give me a hammer."

"They are in the box under the ceiling in the passage outside your study," said Deirdre. "And why do you need a hammer?"

"Never you mind," said Cyril. He didn't know why he needed a hammer either, but he'd noticed most workmen carried them, and certainly he felt more confident with it gripped in his hand when he stood on a chair in the book-filled passage and looked at what he supposed was the fuse box.

It had a small catch on the side. Cyril pushed it nervously with the hammer. He didn't want to get a nasty electric shock. Nothing happened. It was obviously stuck. He gave it a little tap with the hammer, then a harder tap. Still it didn't move. Cyril took a deep breath, raised the hammer above his head, and hit the catch as hard as he could—Crash! Crash! Crash! Crash! Crash!

Absolutely nothing happened. Cyril leant weakly against the wall, panting. He'd have to get a tin opener or something. An axe, perhaps. But then, looking closely at the catch, he saw that it seemed to be more like some sort of a screw. He reached out a nervous hand and found to his surprise it could easily be unscrewed. Soon, the catch could be lifted. Like magic, the fuse box opened.

But now there was a fresh problem. Cyril stared in wonder at what looked liked a row of white handles. What should he do? Probably all they needed was a good smashing. He lifted the hammer above his head again, ready to bang into them, but then thought better of it. Not all the handles were white, he saw. One was covered in black marks, as if it had been in

a fire. Once again, Cyril reached out a nervous hand and after waggling the blackened fuse about for a while managed to pull it out.

He saw at once what had gone wrong. Some fool had put a tiny thin wire in the fuse. This had broken, as you might expect. Obviously something stronger was needed.

Cyril hurried back to the kitchen. It was quite dark there and Deirdre was washing up by the light of a torch.

"How are you getting on, dear?" she asked.

"Oh, it's a pretty tricky job," said Cyril in a casual voice, rather glad the kitchen was too far away from the passage for anything to be heard. "But I can tackle it." He whirled the hammer, nearly dropping it, and said, "I need a—let me see—I need," and seeing a teaspoon beside the torch, he said, "a teaspoon."

"A *teaspoon*?" said Deirdre. "What on earth for?" "Never you mind," said Cyril in an airy electrician's voice; and he called out as he left the kitchen, "The job will soon be finished."

Back at the fuse box, he could see clearly what had to be done. There were some prong-things sticking out, one above the other. If he wedged the teaspoon between them everything would be all right. Cyril couldn't think why he hadn't done this sort of thing before. It was as easy as writing a book. He reached forward and stuffed the teaspoon between the prongs.

Immediately, there was a blinding flash, a loud bang, and Cyril felt himself struck a colossal blow—WHAM!—as though he'd been kicked in the chest by a bull. This flung him through the air until he landed half-way down the passage, striking a tall pile of books which at once collapsed upon him.

He lay in darkness, covered in books. Was he dead? He moved his right leg and then his left arm. Not quite—he'd obviously just survived a terrible electric shock. After lying there for ten minutes, he struggled from under the pile of books and tottered shakily back to the kitchen. More shocks awaited him there.

"We'll have to get the electrician," he said to Deirdre in a weak voice, leaning against the fridge. "It's more serious than I thought."

"What's wrong?" asked Deirdre.

"Oh, amps, fuses, circuits, sockets," said Cyril vaguely. "All haywire."

"I see," said Deirdre, who'd expected something of this sort.

"I must get back to my study," said Cyril, pushing himself off the fridge.

"No," said Deirdre in a firm voice.

"What?" said Cyril. "What do you mean, 'no'? 'No' what?"

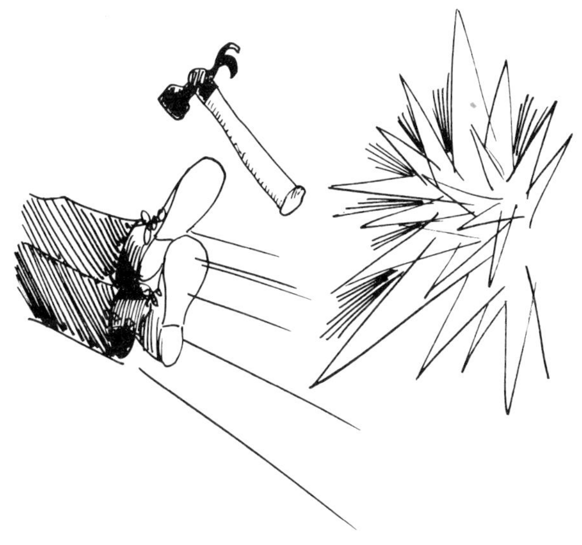

"No you can't go back to your study," said Deirdre. She shone her torch into his face. Cyril blinked irritably. "Cyril, we have no money. Winter will soon be here. We've got to do something. We must take a lodger. And you *must* sell some books. Look, take these plastic bags and go and clear the rubbish out of that big room next to our bedroom. We'll have a lodger in there."

Normally Cyril would have argued. But today, still shattered by the shock, he took the plastic bags and went gloomily upstairs.

The room, like all the rooms in the house, was a sea of books and papers and magazines. Cyril left the books, but began to stuff the magazines into one of the bags. Under one pile he was slightly surprised to find four boxes of bullets. They had belonged to his father, old Jeremy Bonhamy, who had loved shooting animals. Cyril, who was terrified of anything to do with guns or explosives, emptied the bullets into the bag, then he filled the rest up with old papers and magazines and, only just able to carry it, staggered downstairs and out of the back door to the dustbins.

The dustbins were all full. They were also surrounded by boxes full of rubbish. Cyril dumped his bag and went into the kitchen.

"The dustbins are full."

"I know," said Deirdre.

"Well what shall I do?"

"You'll have to carry the bag to the corner of Markham Street. The council has arranged a tip," said Deirdre. "It's not far."

"What?" cried Cyril. "I can't possibly carry that great sack down there. It weighs a ton. I'd have a stroke."

Deirdre was about to answer, when the front door bell rang. She turned away to answer it, but was soon back.

"It's Mr McGregor," she said. "You'll

have to talk to him, Cyril."

Mr McGregor was eighty-two, and for many years had looked after the large garden for old Mr Jeremy Bonhamy. When his father had died, Cyril had explained that he couldn't afford to pay Mr McGregor as much as his father had, so he'd have to stop.

"I'll do the garden myself," said Cyril, planning to leave it entirely to weeds.

But Mr McGregor, who secretly enjoyed working in the garden, had agreed to do it for 75p a week and this had continued for some years. But now he had not been paid anything for eight weeks and was beginning to grumble.

"It's not right, Mr Bonhamy," he said. "I'm getting on and there's a lot of work in this old garden."

"Oh dear, I know," said Cyril. "It's inflation, you see. Writers are having a terrible time. However, I'm writing a book and Mrs Bonhamy is planning to take a lodger. Could you wait two more weeks?"

"Well, if it's just the two weeks," said Mr McGregor. "No more, mind!"

"What are you going to do today?" Cyril asked politely.

"Burning the leaves," said Mr McGregor. "Look at 'em all, blowing about."

"*Burning* them?" said Cyril, a brilliant idea

suddenly springing into his head. "Where?"

"Down there at the side of the grass."

"You know that old brick place at the end of the garden where you used to burn things in my father's day—do you think you could burn them there?"

"Well I *could*," said Mr McGregor. "It would mean a bit of carting. But I *could*."

"Oh splendid," cried Cyril. "I have one or two things to burn. Look—go and start the fire and I'll go and fetch the sacks. You've saved me a lot of trouble, Mr McGregor," and, shaking the old man by the hand, he hurried back into the house, delighted with his plan.

Kidnapped!

While all this was going on, more sinister events were under way near by. Cyril's conversation with Mr McGregor had been closely watched from the top window of a tall empty house on the other side of the street by three evil-looking and very excited men. They were Arabs, dressed in white robes, each carrying a rifle. One of them was looking through a telescope.

"It's him!" said the one with his eye to the telescope. "Look, Yassif."

He handed the telescope to his companion, a small dark Arab, with a scar down his cheek. He too stared for several minutes at Cyril and McGregor and then put it down slowly.

"I'm not so sure. What you think, Massif?" And he handed the telescope to the Arab behind him. This was a giant of a man, nearly seven feet tall. He took the telescope in two hands the size of frying pans.

"That's him," he said in a moment. "I agree with Assif."

The house had been empty for several months. But late the night before, when it was dark, a black car had drawn quietly up at the back and the three Arabs, Assif, Yassif and Massif, had clambered over the wall and broken into one of the downstairs rooms. All night and all morning they had lain in the top room, taking it in turns to watch Cyril's house.

Now Assif, who was thin, and quite tall, though not nearly so tall as Massif, produced a small smudged piece of newspaper on which there was a photograph of a small fat man with a bald head. It might have been Cyril; on the

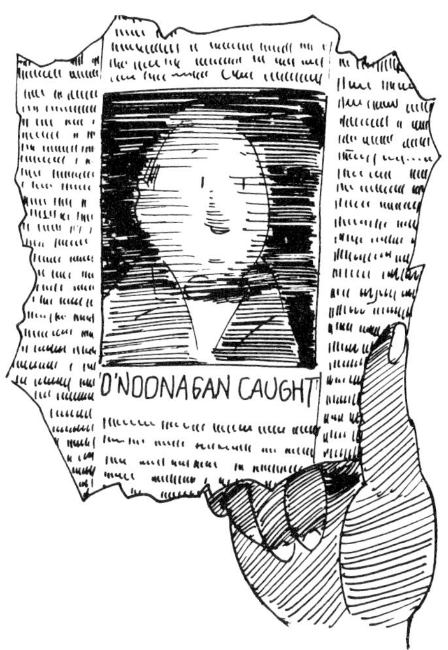

other hand it might not have been.

"Look," said Massif. "No hair. That's him."

"It could be any white man with no hair and too big a belly," said Yassif, stroking his scar.

"We shall wait," said Assif. "We shall watch. Allah will give us a sign."

"And then—whoof!" said Massif, smacking one of his huge hands against the side of his gun. "Then I, Massif, will spring."

The three Arabs settled in the empty room,

their telescope fixed on the house opposite.

Cyril hurried through the kitchen and up the stairs. Deirdre called after him, "And get some books to sell, Cyril."

"All right, all right, all right," muttered Cyril.

In the lodger's room he started stuffing papers and magazines into the second plastic sack. He had half-filled it when, half-hidden by a mixed pile of books and papers, he came upon two magnificent rifles leaning against the wall. They were the rifles his father had used to shoot elephants and suddenly Cyril had a brilliant idea.

He would sell the rifles. They must be worth hundreds of pounds. There was absolutely no need to sell books—in fact, he could buy some more with the money from the rifles. He saw six more boxes of bullets beside the rifles, but these he emptied into the plastic bag. When it was full, he lugged it down and put it out beside the other one. Then he went back to get the rifles.

Deirdre was very impressed. She knew Cyril was good at books, and not particularly good at anything else—in fact often particularly bad at everything else—but this time he'd really had a good idea.

"You can take them to that shop beside

the cinema, where they sell tennis rackets and things," she said. "They'll give a good price."

"Yes," said Cyril, thinking he would just drop in for a chat at the bookshop on his way back.

"But you can't go carting great guns like these around in broad daylight," said Deirdre. "Look—I'll get that old golf bag of your father's. If you put them in that, you can sell it and the golf clubs as well."

"All right," said Cyril. "I'll go and empty the sacks first."

He carried the two plastic sacks full of magazines and poured them onto Mr McGregor's fire. This was burning slowly with a lot of smoke, but the magazines soon caught and it was blazing fiercely when he left.

Deirdre hung the golf bag over his shoulder, and Cyril picked up a book to read on the way. He'd long ago found it was possible to walk and read at the same time, provided you looked up every so often.

When Assif, Yassif and Massif saw the little man carrying an enormous golf bag come slowly out of the gates of the house opposite, and turn, with his head deep in a book, along the pavement towards the centre of Wimbledon, they gripped their guns and leaned forward.

"Now what we do?" asked Yassif.

"Allah will give us a sign," said Assif calmly.

And moments later, Allah did. All at once, from the end of Cyril's garden, there came a loud bang. There was a pause, then the bonfire of leaves and magazines suddenly seemed to explode like a firework display—Bang! Bang! Bang! Bang! The Arabs saw old Mr McGregor come running up the lawn and then dive headfirst into a pile of newly swept leaves—Bang! Bang! Bang! Bang! Deirdre Bonhamy appeared at the front door and then, when two bullets whizzed above her head and smacked into the wall, shot back again—Bang! Bang! Bang! Bang! Cyril, deep in his book, walked quietly on. He'd heard nothing at all.

"So," said Assif, "the great O'Noonagan has not lost his touch. Come—now we get him."

"Yes," said the giant Massif quietly. "Now, my little friend—we get you."

Cyril, already on Chapter Two, was vaguely aware that a black car had drawn up beside him and that someone had said something. He looked up and saw to his surprise that a villainous-looking Arab, with a hideous scar, was pointing a gun at him through the window of the car.

"Steek-em-up," said Yassif.

"What?" said Cyril, not hearing properly.

Yassif now leapt out of the car and thrust the gun into Cyril's stomach.

"Come on now," he said, "queek, queek—you steek-em-up, queek, queek."

Cyril, who thought he'd said "peek-em-up," was now thoroughly alarmed and bent swiftly forward to peer at the ground. As he did so, the rifles and golf clubs slid forward and one of them caught Yassif a tremendous blow on the side of the head; at the same time about fifteen golf balls poured out of the golf bag. Yassif staggered back, striking the back of his head violently on the roof of the car, and fell forward just in time to receive another great blow from a golf club as Cyril stood up.

"There's nothing there," said Cyril, looking round for Yassif.

Seeing his friend struck down, Assif sprang out of the car, unfortunately straight on to the golf balls. His legs whirled, he reached desperately for the door to steady himself, but his feet shot above his head and, falling, he caught his head with a terrible solid thud on the side of the car and slumped across the body of Yassif.

"Good heavens," said Cyril, staring at the two unconscious Arabs, "Are you all right?"

But Massif, who hadn't quite seen how it

had all happened, had slipped out of the far side of the car and crept round the back.

"So," he whispered, "so, we have a tough one, eh? We shall see." In his arms he carried a large rug.

Cyril was bending forward again and saying, "Well, I'm afraid I'd better be going," when Massif sprang. He threw the rug over Cyril's head and, gripping him with one of his huge arms, swiftly tied several yards of rope round his middle, knotting them tightly. Then he lifted Cyril bodily into the air, carried him round and pushed him on to the floor in the back of the car.

"If you move, Massif shoot," he said.

"Affk huh," said Cyril in a very muffled voice. "Wuh huh hoh."

It took Massif several minutes to revive his unconscious friends, but three minutes later, had anyone been watching, they would have seen the black car start up and speed off down the road. Unfortunately no one was watching. Cyril's capture had taken place entirely unseen.

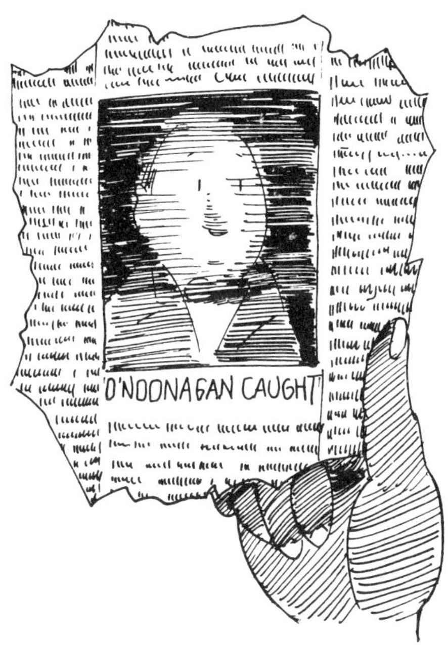

Are You O'Noonagan?

As the car sped along, Cyril tried to imagine what on earth had happened. He was not, surprisingly, too uncomfortable. The rug was soft and warm and he found that he could breathe without too much difficulty. (It was in fact a special Arab kidnapping rug.) Only the golf-bag, clubs and rifles, all tucked up with him, were a trifle uncomfortable.

He decided after a lot of thought that he he was going to appear on television, something he had always wanted to do. This was clearly Arab television, but that was better than no television at all. He remembered seeing a programme called *This Is Your Life*. Someone had been whisked away by surprise, in much the same way as he had been, and suddenly found himself on a stage with his old schoolmistresses, aunts and uncles and people like that. It hadn't been quite as rough in those days, but no doubt they were a bit rougher on Arab television. Greatly relieved, Cyril, who had had rather a difficult morning, found the movement of the car making him drowsy. Soon, he fell asleep.

While Assif and Yassif recovered from their bruises, Massif drove the car swiftly out of London and into the country. Occasionally looking at a map beside him, he took them further and further away from towns and villages. The lanes got smaller and smaller, the woods thicker, and eventually they turned through the gate of a deserted field surrounded by trees and came to a stop. At the end of the field, invisible from the road, was a small aeroplane.

Assif and Yassif helped Cyril from the car. They did not seem to mind that he had caused them such trouble. In fact they had expected it and treated him with respect. Cyril could sense this because, although they did not take off the rug, they guided him carefully across the field.

"Perhaps we are near the television studio," he thought.

However, when they helped him into the plane which shortly afterwards took off, Cyril seemed to remember that most television studios were in Manchester. Unless they were flying to Palestine or Libya or Syria, or where-ever these Arabs had come from.

Shortly after this, Yassif untied the rope and took the rug off. It was actually a great relief. The golf bag had been decidedly uncomfortable. Luckily Cyril was still holding his book. He blinked at the two Arabs in the little plane.

"Thank you," he said loudly, above the noise of the engine. "That's much better."

Assif, who had a huge bruise on the side of his head, held out his hand.

"I am proud to meet the great O'Noon-agan," he said.

"I too," said Yassif, holding out his hand, "a great fighter, a great man." He had a bruise on each side of his head and one on the back of it.

Massif raised one tray-like hand from the

controls. "Saluté!" he said.

Cyril blushed. Was he *that* great? Well, they could have it their own way—but he must clear up one mistake. Not O'Noonagan.

"Thank you," he said, "thank you. But the name is Cyril *Bonhamy*, Bon-Ham-y."

Assif smiled.

"Have no fear now," he said. "We know who you are. We will not betray you."

"No, but really," said Cyril. "It *is* Bonhamy. Cyril Bonhamy—the writer."

He began to wonder if there was perhaps some mistake. It would be no good if this chap O'Noonagan's aunts and uncles and old school mistresses came charging onto the stage and found a complete stranger.

Assif looked at him closely, frowning, then leant back and laughed.

"I see you are still wondering how we know," he said. "Easy! We study the papers—look." And he handed Cyril a page from a newspaper, much crumpled.

Cyril read it with growing horror. There had been a mistake—a terrible mistake.

The newspaper article was all about someone called Flan O'Noonagan who three months before had finally been captured and put in prison. He was an Irishman who made bombs. He made the biggest, loudest, most powerful bombs in the whole of Ireland. He could blow up anything, said the newspaper. He'd once blown up a whole field containing three hundred cows—a mistake but it showed what he could do. And recently he had escaped from prison and come to London. He was believed to be in Wimbledon. The photograph was of someone small, round, bald and smudged.

"But I don't know about bombs," said Cyril. "This isn't me."

"Why you carry guns in that bag then?" said Assif. "And why we hear bombs in your garden—little, clever bombs?"

"And how you fight so well?" said Yassif, rubbing his bruises. "Only the great Flan O'Noonagan fight like that."

Cyril hadn't the faintest idea what they were talking about. "This is dreadful," he said. "Look—perhaps we could get on to Deirdre. Do you have any sort of telephone thing connected"—he looked apprehensively out of the window at the little fields and patches of wood far below—"that is, which would allow us to radio Wimbledon in some way?"

But Assif and Yassif had suddenly begun to whisper together, darting sinister looks at Cyril as they did so.

"So," said Yassif. "If you are not O'Noonagan—what we do?"

"You know too much," said Assif. "Now you are a danger to our Organization. Look." He reached out a lean brown arm and pulled Cyril close to him by the window. Together they looked down. The little plane was now passing over the coast. Far far below Cyril could see a white ribbon where the waves were breaking against the cliffs. Suddenly, Assif pulled the window open and pushed Cyril's head out.

The noise was terrible. Great cold winds buffeted him and seemed to be trying to suck him out. And the sea below—Cyril shut his eyes and quickly forced his head back inside the plane.

Assif closed the window with a snap. "Well," he said, "are you O'Noonagan or not?"

'I—well—this is difficult . . ." began Cyril, increasingly tempted.

But Assif wouldn't wait. He pulled open the window and the cold slipstream rushed into the plane. Yassif seized his trousers, Assif his arms; "One—two—three—and . . ." began Yassif when Cyril shouted, "STOP—I AM O'NOONAGAN."

At once they let him go, Assif closed the window and smiled broadly at him. At the controls, Massif turned and did a thumbs-up sign with a thumb as big as a turnip.

"So, at last," said Assif. "I thought you would confess. You are Flan O'Noonagan after all."

"Yes, indeed I am," said Cyril rapidly. "Oh yes. But we have to be very careful. I had to be quite certain you weren't police in disguise. Oh, I'm Flan O'Noonagan all right; but call me Flan. Begorrah," he added.

"Good," said Assif. "That is good. Now—I tell you what we want you to do."

But at this moment the little plane began to descend, and they broke off to watch Massif bring it across the French coast, over some trees, and land in a distant corner of a large airfield which could only have been a few minutes from the sea.

They had landed near a much larger plane—a sleek, two-engined jet—pulled up at the head of a long run-way. Some mechanics were bustling around it. As they climbed out of their little plane, two Frenchmen in some sort of military uniform rode up in a jeep, jumped out and began talking very fast and seriously to Assif, Yassif and Massif. Cyril was left on his own.

He'd noticed that they were not far from the high wire fence which surrounded the airfield. On the other side of this was a busy road. Cyril looked at the group of men. They were still talking hard, waving their arms. Very slowly, he began to amble towards the fence.

If there was a hole he would creep through it, thought Cyril. He would wave down a passing car, jump in and say, "Quick—I've been captured. Take me to the police." He tried to think of the French for this. "Vite" is "quick," thought Cyril; what is "captured"? The fence seemed very solid. Cyril bent down and pulled at the bottom to see if he could loosen it. "Moi" is "me" in French, he thought —"Vite. Moi captured. Vite, police."

He was so busy looking for holes and thinking of French, that he did not hear the quiet footsteps of Massif until a huge hand thudded onto his shoulder.

"Ooo!" cried Cyril. "You gave me quite a shock."

Massif looked at him without saying anything. Cyril began to feel nervous. "I was just—just—just looking for flowers," he said, suddenly seeing a small yellow flower in the scrub. He bent and picked it and then, feeling rather awkward, held it out to Massif. "Here, put it in your button-hole," he said, searching to see if such a thing existed in the billowing white robe of the Arab.

Massif still said nothing. He simply turned and led Cyril back to the plane. The

French officers had gone. The three Arabs and Cyril climbed up the steps and soon afterwards they took off.

The jet was much quieter and more comfortable than the little plane. They sat round a table and as they flew Assif explained everything to Cyril.

He explained everything—but Cyril wasn't at all sure he understood. Assif, Yassif and Massif belonged to a group of Arabs some of whose members had been imprisoned. They had tried everything to get them out and nothing had worked. Now they planned to bomb the walls of the prison. In the confusion their friends would escape and they would pick them up by helicopter. But the bombs would have to be just the right strength. They didn't want to blow the whole prison up; just the walls. That is why they had chosen the most famous bomb-maker in the whole world—Flan O'Noonagan. Would he do it?

Cyril thought, it wasn't so much *would* he as *could* he. He could no more make a bomb than he could roast an omelet, if roast was what you did to omelets. However, he'd deal with that problem when he came to it. As to *would* he—he didn't really see he had much choice. So, smiling carelessly, he said, "Oh yes, begorrah—no trouble about that. A bomb like that? Simple as falling off a log. Provided you've got the—er—got the stuff?"

Assif and Massif and Yassif were delighted. "We have masses of stuff," said Assif. "Our Organization buy all you need in Ireland. Everything."

"Good," said Cyril, trying not to think about it.

"And if you succeed—we give you $20,000," said Assif, opening a green leather case beside him. He showed Cyril that it was stuffed with wads of dollar notes. Cyril began to feel more cheerful. After all, it couldn't be *that* difficult to make bombs. People were making bombs all the time.

After this they had lunch. Massif fetched some plates, a large tin and a bowl of cold rice. He opened the tin with a tin opener and poured out what looked like a mass of soft white marbles. Cyril was feeling hungry, as he usually did by lunch, and leant forward with interest. "What are those?" he asked.

"Sheep's eyes," said Massif. "You like?"

"Er—not today," said Cyril. "Thanks all the same."

"And when we get to the Oasis El Kab," said Assif, smiling broadly, "O'Noonagan can cook us some of his famous Irish Tea."

Cyril, forgetting that he was O'Noonagan,

and thinking this must be their Irish cook at the house in the oasis, said nothing, but munched a mouthful of the rather disappointingly soggy rice.

"Eh?" said Assif. "You'll do that O'Noonagan—eh?"

"What?" said Cyril surprised. "Me? Oh dear me no—I can't cook. I couldn't boil a piece of toast to save my life."

At once the three Arabs started to look suspicious.

"Anyway," went on Cyril, "isn't it Irish Coffee? I thought they, I mean we, we—er drink coffee—er . . ." He suddenly saw that Massif and Assif were muttering together, and, realizing his mistake, hurriedly burst out with a loud false laugh. "Oh tea, beggorah," he said. "Ha! Ha! Ha! Ha! Oh yes—I can make you some *tea* all right. Only we don't call it tea you see, we call it *O*'Tea—Irish O'Tea. Certainly I can make *that*."

At once, Assif smiled broadly. "O'Noonagan up to his jokes again," he said. "I know—the famous Irish sense of humour." But Massif did not look quite so pleased; several times Cyril caught him looking at him, his little eyes black and glinting in his enormous hideous head.

All afternoon the jet sped through the sky.

Cyril read his book and sometimes dozed off. Yassif and Assif played cards. Massif cleaned his gun and then, taking out the longest curved sword Cyril had ever seen, cleaned and sharpened that. They crossed over the Mediterranean and, looking out after half an hour, Cyril saw that they were flying over desert. It was down towards this, a vast grey area, completely empty as far as Cyril could see, that the plane began to circle as darkness was falling. But as they got lower and lower he saw that there was something there after all—a little group of palm trees huddling alone in the great expanse of bare sand.

"Oasis El Kab," said Assif, who had come and sat beside him. "We have arrived, O'Noonagan."

The plane landed and taxied to the edge of the oasis. They got out—Assif politely handing Cyril his golf bag—and then the plane turned round, roared off across the desert and soared away into the night. Cyril suddenly felt alone and rather frightened.

It was hot and very still as they walked towards the palm trees. Cyril found that they were walking down the middle of a concrete strip set in the sand.

In the middle of the palm trees there was a square, two-storeyed building. Its white

blank walls had no windows and, as far as Cyril could see at that moment, just a large green double door in the middle. Assif opened this with a key.

"Only we are here," he said to Cyril, leading the way through. "Only us four. So—it is more secret."

Inside, Cyril could see nothing until, clicking some switches, Assif turned on various lights.

They were in a large courtyard open to the sky, the house forming a square all round it.

There was a small fountain in the middle, and all the rooms of the house were off two balconies, one above the other, which surrounded the courtyard supported on slender pillars.

"Very nice," said Cyril, leaning his golf bag against the wall by the door. "And before we have something to eat," said Assif, "before we do anything—O'Noonagan will want to see where he will make his bombs, and see all the lovely Irish explosives—no?"

"No," said Cyril. "I mean yes," he added hurriedly. "Yes please. How lovely!"

Assif led the way to the right to a small door in the wall. He opened it and Cyril saw a stair leading down. At the bottom was a short corridor and then a further door, leading to a room which must have been more or less under the courtyard.

"There," said Assif proudly. "Now—open the door and look. What do you think of *that*, my friend?"

Cyril opened the door, stepped inside and looked. What he saw made him back hurriedly out and, with a ghastly smile to Assif, thrust past him and hurry up the stairs again—shouting quickly back, to allay suspicion, "Marvellous, marvellous, Assif. I can't wait to get my hands on it—in the morning."

He had seen a large, low, white room, without windows but brightly lit. In the middle there had been a jumbled heap of crates, boxes, tins and canisters. But in front of these there had been one huge box which had caught and held his horrified eye. On it he had seen a single word in large, red letters. The word had been—FUSES.

How Cyril Made a Bomb

Cyril's room was at the end of the first balcony. It was square, with a high ceiling and white walls, with no furniture except the bed. More like a prison cell than a bedroom, thought Cyril. And in fact, when he woke anxiously at 6 o'clock, hungry and worrying about the bomb he was going to make, and got up to take a calming stroll, he found the door was locked.

"Oh dear," thought Cyril, "they don't trust me." He walked over to the small window. It looked down into the courtyard, a drop of at least twenty feet.

At 8 o'clock Massif came and told him breakfast was ready. Cyril, his stomach rumbling, hurried after him down to the dining-room. There, to his dismay, he found laid out four cups for tea, four bowls and two huge dishes. One was piled with soggy rice, the other with sheep's eyes. Cyril took a small helping of rice and poured himself some tea.

"What's wrong?" said Massif suspiciously. "Why you no like sheep's eyes eh? They good—look." He stretched out one of his great hands, the size of a soup tureen, and scooped up about sixty sheep's eyes, which he stuffed into his mouth. There came a sort of squelching noise as he chewed them up. "Now O'Noonagan have some," he said.

"Er—no thanks," said Cyril, feeling quite faint at the thought. "It's a bit early in the morning for sheep's eyes. I'm sure they're delicious. I'll have some later."

After breakfast, Assif gathered them together in the large main room to discuss plans.

He produced a lot of aerial photographs of the prison where their friends were shut up. It looked a bleak sort of place, standing alone in the middle of the desert. Assif wanted some bombs which would just knock a hole in the wall near the exercise yard and some other bombs which would make a lot of smoke.

"Can you do that, O'Noonagan?" finished Assif.

"Oh, no trouble at all," said Cyril. "Oh yes, no trouble at all. When do you want them?"

"They exercise at 4 o'clock. The prison is half an hour from here by helicopter. Can you be ready by 3.15?"

"Oh, no trouble at all," said Cyril airily. "I can run these things up in twenty minutes. In fact," he added hurriedly, looking at his watch as Assif, Yassif and Massif rose eagerly to their feet, "we've got more than enough time. Show me this fine house of yours first."

Massif rather reluctantly agreed and, Cyril following, set off. It seemed to Cyril that their tour took about four minutes. There were the kitchen, dining-room and main living-room on the first floor which, together with some bedrooms, could be reached from the first balcony. There were more bedrooms on the second balcony. Downstairs were the store-rooms. Only one room interested him for an instant. It was on the ground floor and had a smooth steel door.

"What's that?" asked Cyril.

"Cold room," said Massif, "where we keep all the good food."

"I'd like to see that," said Cyril, his stomach rumbling again. He had a sudden image of chickens hanging from hooks, strings of sausages, bowls of new laid brown eggs and great wodges of yellow butter.

But the cold room was very cold and very bare. Down one side stood twenty large wooden barrels; down the other side twenty four large wooden barrels. There was nothing else.

"What have we here?" said Cyril, rubbing his hands together. "Oysters? Doughnuts? Strawberries? Tins of paté and hunks of beef no doubt; prime salt bacon and savoury pies and Cornish pasties. Goodness—my mouth's watering."

"In these barrels here," said Massif, thumping one on the left, "we keep the rice. And here," and he thumped a barrel on the right, "we keep sheep's eyes."

"And nothing else?" cried Cyril.

"What else you want?" said Massif.

"Do you mean you have twenty-four barrels of sheep's eyes?" said Cyril.

"That's right," said Massif.

"Oh charming," said Cyril. He turned and walked morosely away from the cold room.

But now there was no escaping the explosives. Assif and Yassif were waiting impatiently in the courtyard. And Cyril realized that somehow he had to convince them he really was Flan O'Noonagan, the greatest bombmaker in the world. They still didn't really trust him—otherwise they wouldn't have locked his bedroom door. And if he was ever going to escape he had to get them to trust him. Besides—if once they discovered he wasn't O'Noonagan then they would certainly kill him. He thought of Massif cleaning his huge curved sword in the plane and how nearly they had pushed him out of it. Cyril took a deep breath and walked briskly out into the courtyard.

"Well, well, well," he said, "what are we waiting for? My fingers are fairly itching to get their hands on the—er—all that—er—some of the—so let's go," and turning round he led the way to the cellar. But once there, and faced once more with all the boxes, he couldn't think what to do. Also, now looking more closely, some of the things in the brightly lit cellar seemed rather odd. For instance, he saw ten milk churns standing at the side of the boxes of explosives.

"What are those for?" he said.

"But isn't that your favourite thing?" cried Assif anxiously, producing the crumpled newspaper from his pocket. "In here it say . . ."

"Hey let me see that," said Cyril, grabbing it from Assif. Perhaps it would say somewhere how the real O'Noonagan made bombs. But there was nothing about that at all. He could see, however, that the fat bald man in the smudged photograph was standing among a lot of milk churns. Underneath it said, "Flan O'Noonagan among some of his favourite 'Surprise Packages.'" That was all.

"Oh those," said Cyril. "Yes—that was the Bally-Hi job. Well, I suppose they'll do. Now let's get cracking, begorrah. Massif—get the lid off that, please." He pointed at the large box marked FUSES.

Massif moved quite quickly and started to untie the thick ropes round the box. Cyril had noticed that they all seemed more respectful now he'd really started to be O'Noonagan in a more definite way, so he slapped his hands together and said "Begorrah, begorrah, *begorrah*!" just to drive it home.

"There you are, Sir," said Massif, lifting the lid.

Cyril walked over and looked inside. He saw large neatly coiled lengths of some kind of cord, with various contraptions at either end. These were nothing like the fuses he'd seen the day before in his house in Wimbledon. They bore no resemblance to them at all. There'd obviously been a mistake.

"These are no good," he said. "What are these meant to be?"

"Fuses," said Assif. "Look, it say on the box."

"I can see what it says on the box," said Cyril. "They're the wrong kind of fuses."

"That's what they sent from Dublin," said Assif in a worried voice. "Can you make them work, Mr O'Noonagan?"

"Well, I'll just have to try," said Cyril. "Now—," he looked round at all the boxes and crates. Some were tied with rope, some fastened with various catches and clips. He was going to have a hard enough time getting everything open, much less making a bomb. "I shall need a hammer," he said. "Massif, get me a hammer."

"Why for you need a hammer?" said Massif.

"Never you mind," snapped Cyril testily. Why did people always try to stop him having a hammer? "Just get me one—and quickly," he added.

When Cyril had a hammer in his hand he

felt much better. He gave one of the milk churns a few bongs, as if testing it, and then turned to Assif, Yassif and Massif.

"OK—off you go," he said. "I don't want you here while I'm bomb-making."

"What?" said Yassif. "Can't we watch you?"

Cyril hit the milk churn a great bong with his hammer. "Do you think I'm going to let you see the secrets of a lifetime?" he cried. "If you think the great Flan O'Noonagan"—Bong!—"O'Noonagan the cow murderer"—Bong!—"Milk-churn O'Noonagan"—Bong!—"Flan O'Fleary O'Fuse O'Noonagan is going to let you see up his sleeve to all his tricks and wiles and dodges then you've got another think coming. Get out!" And he hit the milk churn. Bong! Bong! Bong! Bong!

The three Arabs were so startled that before the last bong had died away they'd scuttled out of the cellar, shut the door and hurried away up the stairs.

When they'd gone, Cyril started to open all the cases. It took him an hour, and at the end the cellar was littered with canisters, lumps of this and bottles of that, short sticks of some soft Plasticine-like stuff which smelt of almonds. Cyril sat on a box, squidgeling some of this between his fingers, and looked at the mess in

FUSES

despair. What on earth was he to do with it? He could no more make a bomb than he could boil an egg or make a drop scone—or fly, come to that.

"Oh dear," groaned Cyril, thinking of Massif's huge hands sharpening his sword. "Oh dear, oh dear, oh dear."

But then mooching about among the explosives, gloomily kicking a canister here or a stick of something there, it suddenly occurred to him that the important thing about bombs was what happened after they were made—in this case, after they were dropped. He seemed to remember that some explosives were so delicate you didn't have to do anything to make them go off except drop them. Even if you just dropped them a foot they would explode. Probably he'd been far too careless kicking his way through all this stuff. Nervously, he put down the stick of soft, almond-smelling Plasticine he'd been squeezing. And the point was, the bombs he made were going to be dropped from a helicopter. They were going to fall miles.

At once Cyril realized what he had to do. If he packed a bit of all the different explosives into a milk churn, then some of them would be ones that exploded when you dropped them. So, when the milk churn was dropped from the

helicopter, these would go off and set off all the others.

At once Cyril set to work. He rolled four milk churns round to the front and unscrewed their lids. Then, very carefully, he filled them to the brim with all the different explosives in turn. Every now and again he put in a fuse, just for luck. Some of the boxes had names, none of which meant much to Cyril: TNT, dynamite, nitro-glycerine, gelignite and so on. But some of them said SMOKE, and he put a lot of these into two of the churns.

By lunchtime he'd finished. There was

still a great deal of explosive lying about but the churns were full. They seemed to weigh a ton. Cyril couldn't even move them. He screwed their lids back on, and then went up to the courtyard and shouted for Assif, Yassif and Massif. When they'd come running, he took them down to the cellar and pointed proudly to the milk churns.

"There you are," he said. "Four O'Noonagan Specials. The ones on the left are for smoke."

"Ah, the master bomb-maker," breathed Assif, reverently approaching one of the churns. He put his hands on the lid. "May I look inside, Mr O'Noonagan?" he asked.

"Don't open them," said Cyril hurriedly, thinking it better if they didn't see the jumble inside. "They'd blow up at once." As Assif stepped quickly back, he added, "They are extremely delicate. Handle with care. Right way up."

"Take them to the helicopter, Massif," said Assif.

As they left the cellar, Cyril saw to his amazement that Massif had tucked one of the churns under one enormous arm, and was in the act of lifting the other with one hand on to his shoulder.

"Come, Mr O'Noonagan," Assif said to

Cyril, "we must celebrate."

In the living room, Assif produced a bottle of cherry brandy. "We bought this in London for just such an occasion," he said. "Let us drink first to our friends in the Organization who by tonight will be free; and second to the great Flan O'Noonagan for making this possible."

They drank. Then Assif said, "And now, Mr O'Noonagan—to celebrate—make us some of your famous Irish O'Tea."

"Oh yes," said Cyril. "Oh, begorrah. Irish O'Tea. Yes. Well—let me see. You stay here. I'll do it in the kitchen."

The kitchen was quite modern, with a gas stove which ran off cylinders. Cyril found some tea and, having searched all over the packet, discovered there were no instructions. He wished he'd watched Deirdre more closely when she'd made tea. Still, a man who could make bombs wasn't going to be put off by a little thing like tea. He emptied the packet into a saucepan, tossed in several Arab powders he found lying about, to give an Irish effect, then poured in a little water and put it on the gas.

After it had boiled for fifteen minutes and was a strong, black colour—indeed jet black—Cyril poured it into a jug, and carried it all through with some mugs into the living-room.

"Begorrah, begorrah!" he cried. "Irish O'Tea!"

They filled the mugs to the brim. Cyril lifted his into the air and said, "To this afternoon!" and they all drank.

The effect was instantaneous. With hoarse cries, Assif and Yassif doubled up, spitting and spluttering. Cyril nearly did the same. The taste was terrible. It was like boiled boots. But with an enormous effort, he kept his mouth shut and managed to force the thick, bitter, black, boiling mixture down.

"Mmmmmm!" he went, still unable to open his mouth, but trying to make a pleased noise. "Mmmm! Mmmmm!" Assif and Yassif stared at him.

At last Cyril managed to speak.

"Delicious," he said. "Real, strong, tough, rough Irish O'Tea. What's wrong? Didn't you like it?"

"Well," muttered Assif, looking rather ashamed. "It's a little strong for us. We're not used to such things."

"Yes—well, that's how it is," said Cyril. "I don't like your sheep's eyes, you don't like my Irish O'Tea. Oh, well—a last swig, I suppose."

Bracing himself, he took the rest of the mug in a gulp. Once again the bitter boiling

tide of old boots filled his mouth. Grinding his teeth, a sharp pain gripping his stomach, Cyril forced it down. Assif and Yassif looked on in admiration.

"More?" asked Yassif, holding out the jug.

"No thanks," said Cyril quickly. "The custom is only one cup. Never more."

Unfortunately, Massif, who had been busy loading the milk churns into the helicopter, had not been present. Had he been so, he might have been more sympathetic when Cyril once again refused sheep's eyes at lunch.

"Why for you no like good Arab sheep's eyes?" he said angrily. "You wish to insult us?"

"Come, Massif," said Assif soothingly. "All peoples are different. We like some things; Mr O'Noonagan and his people like other things."

"Quite," said Cyril, prodding at his mound of soggy rice.

But Massif was not to be stopped.

"What's wrong with sheep's eyes, eh?" he said. "That what I like to know. Look. Good. See. Good."

Once again he grabbed a colossal handful of sheep's eyes and crammed them into his mouth. Through the squelching, Cyril could hear him trying to say, "Good, good," while pointing at his bulging cheeks.

"All right, all right," he said irritably. "You've done that before. It doesn't make the slightest difference, and I may add," he said, "it isn't a very pretty sight—to put it mildly."

He was coming to the conclusion that Massif was more brawn than brain.

After lunch there was quite a long time to wait until 3.30, when they were to set off. Cyril went off to lie on his bed. He felt rather unhappy, for various reasons. For one thing, he'd long ago finished the book he had been reading, and there was nothing else. It always upset him if he had nothing to read. For another thing, he was getting worried about his bombs. After lunch, Massif, Assif and Yassif, had begun to talk excitedly about their friends in prison and how marvellous it would be to see them again. But suppose the bombs don't explode, thought Cyril—what then? Well—they've just *got* to explode, he thought; with all that stuff in them, they can't help exploding. And on top of these worries, the Irish O'Tea seemed to have done something terrible to his stomach. It rumbled all the time and sent out shooting pains every few minutes. At the same time, he felt ravenously hungry.

"I've had just about as much of that soggy rice as I can stomach," he thought. "I must have a proper meal soon. I could eat an elephant. I could eat a whole herd of fried elephants."

He lay on his back, staring at the ceiling, trying not to think of bombs and dreaming of books and food, until at 3.25 Assif came and said it was time to go.

"Oh, what an afternoon!" he said gleefully to Cyril. "Boom! Boom! Bang! Bang! We'll teach them to lock up our friends—eh, Mr O'Noonagan? I'm really looking forward to this."

"So am I," said Cyril, thinking he'd never

looked forward to anything less in his life.

Inside the square white house it was quite cool. But out in the oasis it was very hot. They walked over the sand to where the palm trees ended and the desert began. Here, to one side of the long concrete strip on which they had landed the night before, quite a large hangar stood just inside the trees. Outside it was the helicopter. Looking into the open doors as they passed, Cyril saw, as well as oil drums and work benches, a large black car.

At the helicopter, Assif pointed to the milk

churns standing two each on either side of the door.

"You sit here, Mr O'Noonagan," he said, "so you can drop the bombs."

"Oh, I don't *drop* bombs," said Cyril nervously. "I only make them."

So that there could be no question of his sitting so dangerously close to the open door, he pushed past Assif and clambered into the other seat at the back.

"But how do you do it?" said Assif.

"I haven't the faintest idea," said Cyril, rapidly strapping himself in. "I've never dropped a bomb in my life. I should think it's quite simple. Just push them out."

Assif climbed in and strapped himself into the seat by the window. Massif got into the driving seat. There was no room for Yassif, who was to remain behind on guard.

A moment later, there was a spluttering roar, the huge propeller whirled above their heads, the helicopter shook, shuddered, and then they were soaring up into the hot air and down below, already quite small, Yassif was waving good luck.

At first it was very exciting. The wind blew cool and refreshing. Massif took the helicopter in a bold swirl over the oasis, skimming above the tops of the palm trees and then they sped out over the desert. The milk churns, loosely tied in by Massif, clattered and rattled, the engine added its powerful roar. It was impossible to talk.

Cyril began to feel quite exhilarated. Of course the bombs would go off. He even quite looked forward to the bang. He only hoped the jolting and rattling milk churns didn't explode in the helicopter. Gripping his safety harness, he peered out of his window. There, black and clear, he could see their shadow passing swiftly over the dull yellow-grey sand below.

After twenty minutes, Assif looked at his watch, and then, leaning forward, loosened the ropes on two of the milk churns and pulled them towards the open door.

Five minutes later the prison they were to bomb came into view. Squat and square, it sat alone in the shimmering heat haze of the desert. It was surrounded by a high wall, with a tower at each corner. Massif brought the helicopter down just above the ground and pushed the accelerator lever as far forward as it would go. The roar of the engine rose almost to a scream. They were racing towards the forbidding stone ramparts of one of the most terrible prisons in the world—the prison of Miraya Esh Shuruk.

What followed happened so quickly that

afterwards Cyril could never be quite certain if he'd seen it all. The helicopter rushed towards the prison, speeding only inches above the sand. Then, as they hurtled towards the walls, so close they seemed about to smash into them, Massif pulled a lever and they shot straight up into the air. Cyril caught a glimpse of a startled guard throwing himself flat on his face, thought he saw another trying to pull his rifle off his shoulder; and then for a few seconds they hovered motionless seventy feet above the prison walls. In that instant Assif kicked the milk churns out of the helicopter door. Cyril saw them turning over and over as they fell, and then the helicopter was roaring out over the desert again, rising steeply. Cyril shut his eyes and braced himself for the explosions.

But no explosions came. Cyril opened his eyes and looked back. The prison still squatted square and solid in the desert sand. No plume of smoke, no cloud of dust showed the havoc of some powerful bomb. The walls stood as firm as ever hiding somewhere behind them two harmless milk churns. Assif stared at the peaceful scene in consternation. Then, his expression slowly changing to one of anger, he turned towards Cyril. Cyril began to think very hard and very quickly indeed.

"Time bombs," he yelled. "Time bombs—fuses," he waved his watch at Assif and held up five fingers. "Five minutes—Boom." He pointed at the other two milk churns and shouted, "Throw them out quickly."

Assif seemed to understand. He nodded, gestured to Massif to attack the prison again, and pulled the last two milk churns towards him.

"They've *got* to explode," thought Cyril to himself. "Otherwise I'm for it. Oh dear."

This time Massif came in from high up and didn't stop to hover above the walls. It was just as well. The prison was now swarming with guards, many of them on the roofs of the buildings inside and at the tops of the towers. As they flew in, Cyril saw little puffs of smoke coming from the ends of rifles. They were being fired at.

Massif roared in along the wall, slowed for a few moments, and then shot straight up. In those few moments, Assif kicked out the milk churns. Pressed against the windows, they all three watched anxiously as, turning over and over, they fell rapidly towards the ground.

One missed altogether, and just crashed into the sand outside the prison, rolled for a considerable distance and then lay still. The other landed square in the middle of the wall, bounced high into the air, and then—to Cyril's intense embarassment—suddenly lost its lid and there tumbled out, as if from a giant cracker, all the jumble of fuses and tins and explosives he'd stuffed into it.

Massif flew the plane about a mile away and there they hovered in the air and watched. Cyril looked at his watch once or twice, as though expecting something any minute. But they saw nothing. After ten minutes, Cyril gave up looking at his watch. He just stared gloomily at the square prison, like a box on the sand. Every now and again the sun glinted on the milk churn lying in the sand outside it. After twenty minutes, with a wrench at the wheel, Massif angrily turned the helicopter round and headed back to the oasis. Neither he nor Assif looked once at Cyril; but he could see by their expressions that it was he they were thinking of.

"I've got about twenty minutes to think up some plan," thought Cyril to himself. "And after that things may get very nasty indeed." And putting his head in his hands, he began to think what on earth he could do.

Cyril's Gunpowder Plot

Although Cyril was not much good at anything unless it was to do with books, he was very good at books indeed. And one of the things he was very good at was remembering what he had read. Now it so happened that just before he had been mistaken for Flan O'Noonagan and the whole ghastly series of adventures had begun he had been reading a book about the gunpowder plot and how Guy Fawkes had nearly blown up the Houses of Parliament. As the helicopter skimmed back across the desert towards the oasis he found himself remembering this book in great detail. By the time they arrived he had worked out a plot of his own.

It was some time, however, before he was able to start carrying it out. No sooner had they landed, than Massif leapt from his seat, grabbed Cyril in one of his enormous hands, jumped from the helicopter and stood on the sand shaking him violently in the air.

"What for you make no-good, no-boom bombs?" he yelled. "What for you play tricks on Massif, Assif and Yassif? Now you die. Now we put you head down in a barrel of sheep's eyes and *make* you eat until you burst," and at this thought Massif put his hideous face close to Cyril's and roared with laughter. "Oh ho! Ho! Ho! Ho!" he roared. "How you like that Mr Irish O'Tea O'Noonagan? Eh? Head down in a barrel of sheep's eyes—Ho! Ho! Ho!"

"Put me down at once you disgusting, great, crazy, smelly hulk," said Cyril in a furious voice. He'd come to the conclusion that he didn't like Massif one little bit. He felt he'd like to hit him on the head with a golf club as hard as he could several times. After one more "Ho!" right in his face, Massif rather reluctantly put him down. Cyril faced the three Arabs (Yassif had come running when he'd heard the helicopter), his hands on his hips.

"It's not my fault the bombs didn't go off," he said. "It was the fuses. I told you you'd bought the wrong fuses."

"Well, if they were the wrong fuses why did you use them?" asked Assif, scowling at him.

"If I hadn't used fuses the bombs would have gone off the moment you dropped them," said Cyril quickly. "And that would have blown us up too. They were very powerful bombs. They would have blown a hole sixty yards long in the prison walls."

"Well it wasn't our fault either," said Yassif sullenly. "The Organization bought everything in Dublin. How were they to know they were the wrong fuses?"

"That's nothing to do with me," said Cyril.

"What are we to do now?" said Assif.

"Kill him," said Massif.

Cyril ignored this. "There is one chance," he said, "if you want to try again I could make some more bombs. Different bombs that don't need fuses."

Assif began to look happier. "It would have to be quick," he said. "We would have to go again tomorrow. Already they will have sent for reinforcements. These will arrive in two days."

"But I should need one thing," said Cyril carefully.

"What?" asked Assif.

"Gunpowder," said Cyril.

"*Gunpowder?*" said all the Arabs together in surprised voices.

"Gunpowder," said Cyril. "I know it sounds old-fashioned, but if I'm to make these special bombs which we can drop without fuses and which won't blow us up too, then gunpowder is the only thing that works. And only Flan O'Noonagan can make such bombs."

Assif turned to Massif and they spoke to each other in Arabic, Massif looking up at the sun several times. At last Assif said, "Massif think he can just get to the city and back before night. But we must take some of your $20,000. We have not much money ourselves."

"That's okay," said Cyril generously. "Take all you need."

"Never fear," said Assif. "If you help free our friends you will get that and more."

They hurried through the oasis and up into the living-room. Assif handed Massif a key and Massif unlocked a drawer in the table and lifted out the green case. Cyril noticed he put the key back in his pocket. Then, almost running now, Massif left the room and moments later they heard the helicopter engine roar loudly and as quickly fade away into the distance.

It was dark when Massif returned. Cyril was on his bed thinking nervously of his plan, when he heard a droning in the distance. It grew louder and louder, and then abruptly stopped. Five minutes later Assif came into his room.

"Massif has come back," he said. "In the darkness he struck a tree and bent the propeller —but this we mend in the morning. He has got your gunpowder. Come."

Cyril followed him down to the cellar beneath the courtyard. There, in front of the heaps and piles of explosive littered chaotically about, stood Massif. Beside him were five little barrels about a foot high.

"A very difficult search," he said. "Everywhere, Massif search everywhere, no gunpowder. Then I think of Yassim Arrana. He find these—right at the back of his shop."

"Well done," said Cyril, not listening to him but peering mystified at the barrels. "How do you open these things? They don't seem to have a lid."

"See," said Massif, pointing at a little round circle of different coloured wood in the flat end of each barrel. "This you knock out with a hammer."

"Ah yes, a hammer," said Cyril. "I see. Now—leave me alone please. O'Noonagan won't allow spies to watch him at work, as you know. Off you go, please."

Assif, Yassif and Massif shuffled out, a good deal less willingly than they had the first time.

When they had gone, Cyril started to work. He had no intention of making any more bombs. It was quite clear to him that he could no more make a bomb than he could toast a fish finger. However, he had other plans.

First, he knocked all the round openings out of the barrels of gunpowder. Then he took three of them and laid them in the middle of the floor with their open holes all together round a small pile of gunpowder. Next, he took the fourth barrel and laid a trail of gunpowder from the three barrels in a straight line almost to the door. When he'd done this, he started to pick up the boxes of explosive and empty them over the three barrels of gunpowder. When they were too heavy to lift, he took out what was in them—sticks and canisters and lumps of this and that—and added them in armfuls to the heap. After half an hour there was a huge jumbled pile of different-coloured explosives—red and blue, green and black, striped orange containers with the word "Danger" printed on them in yellow—all heaped together on top of the three barrels of gunpowder. From out of the pile a black line of gunpowder stretched across the floor. Cyril stood and looked at his work with satisfaction.

"Good," he said to himself. "That's what I *call* a bomb. Not even the real Flan O'Noon-agan could beat that."

He turned off the light, locked the door and put the key in his pocket.

Cyril went to bed early, saying that he was not hungry and didn't want any supper. In fact, he'd never felt so hungry in all his life. He felt faint and weak from lack of food and his stomach rumbled continuously. But he didn't want another row with Massif over sheep's eyes and, hungry as he was, he couldn't face another plate of soggy rice. Also, the final part of his plan meant that he had to be up very early when it was still dark, while Assif, Yassif and Massif were still asleep. He wanted to get to sleep as soon as possible.

Unfortunately, as well as being ravenously hungry, he was also very tired. It had been an exhausting day, with the flight in the helicopter and his bombs not going off. As a result, he slept far too long. Dawn was breaking when he woke up and leapt from his bed.

"Oh dear—I've overslept," thought Cyril.

He hurriedly dressed and then went and tried the door just to see if they had forgotten to lock it. They hadn't. Cyril went to his window, opened it and looked down. Although it was only about twenty feet to the ground, in the pale light of early morning it looked miles.

"Oh Lord," thought Cyril, "I shall be dashed to pieces before I've even begun."

He took the sheets off his bed and with nervous fingers tied them together with a big untidy granny knot. Then he pulled the bed over to the window, tied one end of the sheet to the bed and threw the other end out of the window.

"The only way to do it is not to look," he said to himself. He shut his eyes, climbed onto the window sill, turned on his stomach, and, clutching the sheet with both hands, lowered himself painfully out above the courtyard.

Events then moved swiftly. Quite unused to climbing ropes—or sheets—Cyril was almost entirely unable to support his own weight. He slithered rapidly down the first sheet, paused for an instant at the knot, and then slithered over it onto the next sheet. The granny knot immediately came undone and, with a hoarse cry, Cyril fell with a crash some six feet into the branches of a large shrub growing beneath him. There was a second, louder crash as the enormous earthenware pot in which the shrub was planted toppled over and smashed on the stone flags of the courtyard.

Cyril lay amidst the branches, bruised, dazed and trembling. He noticed that the shrub was in fact some kind of fruit tree, and had a few, hard, green, unripe, plum-like things on it. So great was his hunger that for a fleeting moment he thought of eating them. But fear was stronger than hunger. He scrambled from the branches and stood listening. No one appeared to have heard. Limping a little, Cyril tiptoed across the courtyard and down into the cellar.

Now he embarked on the second part of his plan. Taking one of the remaining barrels of gunpowder he tipped it over so that the powder began to run out and, walking slowly backwards, he continued the trail of gunpowder out of the cellar door and up the steps.

It took rather a long time. The gunpowder trickled slowly and the barrel was heavy. Cyril stopped for frequent rests. But he was very

determined to do it well. He wanted a good long trail. After all, when the whole thing finally blew up, he wanted to be as far away as possible. He had just reached the large double doors which led to the oasis when his barrel ran out. Cyril opened the doors, noticing that his golf bag was still leaning against the wall beside them, and then set off for the cellar to fetch the last barrel. He had reached the door of the steps that led down to it, when he heard a sudden noise from the other side of the courtyard. Looking back he saw a sight which held him, trembling with fear, rooted to the spot.

Standing in the courtyard outside his window was Massif. His legs were apart, his hands were on his hips and he was looking first at the sheet dangling from the window, then at the smashed shrub pot and then back at the sheet. After doing this several times he suddenly swept open the flaring white robe he was wearing and drew forth the enormous sword Cyril had seen him sharpening in the plane. Then, crouching low, turning his huge and hideous head from side to side, he set off away from Cyril, peering behind each pillar and occasionally making a lunge or swipe with the sword, as if practising.

"Oh dear," thought Cyril, "he's in an ugly mood. Very ugly indeed."

Darting back the way he had come, trying to keep the pillars between himself and Massif, he returned to the big double doors. A desperate plan had occurred to him. Ducking down so that the fountain blocked Massif's view, he pulled his golf bag to the ground and selected the biggest club he could find—the driver. Then standing up he set off unconcernedly towards the Arab, trying to whistle a little tune and swinging the golf club gaily from one hand.

It did not take Massif long to see him. Cyril suddenly heard a loud "Aaah!" from across the courtyard and the next moment a bounding figure, robes streaming, sword uplifted, appeared in a whirl before him.

"Stop!" cried Massif. "Stop you false O'Noonagan! What for you try and escape? What for you climb sheets in the night? What you doing—eh?"

Cyril stopped and looked up at the huge man towering above him. He felt absolutely terrified but, doing his best not to show it, he gave his club a little twirl.

"Gracious me, I'm not trying to *escape*, Massif," he said. "In fact I rather hoped I might find you up."

"What for, eh? Eh?" growled Massif.

"Well, to tell you the truth," said Cyril, "I

woke a bit early feeling very hungry. And I suddenly had an absolute longing for some sheep's eyes. I didn't like to disturb you, so I—er—slipped out," he gestured vaguely in the direction of his sheet, dangling above the smashed shrub, "and got this club to see if I couldn't perhaps force my way into the cold room somehow."

Massif lowered his sword, a look first of astonishment, then suspicion on his face.

"Eh?" he said. "You mean you wanted eat sheep's eyes? That what you up to, eh?"

"I felt peckish," explained Cyril. "And I thought, 'I know what I'd like—a great dish of those delicious sheep's eyes Massif has been so eloquent about.' So out I—er—down—er—out—and anyway—if you could open the cold room door I'd be more than grateful."

Massif stared hard at Cyril for several moments, and then a great smile spread across his face.

"So you want sheep's eyes?" he said. "Well, why you not say so last night, eh? Come. You come with me. Massif give you lovely great breakfast of lovely sheep's eyes. Come with me, my friend."

He thrust the sword back inside his robes and strode off back round the courtyard with Cyril at his side.

Once at the cold store door he pointed to a large key hanging from a nail beside it.

"You no need that club," he said. "See—key hang here. All simple. All easy." And turning from Cyril he took the key from the nail and inserted it in the door.

Cyril, however, had other uses for the golf club. As soon as Massif's back was turned, he raised himself on his toes, swung the club behind him, took an enormous breath, and then brought it down with all his force on Massif's bending head.

Cyril was not a particularly strong man, and he was much weakened by hunger and lack of sleep, but fear, despair and a strong desire to get his own back on Massif all added force to his arm. The club swung in a wide arc and landed on the Arab's head with the solid "clunk" sound of someone hitting a coconut. Massif fell silently forward and lay still, half inside the cold store.

Puffing and panting, Cyril eventually managed to drag the heavy unconscious body completely inside. Then, before leaving, struck by a sudden idea, he bent and felt in Massif's pockets. In one, he found a key. He took it out and then hurried from the cold store, locking the door behind him.

Still carrying his golf club, he ran along

past the pillars and up to the living-room. Although he was amazed no one seemed to have heard the rumpus, and realized it was vital he should get away as fast as he possibly could, it had occurred to him that it would be foolish to leave without taking some at least of what remained of the $20,000. When he saw the green leather case he thought, "Well, why not take all that remains," and picked it out of the drawer.

He ran from the living-room through to the kitchen and took the box of matches from beside the gas stove. But once they were in his hand, a new thought came to him.

His original plan had simply been to blow the whole building up and then somehow escape. Perhaps walking; perhaps waiting in the shade of the oasis until someone called; perhaps, though he had only the vaguest idea how to drive, in the black car in the hangar. But now the idea of blowing all the Arabs up while they were asleep in their beds—or unconscious in the cold store—seemed too cruel. Cyril stood, a worried expression on his face, and wondered what he should do.

The question was answered for him. At that moment there came from downstairs a tremendous but confused and muffled noise. Cyril listened for several seconds and then realized with alarm that it was Massif. But it was not shouts for help he heard; rather it was roars and bellows of rage. In his fury to be out Massif seemed to be smashing the whole cold store into pieces. Cyril distinctly heard a terrible thud as a barrel of sheep's eyes was hurled against the door.

Cyril rushed from the kitchen and down to the courtyard. There, running towards him, and also towards the cold store, he saw Assif and Yassif.

"Quick!" shouted Cyril. "We're being

attacked. They've locked Massif in the cold store. Let him out. I'll go and deal with the scoundrels."

Waving his golf club, he ran past the two Arabs along the side of the courtyard and out of the front door.

Here he paused long enough to bend and light the trail of gunpowder, and then started out into the oasis towards the hangar.

It seemed miles away. "Oh dear, oh dear," panted Cyril. "I hope the cold store door is strong." The flap of the green leather case burst open and bundles of notes poured out. But Cyril was far too frightened to stop and pick them up. He just clutched the case shut and stumbled on.

The cold store door was strong, but it was no match for a furious Massif armed with a barrel of sheep's eyes. Cyril was twenty yards from the hangar, walking, when he heard angry cries behind him. Looking round, he saw Assif and Yassif running from the building, waving their guns.

"Oh no," panted Cyril, breaking into a run again.

He hurried up to the big black car, pulled open the door, flung the green case on to the back seat and flopped into the driving seat.

Now what should he do? He seemed to

remember Deirdre turning some key. Luckily there was a key in front of him. Cyril turned it. At once there came a steady churn-churn-churn from the engine. Cyril kept the key turned, pressing all the pedals down with his feet.

And then, like a miracle, the engine started. Now what? Cyril found the right hand pedal made the engine roar, so he kept his foot on it, and then, remembering vaguely something about gears, he shoved the lever at his side vigorously forward. There was a terrible screech from the gears and the car leapt forward.

Assif and Yassif, half way towards the hangar, heard the roar of the engine and a moment later saw the car shoot from the hangar. As they knelt to fire their guns, they saw it speed straight at the helicopter. At the last moment it turned sharply, nevertheless striking one wheel of the helicopter a violent blow and buckling it badly. The next instant, a terrified Cyril grappling with the wheel, it came hurtling straight towards them. Cyril honked wildly and saw them fling themselves to the side.

But beyond them was a still more frightening sight. Out of the green door of the square building came Massif. He was riding a bicycle and waving his sword and when he saw the black car rushing towards him a look of terrible rage contorted his features. Cyril heard his voice even above the noise of his engine.

"Massif to revenge!" bellowed Massif. "Revenge! Revenge! Revenge!"

Cyril spun the wheel to the left. The car skidded in a circle, palm trees flashing past on either side. Then Cyril was roaring back the way he had come. Once more, about to fire, Assif and Yassif had to leap for safety.

A palm tree just missed on the left, the back of the car struck a palm tree on the right, and then Cyril was out of the oasis and driving up the concrete runway. Not forty yards behind him, waving his sword, raced Massif.

It was at this moment that Cyril heard the deep rumbling roar of some tremendous explosion. Looking in his rear-view mirror, he saw to his delight a great column of smoke and flames spurt up from the middle of the oasis. Lumps of masonry hurtled into the air. Kneeling to fire for the third time, unseen by Cyril, Assif and Yassif were hurled thirty feet and knocked unconscious.

Outside the oasis, the blast from the explosion was hardly noticeable. Indeed, it simply helped Massif on his way. And, still looking in his rear-view mirror, Cyril's pleasure changed to fear. Massif was gaining.

Although the car was making a good deal of noise, it was in fact only going about twenty miles an hour. Cyril had put it into second gear and, not knowing how to change gears, in second gear it remained. Massif, consumed by a terrible rage, burning for revenge, pedalled furiously. Twenty yards, ten yards, soon Cyril saw the grinning face of the Arab not five yards behind him, the sword gripped in his teeth.

And then, with a bump, the runway ended. Now they were crossing the soft sand of the desert. The car had special tyres and its speed scarcely slackened; but for Massif the effort became much harder. Even then his huge strength carried on and for ten minutes, his veins knotted, sweat pouring off him, he kept up with Cyril.

But eventually he began, inch by inch, to drop behind. Cyril relaxed. He gave a little toot to his horn, and then, leaning as far out as he could, stuck his tongue out at the labouring giant behind.

"Sheep's eyes to you, Massif," he shouted. "Yahoo! Yahoo!"

Massif shook his fist and put on an extra effort, but he was done for. Gradually he grew smaller and smaller and soon was no more than a furious pedalling dot in the far distance. Cyril drove on contentedly.

Back to Wimbledon

There is not much more to tell. Not knowing in which direction to drive, Cyril drove straight ahead. By chance, that was exactly right. After three hours he came to a straight road, and ten minutes later to a sign saying "Cairo 50 kilometres".

The road was empty—luckily, because Cyril drove in the middle of it. Twice he saw cars coming towards him but simply hooted till they got out of the way. By the time the traffic was increasing and Cyril had to spend most of the time hooting, the car suddenly ran out of petrol and came quietly to a stop about thirty yards from a garage.

The garage owner spoke a little English. Cyril said that he would give him his big black car for a present if in return the garage owner would drive him to Cairo. This the garage man was delighted to do, so Cyril climbed into the back of his car and they set off. On the way he counted out the money left in the green leather case and found $10,000—say £5,000.

"Where I take you?" asked the garage owner, when they'd arrived in Cairo.

"The biggest and grandest restaurant," said Cyril, his mouth watering.

He had caviare, some hot salmon with Hollandaise sauce, an entire chicken cooked in wine with mashed potato, some pancakes, cheese, fruit and coffee—and felt much better.

After this he ordered a taxi and drove first to a post office to send a telegram to Deirdre, then to a travel agent to buy a first class air ticket to London. Finally, as there were two hours before his plane, he asked the taxi driver to take him to a good second hand bookshop. He spent half an hour shopping there, and then went to another one, and then on to a third. A second taxi was now following behind the first, carrying books.

At the airport Cyril had to pay £50 in taxi fares and £300 excess baggage fees. But he felt so rich, he didn't mind at all. He had another enormous meal on the aeroplane, with champagne, and at 4.30 he landed at Heathrow in London.

When Deirdre saw him, she burst into tears and rushed into his arms. After a while she'd recovered enough to notice there were two taxis.

"What's in that taxi, Cyril?" she said.

"Books," said Cyril.

"Oh, Cyril!" said Deirdre. But she was so pleased to see him that that was all she said.

Then they went and sat in the kitchen and Cyril told her every single thing that had happened since he had vanished three days before.

"And we still have over £4,300," he finished. "So you can pay all the bills, and I'll have the attic converted to take all the books."

For a while Deirdre was speechless with astonishment and pride. Then she said, "I knew something terrible had happened when they fired all those bullets at the house."

"I don't think they fired any bullets," said Cyril. "At least I was reading a book so I may not have heard."

"That was it, you didn't hear," said Deirdre.

It was now completely dark in the kitchen. Cyril got up and turned on the light, but nothing happened.

"Have they cut off the electricity?" he said.

"Oh no—it's that wretched fuse," said Deirdre. "I was so worried and upset when you didn't come back I haven't got around to mending it."

"Oh yes—the fuse," said Cyril with a light laugh. Although at the time all the things he had done had seemed more like accidents, while telling his adventures to Deirdre he had begun to feel that perhaps after all he was good at other things besides books. A mere fuse suddenly seemed no trouble at all. He gave his light airy laugh again.

"Oh—I don't think that fuse will cause any trouble now," he said.

And Deirdre watched in admiration while Cyril, who seemed almost like a new husband, took the hammer, collected a handful of teaspoons, and went whistling from the kitchen.

If you have enjoyed this book you might like to read the other titles in the Jesters series

The Spy and the Mission of Staggering Importance
Who Got Rid of Angus Flint?
The Deadly Gang

More exciting titles will be following soon